講談社文庫

紫匂う

葉室 麟

講談社

目次

紫匂う

一

霧の中に澪《みお》は佇《たたず》んでいる。まるで白い闇の中におおわれているかのようにまわりは見えない。せせらぎの音が聞こえる。谷川が近いのだろうか。

　少しずつあたりの木々や岩が墨絵《すみえ》のように浮かびあがり、ここが山中であることがわかる。風が出て木々の葉はざわめき、霧が流れて墨を刷《は》いたような岩は滲《にじ》んだ。ふと、足許《あしもと》に目を向けると、大きな石がごろごろ転がっていて、その表面は霧に濡《ぬ》れて黒ずんでいる。

　木々の間を抜けてくる風はゆるやかで、頬をそっとなでた。

　霧にさえぎられているものの、ぼんやりとした白い輝きを放つ日輪《にちりん》が中天《ちゅうてん》にかかっているのがわかる。日輪のまわりに暈《かさ》がかかり、紫色の光がみえる。

　足を踏み出した澪は、不意に手を取られた。澪の白い手を握ったのは、力強い男の手だった。戸惑《とまど》う澪を男は抱き寄せ、唇《くちびる》を重ねてきた。思いがけない男の振舞《ふるま》いに澪は胸が高鳴り、甘美な思いに心を奪われた。

霧に包まれた身の内がしっとりと潤《うるお》ってくる。何年もこうされるのを待っていたという思いが募り、慎《つつし》みを忘れて、男の胸にすがっていた。男が抱きしめていた手の力をゆるめた。

「なぜ、かようなことを……」

あえかな声で訊《き》いた。男はかすかに笑った。

「そなたがいとおしいゆえだ」

男の言葉に、澪はせつなくなった。男のことはよく知っていたが、これまでおたがいの胸の内を知ることはなかった。そのことを悲しむ自分がいる。

男はどこかへ行こうとしていた。生きて二度と会えないかもしれないという気がして、澪は思いの丈《たけ》を男に伝えずにはいられない心持ちがした。このまま何も語らずに別れたくはなかった。

わたくしも、あなた様が慕《した》わしゅうてなりませぬ、と口に出そうとした言葉が出てこない。長い間、口にしたかった言葉であったはずなのに、どうしてだか言えなかった。胸の奥にずっとしまい込んで自分では気づかずにいた思いを、いま、ようやくはつきりと知ったのだから、どうあってもこのひとを失いたくない。

澪はふたたびすがろうとして手をのばしたが、ついさっきまで目の前にいた男の姿がない。はっとしてあたりを見回すと、霧の中を遠ざかる男の背が見えた。

何事かを思い定めた気配を漂《ただよ》わせた背を見せて、男は、ただひとりで去ろうとしている。その行方には大きな危難が待っていると澪は感じた。

男が赴こうとしているのは死地だ。なぜかわからないが、白刃《はくじん》を連ねた武士たちが待ち受けているような気がした。

行かせてはならない。どうあっても男が行くと言うのなら、自分もともに行こう。たとえ命を失うことになろうとも。

澪は男の背を追おうと思った。どこまでも一緒にいなければ。必死の思いが胸に込み上げてくる。

「お待ち下さい」

澪が声をかけると、男は振り向いた。霧が流れ、男の顔をおおった。首を横に振ったようだ。

「来てはいけない。そなたは生きて幸せになってくれ」

男のやさしい声が霧の中から聞こえた。

「いやです。わたくしもともに参りとうございます。お連れ下さいませ」

澪は懸命に声を振りしぼって追いすがったが、男は構わず背を向けた。その時、前方から何人もの黒い影が近づいてきた。男への討手《うつて》だ。男はゆっくりと腰の刀を抜いた。白刃が鈍い光を放つ。

「逃げて下さい。逃げて――」

澪は叫んで、男の名を呼んだ。


澪ははっとして目を覚ました。また、霧の夢を見てしまった。近頃しきりに同じ夢を見る。霧の中から男があらわれ、抱き寄せて不埒《ふらち》な振舞いをする。

そして男は必ず去ってしまう。なぜこのような夢を見るのだろう。澪は自らの心の底にある思いを知るのが恐い気がして、夢のことに深く考えをめぐらさないようにしていた。なのに、とうとう今朝方、夢の中で男の名を口にしてしまった。男の名を口に出して隣で寝ている夫に聞かれたかもしれないと思い、背に汗が滲んだ。

黒島《くろしま》藩六万石の郡方《こおりかた》五十石萩蔵太《はぎくらた》の妻である澪は、勘定方《かんじょうかた》七十五石の三浦《みうら》佳《か》右衛門《えもん》の三女として生まれ、十八歳の春に嫁《とつ》いで十二年になる。嫁して三年後に長女の由喜《ゆき》を、さらに二年ののちに嫡男小一郎《こいちろう》を生《な》した。

さして目立つことのない郡方の妻として明け暮れに追われてきた澪は、夢の中で男を慕わしく思うことに悩ましさを覚えた。

澪には十七歳のおりにただ一度だけ契《ちぎ》りをかわした男がいた。男の名を、

——葛西笙平《かさいしょうへい》
という。父の佳右衛門と同じ勘定方に出仕していた。

笙平の亡父仙五郎《せんごろう》は、佳右衛門と藩校で席を並べた永年の友人で、屋敷も隣り合っていた。

仙五郎が心《しん》ノ臓《ぞう》の発作で急死し、当時、十七歳の若い笙平が父に代わって勘定方に出仕するようになると、佳右衛門は親身になって面倒をみた。家に何度も呼んで酒を酌《く》み交わしながら話をした。そんなおり、佳右衛門はよく、

「澪をお主《ぬし》の嫁にどうか」

と冗談のように口にした。澪と笙平は父親が友人であるうえに隣同士であったことから幼馴染《おさななじみ》と言える間柄だった。

澪は一歳年上の笙平を兄のように慕っており、父の冗談を聞くたびに耳を赤くしながらも、いつかそうなるのだろうか、と胸をときめかせていた。

佳右衛門が日頃、そんな風に言っていたこともあって、三浦家では澪がひとりで葛西家を訪れるのをさほど気にしていなかった。

雨が降り続くころのある日の昼下がり、澪は葛西家の前を通ったおり、笙平が門の脇で気抜けした顔をしてぼんやりと立っているのに気づいた。

誰かを見送ったのか、それともひとの訪れを待っているのだろうか、と思いつつ頭を下げて通りすぎようとした澪は、笙平が雨に濡れているのを見て、思わず傘《かさ》をさしかけていた。

「笙平様、どうなさいましたか」

澪が声をかけると、笙平ははっと我に返った表情をした。澪が傘をさしかけたことにも気づかなかったらしい。何かに心を奪《や》われていたようだ。

笙平は雨雲が垂れ込める空に目を遣って、

「三浦様は、きょう、いつもと変わらぬ頃合いにお戻りだろうか」

と訊いた。笙平の様子を訝《いぶか》しく思った澪は急いでうなずいた。

「遅くなると聞いてはおりませぬが」

「そうですか。でしたら、お戻りになられるころにうかがうとお伝えください」

そう告げると、笙平は気もそぞろに背を向け、門をくぐって家に戻っていった。その後ろ姿がさびしげで、澪は気にかかった。

夜になって笙平は言葉通り、佳右衛門を訪ねてきた。奥座敷で一刻《いつとき》（二時間）ほど話した笙平が辞去すると、佳右衛門は居間に入るなり、妻の仁江《ひとえ》や長男の誠一郎《せいいちろう》が澪ら家族と語らっている話をさえぎり、苦々しげな口振りで言った。

「仙五郎の奥方が、再嫁《さいか》するそうだ。そう言い置いて、香《こう》殿は今朝方、実家へ戻ったそうな。笙平は出し抜けにこの話を聞かされたらしく、呆然《ぼうぜん》としておった」

笙平の母、香はまだ三十五歳だった。娘のころから美貌が評判だった香は容色が衰えていない。澪も香と行き合うたびに、うっとりと見入ってしまうことがあった。艶《つや》めきを失わない香は、夫を亡くしてからこのかた他出することが多くなっているという。母の仁江は、それを訝しんで、

「世間は後家のことをあれこれ口うるさく噂するのを、香様もご承知でしょうに。どうしてひと様の口にのぼるほど出かけるのでしょうか」

と度々もらしていた。どのように外見が若々しかろうが、十八歳の長男がいる身で再嫁するとはいかがなものかと皆が言い合う中で、佳右衛門は言葉を継いだ。

「相手は葛西家の遠い縁戚になる桑野清兵衛《くわのせいべえ》という御仁で、何でも坂田《さかた》村と大西《おおにし》村、篠《しの》村の三村の大庄屋を務めておるそうな」

「家中の方ではないのでございますか」

仁江が目を丸くして問いかけると、

「無論だ。仙五郎が亡くなって、まだ三回忌もすんでおらぬうちに再嫁するなど武家ならばあり得ぬことだ」

佳右衛門はさらに苦い顔になった。笙平と同年である誠一郎が膝《ひざ》を正して訊いた。

「なにゆえ、そのようなことになったのでしょうか」

「香殿が申した言い分は、葛西家は長い間、暮らしに困窮《こんきゅう》して、桑野から随分と金を援助してもらったそうで、妻を数年前に亡くした清兵衛殿は身の回りの世話を頼みたいと、香殿を望んだということだ」

「それではまるで借金の形に再嫁すると言っているようなものではありませんか」

誠一郎が腹立たしげに言った。

「香殿は、自分が嫁すことでたまりにたまった桑野からの借金を帳消しにしてもらえると笙平に言ったそうだ」

「それは、また――」

仁江は言いかけた言葉を呑《の》んだ。

誠一郎が憤《いきどお》りを隠さず、

「亡くなられた葛西様をあまりに軽んじられるなされ方ではありませんか。再嫁されるにしても、いま少し年月を待ってされればよろしいのです」

とあからさまに言った。

暗い表情で佳右衛門はぽつりとつぶやいた。

「待ち切れなんだのであろう。香殿は以前から清兵衛殿を頼り、金子《きんす》を借り出していたらしい。度々会っているうちに、ふたりの仲がどうにかなったのやもしれぬな」

佳右衛門の言葉にあわてた様子で、仁江が、

——旦那様

とたしなめる口調で声を高くした。佳右衛門は口が過ぎたと思ったのか、気が差した素振《そぶ》りで、ごほん、と咳払《せきばら》いした。誠一郎はきまり悪げに口を閉ざした佳右衛門に構わず、

「笙平がかわいそうだ」

とため息まじりに言った。

兄がもらした笙平がかわいそうだという言葉が澪の胸に残った。

夜が更《ふ》けて、雨の音を聞きながら寝についた澪の胸に、笙平は母を奪われるのだ、と同情する気持が湧《わ》いた。父を失い、母も他家のひとになってしまえば、笙平の暮ら

しはどうなるのかと気にかかって仕方がなかった。笙平には十一歳と九歳の妹がいる。ふたりの面倒を笙平はこの先ひとりで見ることができるだろうか。

(香様はどうしてわが子を見捨てるような真似《まね》をされるのだろう)

香があれほど見目よくなければ道を誤りはしなかったかもしれない、と澪は男女の関わりに言い知れぬ嫌悪の情を抱いた。まわりの者に悲しい思いをさせて、求め合うなど、みだりがましい振舞いというほかない。香は幸せにはなれないに違いない、と暗い天井を見上げながら澪は思った。


佳右衛門が笙平から聞いた話のままに、葛西家を出ていった香は実家から戻らず、数日たって妹ふたりを迎えに使いの者がきた。妹らは香の実家にいったん預けられた後、桑野清兵衛に嫁ぐ香に従って庄屋屋敷に入るらしい。

立て続けに三人もいなくなった葛西家は、笙平のほかに中年の女中《じょちゅう》と家僕《かぼく》だけになり、ひっそりと静まり返っている。笙平は以前と変わらぬ様子で、勘定方に勤めていたが、どことなくさびしげな表情をしていた。

佳右衛門が元気づけようと屋敷に誘ったりもしたが、遠慮して訪れることはなかった。

実家に戻った香がひっそりと桑野清兵衛のもとへ嫁したのは、その年の秋だった。笙平の妹ふたりは香の連れ子として桑野の家に迎え入れられた。誠一郎が、笙平を訪ねて話をすると、再嫁して後、香から笙平への音信はない様子だった。誠一郎は屋敷に戻って澪に言った。

「笙平の奴、母親に捨てられたということだな」

「兄上、さような中され様はひどうございます」

澪は眉《まゆ》をひそめて抗議した。だが、誠一郎は仏頂面《ぶっちょうづら》をして、

「まことのことを言っただけだ」

と素《そ》っ気《け》なく言った。返す言葉もなく黙り込んだ澪は、笙平の心情に思いをいたしながら、庭に目を遣った。

紅葉《もみじ》が鮮やかに色づいている。去年の秋が深まったころに、三浦家の菩提寺《ぼだいじ》である西行寺《さいぎょうじ》を訪れたおり、香を見かけたことをふと、澪は思い出した。

仙五郎が亡くなって三月ほどたったころだった。澪は母の仁江とともに祖父の祥月《しょうつき》命日《めいにち》に墓参りへ出かけた。西行寺の庭のいたるところに紅葉が植えられており、あたかも境内を赤く染め上げるかのような紅葉《こうよう》の盛りの季節だった。

寺の井戸で汲《く》んだ水を花桶《はなおけ》に満たし、仁江が待つ三浦家の墓へ足を向けた澪は、紅

葉の下で男女がふたりきりで話しているのに目を止めた。

女は香で、羽織《はおり》を着た男と身を寄せて語っていた。町人とも思えない身なりの中年の男だった。

男が何事か囁《ささや》くと、香はなまめかしく笑った。香の表情は嬉しげに輝いている。

(仙五郎小父《おじ》様が亡くなられたばかりだというのに、あんなに嬉しそうにしておられる)

訝しく思った澪がふたりを見つめていると、その視線を感じたらしい男が不意に振り向いた。つられて香も澪に目を向けた。視線が合ったとき、澪はどきりとするほど香がきれいだと思った。

香の背後に紅葉の枝が連なり、茜色《あかねいろ》の雲が幾重《いくえ》にも重なって棚引《たなび》いているかのように見えた。香の白くなめらかな肌が紅葉に際立ち、まばゆいばかりだった。

香は艶めいた眼差《まなざ》しで澪を見つめた。

香は男と立ち話をしているところを見られて、恥ずかしがる風でもなく、まして後ろめたい面持《おもも》ちすらしなかった。高慢とも見て取れる表情を浮かべて澪を見遣っている。

香は男を振り向いて二言三言囁いた。男は苦笑して澪から目をそらせた。

その瞬間、ふたりの間に濃密な空気が流れているのを澪は感じ取った。香はひややかで動じない視線をふたたび澪に向けた。香は、ひとに咎《とが》められることは何もしていない、と言いたげな表情をした。自分をいとおしんでくれる男がいて、何か不都合があるのかと開き直っているかに見える香に澪は空恐ろしさを感じた。

香と背後に重なる紅葉がまるで燃え上がっているようだと思い、かすかな眩暈《めまい》を覚えた澪は、わずかに会釈《えしやく》して花桶を手にその場を後にした。

背後から香の笑う声が聞こえて、澪は耳をふさぎたくなるのをこらえて墓へと急いだ。

その日の夜、目が冴《さ》えて眠れないまま床の中で、

——あんな女のひとにはなりたくない

とつぶやいたのを澪は思い出した。

香が再嫁した桑野清兵衛とは西行寺で見かけたあの男に違いない。笙平はあの男に母を奪われたのだと考えをめぐらすうちに痛ましさが募った。そう思った日から、笙平と顔を合わせたおりには思いやりをもって親しげに声をかけようと澪は心に決め

た。

嫁入り前の娘が若い男と親しく言葉を交わすのは慎まねばならないことだとわかっていたが、幼馴染でもあり、父の佳右衛門が、「お主の嫁にどうか」などと冗談にしても口に出していただけに、笙平とは半ば許嫁《いいなずけ》の間柄だという気持が澪にはあった。

そんな心遣いが伝わったのか、澪が話しかけるにつれて笙平の表情が明るくなり、口数も多くなって、笑顔を見せるようになっていった。ふたりの間にたがいをいとおしむ気持が育つのにさほどのときはかからなかった。

ある日、到来物の菓子をお裾《すそ》分《わ》けするよう母から言われて、澪は笙平の家の門をくぐり、玄関で声をかけた。

ほどなく家僕ではなく笙平が出てきた。なぜ家僕がいないのだろうと澪が戸惑うと、

「親戚の葬儀があって弥助《やすけ》と久万《くま》は手伝いに行っています」

笙平はさりげなく言った。

親戚の葬儀に家僕と女中だけ手伝いに行ったと聞いて不審に思った澪が、

「ご親戚の葬式に笙平様は行かれないのですか」

と訊くと、笙平は薄く笑った。

「母方の親戚です。母が参るでしょうから、わたしは行くつもりはありません」

「それはあまりなことではないでしょうか。せめてご焼香《しょうこう》だけでも……」

澪が言うと、笙平は少し考える風に首をかしげた。

「澪さんはそう思いますか」

「ほかのこととは違いますから」

澪が答えるなり笙平はため息をついて、葬式に行かねばならんでしょうね、とつぶやいた。

「はい、そうなさったほうがよいと思います」

熱心に勧められて、笙平が気が進まぬ様子で、

「では着替えて出かけるとしますか」

と口にして、奥へ向かおうとしたとき、澪は思わず声をかけた。

「お召替えのお手伝いをいたしましょう」

女中がいなくては着替えの介添えをする者がいなくて不自由だろうと案じる澪に笙平はうなずいた。

笙平から裃《かみしも》がしまわれている場所を聞いた澪は手早くそろえて、笙平の居室で着替えを手伝った。

肩衣《かたぎぬ》を着せかける澪の手を不意に笙平が握った。

――笙平様
息を吞んで澪は逃れようとしたが、笙平は強く握りしめた手を放さず、澪を胸に抱き寄せた。気が動転した澪は身動きもできなかった。しばらく澪を腕に抱いた笙平はかすれた声で、

「すまぬことを――」

と謝った。手を放した笙平の顔は悲しげだった。その表情を見た澪は、笙平が誰にも言えないようなさびしさを胸に抱いているのだとわかったが、この家にこれ以上いるわけにはいかないと思い、頭を下げて足早に玄関へ向かった。

平静を装《よそお》ったものの、動揺しており玄関を出ると同時に澪は足が震えた。

自分の家に駆け戻った澪に仁江が、

「どうしたのです？　そのように顔を赤くして」

と縁側から声をかけた。

澪は仁江の問いかけに頭《かぶり》を振って、

「何でもありません」

と応じて奥へ行きかけたが、顔がさらに赤らむ気がして両の手を頰に当てた。息を

鎮《しず》めて足を止め、

「父上は、わたくしを笙平様の嫁にどうかと、よくおっしゃいますが、まことにそう思われて口にしておられるのでしょうか」

とさりげなく訊いた。仁江は少し考えてからおもむろに答えた。

「そうだとは思いますが、縁談は、形になる前にはどうとも言えません。早合点《はやがてん》をしてはいけませんよ」

澪は、仁江から早呑《はやの》み込みをしてはいけないと釘《くぎ》を刺されながらも、笙平の妻になるのだろうと心のどこかで思っていた。

澪は笙平と顔を合わせる度に気恥ずかしさが募り、目を合わすことすらできなくなった。それでいて会えない日が続くと、さびしいと感じた。笙平も三浦家を訪れる際、澪を真剣な目で見つめるようになっていた。

秋が深まったある日、訪れた笙平は、こっそりと自分の家で月見をしないかと澪を誘った。

「今宵《こよい》は満月です。庭の梅の枝越しに見る月は風情がありますよ」

ためらいがちな誘い方にいつもの笙平らしさがないと感じたが深く考えもせず、澪はただ秋の月を楽しみたいだけなのだろうと自分に言い聞かせた。

「弥助に声をかけないでも庭に入れるよう裏木戸を開けておきます」

笙平は密事《みそかごと》を告げるかのような声で囁いた。

「参ります」

すぐさま澪が迷いのない声で答えたのは、近頃、気弱になりそうな笙平を励ます思いがあったからだ。

(なにもやましいことをしに行くわけではないのだから)

そう考えながらも、今夜のことを家族に告げるのは控えようと思った。胸が高鳴り、月見の後に何があるかまで思案をめぐらす心の余裕はなかった。落ち着かない心持ちで夜を迎えた澪は、足音をしのばせて裏木戸から笙平の屋敷の庭に入った。中天にかかった月の光が皓々《こうこう》と庭を照らしていた。庭で待ち受けていた笙平は、女中や家僕に気づかれないようあたりに目を配り、

「こちらへ」

と声をひそめて言った。

笙平は戸惑う澪を居室へと招じ入れた。月見はどうするのかと問う暇《いとま》もなく、澪は息が詰まる思いをしながら笙平に従った。部屋に入るや笙平は囁くように、

「わたしたちは夫婦《めおと》になるのですから」

と息をはずませていきなり澪の肩を抱いた。思いがけない成行きに惑いつつ、澪は声も出せず、気が遠くなる思いで笙平に身をゆだねた。

晩秋の静かな夜のことだった。笙平を迎え入れた澪の脳裏に燃えるような紅葉が浮かんだ。

笙平と契りをかわした澪を待ち受けていたのは、思いもよらぬ事態だった。

年の瀬になって笙平は突然、江戸詰めを命じられた。年が明けて江戸へ赴く前に、笙平は自分とのことを佳右衛門に話してくれるのだろう、と澪は思っていた。しかし、笙平は何も言わないまま江戸へ赴いてしまった。

澪は不安な心持ちになった。

契りをかわした以上、笙平以外のひとに嫁ぐことは考えられない。しかし江戸詰めになったからには、三、四年は国許《くにもと》に戻れないのではないだろうか。どうして、笙平は江戸へ発《た》つ前に縁組を申し入れてくれなかったのか。

思い悩む日を送ってひと月ほどたったころ、佳右衛門から萩蔵太と見合いをするよう言い渡された。どうしてよいかわからず、悩んだ末に澪は仁江に相談した。笙平のことを言うのははばかられて、言葉少なに、見合いの話を断るわけにはいかないだろうか、と切り出すと仁江は首を横に振った。

「それはできません。あなたのことを考えて父上がお決めになったことですから」

「そうは申されましても……」

言いよどんだ澪は思い切って、叱《しか》られるのを覚悟で、笙平と言い交わしたことがあると小声で打ち明けた。ところが、仁江は驚く素振りも見せずにさらりと口にした。

「さようなことだと思っていました」

「母上——」

言いかける澪の言葉を遮《さえぎ》るように仁江は言った。

「あなたが葛西様とひそかに会っていることをわたくしが気づかないと思っていましたか。困ったことになったと、父上にご相談いたしておりました」

両親が笙平とのことに気づいていたと告げられて、澪は息が詰まる思いがした。

澪は恥ずかしさに赤らんだ顔をうつむけて、しばらく上げられなかった。その様子を見た仁江は声をひそめて言葉を継いだ。

「葛西様の江戸詰めが決まってすぐに、父上は葛西様に存念を質《ただ》されたのです。すると、まことに怪《け》しからぬことがわかりました」

仁江の口調には憤りがこもっていた。澪は肩をすぼめて聞くほかなかった。

「葛西様には江戸藩邸の側用人《そばようにん》、岡田五郎助《おかだごろうすけ》様の娘御との縁組話があるそうで、此度《こたび》の江戸詰めは、岡田様が葛西様の人物を見定めるため、にわかに決まったというのです」

「まさか、さようなことが」

「あるのです。岡田様は殿様のお覚えもめでたく、重臣方も一目置かれる方です。その方の娘婿《むすめむこ》ともなれば、葛西様もご出世の道が開けましょう」

あまりの話を聞かされて、澪が応じる言葉もなく黙っていると、仁江は痛ましげな表情をして話を続けた。

「この話を岡田様に取り持ったのは桑野清兵衛殿であろう、と父上は申されています」

仁江は意外な人物の名を口にした。

「香様が再嫁された方でございますか？」

なぜ、この話に清兵衛が絡んでいるのか不審に思った澪は控え目に訊いた。

「桑野殿と岡田様のつながりは昔からのことで、藩のひとたちは誰もが知っているのだそうです」

「つながりとはどのような——」

澪は首をかしげて重ねて訊いた。

「桑野殿が岡田様にお金を融通され、岡田様は見返りに桑野殿のために便宜を図ってこられたと聞きました。ご重役の中には商人などから金子《きんす》を用立ててもらい、出世して重職につかれた後、商人に報いるということは珍しくないそうです」

藩の政事《まつりごと》の裏でそのようなことが行われているのか、と澪は驚いた。

「桑野殿は葛西様が城下でひとり暮らしをされているのを香様が気にしていると思い、岡田様を頼って葛西様の江戸行きと、さらにご出世につながる縁組をまとめられたのではないかと父上は話されました」

そんなことがあるのだろうか、と澪は信じられない気持だった。かつて寺で見かけた香と清兵衛を思い出した。あのふたりが自分から笙平を奪い去ろうとしているのだろうか。澪に目を向けた香が誇らしげに笑っている姿が脳裏に浮かんだ。

「笙平様にご縁組の話があったのはいつごろのことでしょうか」

澪は涙ぐみながら仁江に問うた。

「秋口にはお話があったとのことです」

仁江は淡々とした口調で答えた。

あのおり、笙平が、「わたしたちは夫婦になるのですから」と言った言葉は嘘だったのだ。澪は深い淵《ふち》に沈んでいくような心地がして目の前が暗くなった。

澪と萩蔵太の見合いは、勘定方組頭《くみがしら》である大木《おおき》左衛門《さえもん》の媒酌《ばいしゃく》で間もなく行われた。大木家で設《しつら》えられた見合いの席で澪は下を向いたままだった。

ただ、野太い声を聞き、ちらりと見た顔の色が日に焼けて黒いようだ、と思っただけだった。大木左衛門は、蔵太が郡方のお役目に熱心で、いつも村々をまわっていて日に焼けている、と冗談めかして話した。続けて左衛門が、

「萩は寡黙《かもく》で、温厚に見えるが、城下の檜枝《ひのえ》道場で心極《しんきょく》流剣術を修行して、道場主の檜枝作兵衛《さくべえ》から十年にひとりの逸物《いちもつ》と折り紙をつけられたほどの腕前ですぞ」

と付け加えた話にも、澪は何ら興味を抱けなかった。

見合いの席で向かいあっている蔵太から伝わってきたのは穏やかで温かなものだった。いまの自分にはそれだけで十分だと澪は思った。

見合いをして間もなく、桜が蕾《つぼみ》をつけたころ、婚礼の日取りが決まった。婚礼の日が近づくにつれて、澪は一度だけとはいえ笙平と契った身であることに恐れを抱くようになった。生娘《きむすめ》でないことに蔵太が気づいて、ふしだらを咎めるのではないかと気持が沈んだ。責められて離縁されれば、世間に恥をさらすことになる。笙平とのこと

を悔いたが、いまさらどうしようもなかった。

婚礼が近づいたある日、誠一郎がふらりと部屋に来て、

「澪は笙平と何か約束でもしていたのか」

と少し気がかりな様子で訊いた。澪があわてて首を横に振ると、誠一郎は言葉を継いだ。

「ならばよいが。澪の婚儀が決まったと聞いて、笙平がひどく気落ちしていると江戸藩邸にいる友人から便りがあったのだ。どうも笙平は澪を妻に迎えたいと望んでいたらしい」

誠一郎の言葉を澪は頑《かたく》なに心を閉ざして聞いた。

笙平が本当に自分を妻にしたいと望んでいたのなら、佳右衛門に問われたおり、心のままに答えるだけでよかったのだ、と澪は思った。そうしなかったのは笙平に岡田五郎助の申し出を断る気がなかったからに違いない。

澪は胸が悲しみで一杯になった。誠一郎はそんな澪の胸中を少し察したらしく、

「しかし、笙平にとってはこれでよかったのかもしれんな。あいつは側用人の岡田様の娘との縁組話に長い間、返事をしていなかったそうだ。澪の縁組が決まったと知ってどうやら心を定める気になったらしい」

誠一郎の言葉に、澪は息が止まるほどの衝撃を受けた。

「兄上、笙平様の縁談はまだ決まってはいなかったのでしょうか。わたくしは母上からすでに決まったことだとうかがいましたが」

誠一郎は口をあんぐりと開けた。

「なんだ、そう聞かされていたのか。それは母上の早とちりだろう。笙平は岡田様からのお申し出は香様の再嫁先の桑野清兵衛殿が仕掛けたことだと聞いて、ひどく嫌がっていたらしい。それで、なかなか話が進まなかったそうだ」

「でしたら、どうして――」

笙平は佳右衛門にその気持を話さなかったのか、と口惜《くや》しさが募った。

笙平にはどこか気弱なところがある。澪とのことをはっきり言えずに曖昧《あいまい》な返事をしたため、佳右衛門が早合点してしまったのかもしれない。

いずれにしても、笙平の気持を直《じか》に確かめればよかった、と澪は悔いた。

笙平への思いが残る胸の内とは関わりなく、澪は婚礼の日を迎えた。後悔と恐れで心が惑い乱れる澪の姿を見た周囲のひとびとは、その様子が嫁入るおりの緊張に思えるらしかった。

蔵太は思いのほか、やさしく接してくれ、床《とこ》で澪が身を固くしてうつむいていると、無理に求めはしなかった。

ふたりが初めて結ばれたのは、眠れぬ夜が続いて、心身ともに疲れた澪が、癒《いや》しを求めるように蔵太に身をゆだねた七日目の夜のことだった。

蔵太は澪がようやく頑なな心をやわらげてくれたと喜ぶ素振りを見せただけで、咎め立てするような言葉を口にはしなかった。

その日から澪はしだいに蔵太に打ち解けていった。

二

媒酌人の大木左衛門は蔵太を、
――心極流の逸物
などと澪に言っていたが、普段の蔵太には武張《ぶば》ったところは感じられず、いるかどうかわからないほど物静かな佇まいを見せた。
丸顔の地味で目立たない容貌をしており、藩校で秀才と評判を取って顔立ちもととのっていた笙平とは違っていた。凡庸《ぼんよう》にしか見えない蔵太だが、澪は妻としてゆるぎなく仕えようと思った。

笙平とのことはすでに終わったことで、いまさらあのおりの心中がどうであったかなど確かめてもしかたのないことだと心を定めた。

（これより先は萩家の嫁として生きていくほか道はないのだから）

蔵太の両親は健在で、舅《しゅうと》の安左衛門《やすざえもん》は頑固一徹でありながら根は親切な人柄である。姑《しゅうとめ》の登与《とよ》はふくよかな体つきをしていて、穏やかな物言いをする朗らかな質《たち》のひとだった。

両親ともに澪に実の娘を見るような慈《いつく》しむ眼差しを向けて、丁寧に接してくれた。由喜と小一郎というふたりの子に恵まれ、嫁して十二年を経た澪は日々を穏やかに過ごしていた。

三年ほど前からは、母に仕込まれた華道の技量を見込まれて藩主の生母である芳光《ほうこう》院《いん》の山荘を預かっている。

芳光院は、城下を三里ほど南に下った菩提山《ぼだいさん》の麓《ふもと》に雫亭《しずくてい》と名づけた山荘を持っていた。菩提山は温泉が湧く地でもあり、芳光院は雫亭に赴いて家中の重臣の妻女や尼僧《にそう》を招き、和歌や茶の会を開く際に、温泉に浸《つ》かって身を養うのを楽しみにしている。

澪の母仁江は未生《みしょう》流の華道を稽古《けいこ》してきており、その手並みを買われて、芳光院が歌会を催すおりに雫亭の花を活けていた。

三年前、仁江が腰痛で雫亭に行けなくなった際に澪が代役を務めて芳光院の意に適《かな》
い、花活けを任された。
雫亭の手入れは地元の農民に頼んでいたが、澪は芳光院が使わないおりの管理を任
された、十日に一度ほどは出向いて掃除や手入れに目を配っていた。
萩家では澪が芳光院の山荘を預かったことを誉《ほまれ》とした。喜んだ安左衛門と登与は、
おりあらば近所に芳光院の気に入りとなった嫁の自慢をしてまわった。
もっとも蔵太が芳光院の気に入りとして澪が用いられるようになったことをどう思
っているのかは、よくわからない。
澪が十日に一度、家を空けて雫亭へ出かけていくことに不服を言ったことはない
し、歌会や茶会で泊まり込む日があっても嫌みを口にしたりもしない。
それが澪にはありがたくもあり、一方で物足りなく感じるところでもあった。
蔵太は澪と夫婦になって十二年たったいまも一介の郡方として村々を篤実にまわっ
ており、早朝に家を出て夜半近くに戻ってくることも珍しくない。数日にわたり、ひ
と言も澪と話さないでいることもあった。
婚礼の夜、笙平とのことを蔵太に見抜かれるのではないかと抱いた恐れは、子をふ
たり生したいま、遠くかすかな記憶になっている。

日々の暮らしは絶え間なく打ち寄せるさざ波のようで、ともすれば眠くなるような単調さで繰り返されていた。

そんな明け暮れだけに、近頃見るようになった霧の中で男を追う夢が、澪の胸を騒がせていた。


夢を見た翌朝、澪はいつもと変わらぬ表情で蔵太が村廻《むらまわ》りに出かける支度をした。家を出る前、蔵太は玄関で草鞋《わらじ》の緒を結びながら珍しく澪に声をかけた。

「少し疲れておるのではないか」

日頃、言われたことのない言葉に澪はどきりとして蔵太の顔をうかがい見た。

「いえ、さようなことはございませぬが」

「そうか、ならばよいが、明け方にひどくうなされておったようなのでな」

やはり、男の名を呼んだのを蔵太に聞かれたのだろうか、と澪は不安になった。思わず口を押さえながら訊いた。

「わたくし、何か寝言を申しましたでしょうか」

「ひとの名を呼んでおったようだ」

蔵太はつぶやくように言ってから、含み笑いをした。蔵太が珍しく笑みを見せたのに当惑して、恐る恐る訊《たず》ねた。

「どなたの名を呼びましたのでしょうか」

蔵太は笑いをひそめた。

「さてな、わたしの知らぬ名であったようだな」

蔵太は澪の問いにさりげなく答えて、表情を変えずに立ち上がった。澪はなおも問いかけようとしたが、蔵太は背を向けて、

「きょうは大崎《おおさき》村まで参るゆえ、帰りは遅くなる」

と言い置いて門へ向かった。

蔵太を送り出して頭を下げたものの、何となく気にかかった澪は、門まで出て蔵太の後ろ姿を見送った。

蔵太が遠ざかっていくのを見届けて家に戻ろうとした澪は、門をくぐろうとしたとき、蔵太が向かった方角と反対の道筋をゆっくり歩いてくる武士の姿を目に止めた。笠《かさ》をかぶり、羽織に裁着袴《たっつけばかま》の旅姿の武士だった。そのまま門をくぐった澪は、なぜか胸騒ぎを覚えて、落ち着かない心持ちになった。

訝しく思いながら敷台に上がろうとして、澪はふと足を止めた。いましがた見かけた武士の姿に見覚えがある気がする。

そう思った瞬間、胸が高鳴った。

——笙平様

たったいま見た男の、少しなで肩のほっそりとした背格好は笙平によく似ている。澪はあわてて門に取って返した。

だが武士の姿はなかった。忽然《こつぜん》とかき消えたとしか思えず、澪は実際に武士を見たのだろうかと自らの目を疑い、門の前に立ちつくした。

その日、家を出る前に言い置いた通り、蔵太は帰りが遅くなった。

疲れた様子でひとり夕餉《ゆうげ》の膳に向かって食事をすませた蔵太は、ゆっくりと茶碗を口に運んで茶を飲み干して口を開いた。

「葛西笙平殿はたしかそなたの実家の隣に住んでおられたな」

突然、蔵太の口から笙平の名が出て、澪は顔がこわばった。

「さようでございますが、それが何か」

「葛西殿が舅の岡田五郎助様の跡を継いで江戸藩邸の側用人に登用されたことは、そなたも聞いておろう」

「はい、先だって実家の兄から耳にいたしました」

父の佳右衛門は隠居して誠一郎が家督《かとく》を継ぎ、勘定方に出仕している。妻を迎え嫡男も生まれた誠一郎は、落ち着いた中年の男になっていた。

ひと月ほど前、病を得て寝ついている佳右衛門の見舞いに実家に行ったおりに、誠一郎が笙平の消息を伝えてくれた。

思えば霧の夢を見るようになったのは、あのころからだった。

「葛西殿はこのほどお咎めを受けた」

蔵太は何気ない口調で言った。

蔵太の言葉に澪は衝撃を受けた。

兄の誠一郎から笙平が江戸藩邸の側用人になったと聞いたおりには、秀才の笙平はさすがに出世が早いと感心した。

いまだに男女の情が残っているとは思わないが、かつて思いを寄せた男が出世したと聞いて、嬉しくないわけではなかった。

笙平に比べて、自分は出世などとはほど遠い、目立たぬ郡方の妻だ、という思いが頭をちらりと過《よぎ》った。

口惜しさというより、おたがいにふさわしい道を歩いている、との感慨が湧いていた。それだけに笙平が咎めを受けたという話に動揺してしまった。

「葛西様は何ゆえお咎めを受けられたのでしょうか」

「知らぬな。わたしは、葛西殿がお咎めを受けて国許へ戻されるらしいと郡奉行所で耳にしただけだ。葛西殿はそなたの実家の隣家に住んでおられたと聞いたことがあったゆえ、伝えたまでだ」

素っ気なく言って茶碗を置いた蔵太はぽつりと言った。

「葛西殿の一件は義兄上《あにうえ》ならば、ご存じかもしれぬ」

知りたければ、兄の誠一郎に訊ねよと暗に言っていると思った澪は、

「明日、実家に参ってもよろしゅうございましょうか」

と口に出して蔵太の顔を見た。

蔵太は少し驚いたように目を大きくして澪を見返した。すぐさま明日、実家に行くと言い出すとは思いもしなかったという表情をしている。

「いけませぬか」

澪がやや切り口上の言葉つきで訊くと、蔵太はあわてたように、いや、よいとも、無論、よいに決まっておるではないか、と何度も言い添えた。

なぜ、このように笙平のことでいきり立ってしまうのだろう、と澪は自らの心持ちを不審に感じつつ、澪のひと言にうろたえた蔵太に申し訳ないと思った。

翌日の昼過ぎ、澪は姑の登与に断りを入れて、実家へ向かった。この日、誠一郎は非番のはずだ。

門を入ってすぐに、庭の方から、やあーっという男の子の甲高《かんだか》い声がして木刀を撃ち合う音が聞こえてきた。

誠一郎が息子の勝弥《かつや》に剣術の稽古をつけているのだ。

勝弥は十歳になるが、誠一郎に顔立ちがよく似ており、顔を合わすたびに澪は兄の子供のころを思い出して微笑《ほほえ》ましい思いがした。

玄関へ向かわず、枝折り戸《しおど》を開けて庭を進むと、果たして誠一郎と勝弥が向かい合っていた。気合をかけて勝弥が撃ち込むのを誠一郎がカッ、カッと木刀で弾《はじ》き返す。

その様を見て、澪はふと、八歳になる息子の小一郎に剣術の稽古をつける様子が蔵太に見受けられないのはなぜだろう、と思った。

剣術の腕にさほど自信があるとも思えぬ誠一郎が、七歳になるやならずのころから勝弥に木刀を握らせていた。いつも剣術の稽古を勝弥と楽しげにしていた。それに比べ、心極流の名手だといわれる蔵太にはなぜかそんな素振りはなかった。

蔵太は家族に声を荒らげたこともない穏やかな人柄で、それゆえに家族との交わりも淡々として、深い触れ合いを求めないのかもしれない。そのことに澪はわずかながら物足りなさを感じていた。

日頃になく、澪がそんなことを思いつつふたりに近づいていくと、勝弥が気づいて、

――叔母上《おばうえ》

と声をあげた。振り向いた誠一郎は、

「どうした。なんぞ用事で参ったのか」

と言いかけて、すぐに、笙平のことか、とうなずいた。勝弥に向き直り、きょうは、これまでだ、と告げてから誠一郎は、

「まあ、上がれ」

と澪をうながして縁側から座敷にあがった。澪も続いて座敷に入って座り、時候のあいさつをすると、誠一郎が面倒臭げに言葉をはさんだ。

「笙平のことを訊きにきたのであろう」

ひと呼吸置いて、ためらいがちに澪は訊ねた。

「葛西様がお咎めを受けたとのことですが」

「うむ、そうなのだが――」

誠一郎は言いにくそうに口ごもって、しばし黙った後、重い口を開いた。

「江戸藩邸で出入りの呉服商人から賄賂《わいろ》をとったうえに、夫に代わって藩邸に出入りしていた呉服商の女房に狼藉《ろうぜき》を働いて手籠《てご》めにいたしたそうな」

澪は耳を疑った。あのおとなしげな笙平がそんなことをするとはとても信じられなかった。

「まさか、葛西様はさような方ではございません」

澪は言い切りはしたものの、笙平について自分はどれほどのことをわかっているのだろうか、と疑念が頭をもたげてきた。

幼馴染であるゆえに、人柄を知っている気になっていたが、さほどに話した覚えはなかった。考えてみれば笙平の人柄を知っているとまでは言えないかもしれない。

当惑して澪が黙り込むと、誠一郎は言葉を継いだ。

「この話は勘定方で聞いたのだが、いささか不審な点がある」

「と申されますと」

誠一郎の顔に澪は、真剣な眼差しを向けた。

「笙平が仮にさような真似をしたにしても、普通は表沙汰《おもてざた》にはならぬ。処分は公にされず、笙平はひそかに国許へ戻されただろう」

「さようにに存じます」

兄の言う通りだと思い、澪はうなずいた。

「しかし、筌平は江戸家老様より、厳しいお咎めを受けたそうな。ところが解《げ》せぬことに乱暴されたという呉服商人の女房は、いまも主人に代わって江戸藩邸に出入りしておるというのだ」

「それは——」

どうしたことなのだろうと、澪は首をかしげた。

女の身でそのような目にあえば、哀しくもあり、恥辱《ちじょく》だとも思って、ひと目を避けるのではないだろうか。それなのに以前と変わらず藩邸に顔を出すとは澪には考えられないことだった。

誠一郎はあたりをうかがうように見回してから、声をひそめた。

「実は、筌平は国家老の黒瀬《くろせ》宮内《くない》様の不興を買っていたという噂がある」

黒瀬宮内は七年前、勘定奉行から執政、さらに家老へと三十代の若さで出世した人物だった。その後、殖産興業に力を尽くして領内に新田を増やし、さらに城下に商人を集めて運上金を納めさせ、藩の財政を一気に好転させた。四十歳を過ぎたばかりの宮内の辣腕《らつわん》ぶりは他藩にまで知られているという。

「葛西様はご家老様の意に背くようなことをなさったのでしょうか」

「さて、それがだ」

誠一郎は腕を組んで言い淀《よど》み、おもむろに口を開いて、このこと、決してひとに漏《も》らすなと念を押した。

「黒瀬ご家老は商人と手を結んで藩の改革を進めておられる。それだけに商人から金を受け取っているのではないか、との噂が絶えなかった。だが、いままで無事にすんだのは、江戸藩邸側用人の岡田五郎助殿がその役割を一手に引き受けてこられたからだ」

誠一郎は重々しい口調で言った。

「さようでしたか」

澪は思いがけない話に眉をひそめた。笙平は五郎助の娘を妻に迎えることによって出世の糸口をつかんだものの、同時に厄介《やっかい》な藩内の事情にも関わることになってしまったらしい。

「岡田殿は黒瀬ご家老の才を見込まれて、永年、後ろ盾になってこられた。岡田殿の隠居に伴い、笙平が側用人に登用されたのも黒瀬ご家老の引立てがあったからに違いない」

誠一郎は腕を組んで考えを確かめるように言った。

「それなのに、どうして葛西様はご家老様に疎《うと》まれたのでございましょう」

「岡田殿とは違い、黒瀬ご家老へ金を渡す役を拒んだのではないかと申す者が多いようだな」

「それでは、葛西様は廉直《れんちょく》であったためにご家老様に憎まれたのですね」

澪は胸が熱くなった。少し弱気なところがあった笙平がそのような武士になったのか、と嬉しさが込み上げた。若いころ抱いた笙平への思いは間違っていなかったのだ。

誠一郎は澪の顔をちらっと横目で見て言った。

「ただの噂だ。まことかどうかは、わからぬぞ」

誠一郎はくどくどと言ったが、澪はそれよりも笙平の身の上に起きていることが気になった。

「その話が本当でしたら、笙平様が呉服商から賄賂を取り、女房に狼藉を働いたという話は嘘なのではありませぬか」

「ひょっとすると、笙平は罠《わな》にかかったのかもしれぬな」

だが、それもわからぬことだ、とつぶやき、誠一郎は身を乗り出して澪に顔を近づけ、さらに声をひそめた。

「実は、笙平はこの一件で国許に送り返されることになった。ところが途中の宿場で護送の者の隙をついて姿をくらまし、いずこへか逃げたそうだ」

　澪は息を呑んだ。

「葛西様がお逃げになったと……」

「そうだ。罪に問われるのを恐れて、他国へ逃亡したと思われるが、案外、考えるところがあって国許にひそかに戻るつもりかもしれぬ」

　誠一郎の言葉を聞いて、澪はやはり、と思った。昨日、見かけた旅の武士は笙平だったに違いない。

　笙平は自分に会おうとして護送する者たちの目を逃れて国許へ戻ってきたのではないだろうか、という思いが浮かんだ。

　まさか、そんなことがあるはずがないとわかっていたが、笙平が自分に会うために江戸から戻ってくるというのは、かつてひそかに夢見たことだった。

　違う、そんなはずはない、と打ち消してはみたが、笙平の顔が脳裏に浮かび、胸が騒ぐのを抑えられなかった。

翌日は、十日に一度、雫亭の掃除をする日だった。雫亭の掃除は女中を連れずに行き、澪がひとりでしていた。

この日も蔵太を送り出した後、女中に昼餉《ひるげ》の支度や掃除、洗濯などを細々《こまごま》と言いつけてから、安左衛門と登与に挨拶して出かけようとした。

家を出ようとした際、澪が外出するのに気づいた由喜と小一郎が玄関に急いで走り出てきて、

「母上、お出かけでございますか」

と声をかけた。

「はい、遅くならないようにいたしますから、ふたりとも、おじい様やおばあ様に面倒をおかけしないようにしてください」

澪が諭《さと》すと由喜はうなずいた。それにつられたように小一郎もうなずく。

「わかりました。小一郎もおとなしくさせますから、安心なさってください」

姉様ぶって言う由喜の言葉に小一郎は口を尖《とが》らせかけたが、何も言わなかった。文句を言えば姉にこっぴどく叱られるのがわかっているから、口に出さずに我慢しているのだ。

澪は子供たちのかわいらしさに微笑して、

「ではお出かけして参ります」

　と告げた。すると、小一郎が真剣な表情をして、

「父上はいつもお帰りが遅くなられますから、母上は遅くなられませんように」

　と子供ながらに重々しく言った。

　早く帰って欲しいという小一郎の言葉に由喜が付け足した。

「さようです。お勤めとはいえ、父上のように毎晩、遅くなられるのはいかがかと思います」

　澪は苦笑して子供たちの顔を眺めた。

「さように父上が遅くなられることの不平を申してはなりませんよ」

　澪が小言を言うと、小一郎が首をかしげて口を開いた。

「でも、母上はいつもそう申されておいでです」

　蔵太への不満を口にしていると子供に言われて、澪は困惑《こんわく》しながらもきっぱりと言い切った。

「わたくしは、さようなことを申しはいたしません」

　由喜と小一郎は顔を見合わせた。いかにも澪が日頃、よく口にしていることなのに、と言いたげな顔つきだった。

澪はもう一度、念を押しておかねばならないと思って、

「いいですね。わたくしは父上に不足を申したことはありませんよ」

と言い残して玄関から門へと向かった。自分では気づかぬうちに蔵太への不満を子供たちの前で口にしていたのだろうか、と気になった。しかし、子供たちが、

「行ってらっしゃいませ」

と声をそろえて送り出す言葉を背に聞いて、そんなはずはないとあらためて思いながら澪は門をくぐった。

山中にある雫亭まではかなりの道のりがあり、笠をかぶり草鞋《わらじば》履きで脚絆《きゃはん》をつけ、竹杖《ちくじょう》を手にしている。

城下から三里の道をたどって山道にさしかかると、菩提山の青々とした山容が望める。新緑が鮮やかで目に染みた。

うなじの汗を懐紙《かいし》で拭《ぬぐ》い、ゆるんだ笠の緒を結び直して道を先に進もうと竹杖を握り締めた。杉林の間を抜けて心地よい風が吹き寄せ、額の汗がひいた。

清々《すがすが》しい杉木立の空気にふれると、気分が晴れやかになり、足取りも軽くなる。

立ち止まって深く息を吸い込んだとき、不意に、国許に戻った笙平は、桑野清兵衛を訪ねるつもりではないだろうか、という考えが浮かんだ。

（もしかするとそうかもしれない）

澪は胸の中でつぶやいた。

笙平が岡田五郎助の娘を妻に迎えるように仕組んだのは清兵衛だと言われている。そうであるなら、黒瀬家老に疎んじられるようになったいま、とりなしを頼めるのは五郎助か清兵衛のほかに考えられない。

よもや、母を奪った清兵衛を頼ったりはしないだろうとも思えるが、切羽詰《せっぱつ》まればすがりたくなるのではないか。

澪は考えをめぐらした。

江戸藩邸で咎められて国許へ送り返されることになったのだから、五郎助の助けは期待できないのだろう。となると、藩の重職とかねてからつながりがある清兵衛ならば、どうにかしてくれるのではないか、と当てにしたかもしれない。

澪はあれこれと思いながら山道を上る歩を進めた。ゆるやかな上り坂にさしかかったとき、清兵衛が大庄屋を務める坂田村と大西村、篠村の三村は、菩提山から尾根川《おねがわ》にかけての一帯だということに澪は思いあたった。

雫亭は篠村の北端に建てられており、清兵衛の庄屋屋敷がある大西村とは五里ほど離れているが、山道を上れば遠望できる。

急に胸騒ぎがして澪はあたりを見回した。ひょっとして、笙平がこのあたりに潜《ひそ》んでいるかもしれないと気にかかり始めた。

しかし、まわりの杉木立は静まり返ってひとの気配はなかった。

（まさか、そんなことがあるはずがない）

澪は思いを振り切るように足を速めた。やがて雫亭が見えるあたりまで来て、ほっとした澪は杉の木陰に動くものを見た。

獣だろうかと思い、澪は笠に手を添えてもたげ、杉林に目を凝《こ》らした。鹿や猪《いのしし》がこのあたりに出るのは間々あった。

澪が見つめているうちに、杉木立を抜けて人影が近づいてきた。笠をかぶり、羽織に裁着袴の旅姿をしたなで肩の武士だ。

――笙平様

澪は息が詰まる思いがした。

武士は笠をわずかに上げて顔を見せた。懐《なつ》かしい笙平の顔がのぞいた。

十二年前の若々しい顔ではなく、落ち着きのある、どこか鋭さを漂わせた男の顔になっていた。ゆっくりと澪の傍近《そば》くに寄った笙平は、

「お久しゅうござる」

と挨拶した。護送役の藩士を振り切って逃げているとは思えないほどの穏やかな声だった。

悠然《ゆうぜん》とした笙平の様子に却《かえ》って不安を覚えた澪は、懐かしさに高鳴る胸を押さえて声をひそめた。

「笙平様、山中とは申しましても、ひとの目がないとも限りませぬ。わたくしがお預かりしております山荘が近くにございます。ひとまず、そちらへ参りましょう」

澪の申し出に黙ってうなずいた笙平は、導かれるまま雫亭への道をたどった。

杉木立を抜けたあたりは、かつて山城があったところで、崩れ落ちた石組が残っている。その先の松林の傍《かたわ》らに雫亭は建っていた。

柴垣《しばがき》をめぐらした茅葺《かやぶき》屋根の趣《おもむき》ある家で十畳と六畳の二間があり、ほかに寝間となる小部屋が三つと台所に続く板の間があった。

六畳の間には炉《ろ》が切ってあり、茶会のおりは茶室となる。広い庭をはさんで瓦葺の家があり、護衛の武士や侍女たちが寝泊まりするために使われていた。

雫亭を半町《はんちょう》(約五十五メートル)上がったところに谷川が流れている。山腹から湧き出た水が、このあたりで細い川となり、渓谷を縫《ぬ》うように流れる川に合流するのだ。

竹を半分に割り、樋《とい》として谷川から水を引いて、庭先の大きな甕《かめ》に溜《た》めていた。水が豊かな土地で六畳間の書院窓から見える中庭の隅に井戸まである。雫亭の名の由来は、山荘のあちらこちらに雫を見ることからだった。

芳光院は山荘に潤いがあることを好んでいた。

雫亭は雨戸が立て回され、ひっそりと静まり返っていた。

「こちらへ」

澪は声を低めて笙平を案内した。木戸を開けると土間に積んである桶に庭先の大甕から水を汲んできて、笙平に濯《すす》ぎを勧めた。

澪は自分も手早く手拭《てぬぐい》で足をぬぐい、板の間にあがった。

六畳の間の雨戸を一枚開けて、明かりをとり、ほかは閉まったままにした。

笙平の姿を樵《きこり》や山仕事をしている百姓に見つかってはという用心からだったが、薄暗い部屋で笙平と向かい合うなり、澪は息苦しい思いがした。

十七歳のおりに笙平の部屋に招じ入れられたときも、このような胸苦しさを覚えたという記憶が甦《よみがえ》った。

しかし、笙平は過去を懐かしむ気配を微塵《みじん》も見せず、膝を正してまっすぐに澪に目を向けて口を開いた。

「澪殿はそれがしのことを、何か耳にされましたか」

笙平の厳しさを感じさせる声が澪を緊張させた。

「江戸でお咎めを受けられて、国許に帰られることになった、と実家の兄から聞いております」

「さようですか。まことに恥ずかしいことですが、わたしはあらぬ疑いをかけられました。信じていただきたいのですが、誓《ちか》ってさような面目が立たないことはいたしておりません」

きっぱりと言う笙平に、澪はほっと安堵《あんど》して答えた。

「わたくしも兄も、笙平様に限ってさようなことはないと信じておりました」

「かたじけのうござる」

笙平は深々と頭を下げた。その姿に折り目正しい人柄を感じ取った澪は、さすがに江戸藩邸で要職にあったひとは違う、と笙平を見直した。

蔵太は村廻りで百姓たちと話すことが多いためか、素朴な人となりではあったが、礼節が身についているというほどではなく、ありのままの姿でひとと接しようとする。

それはそれでひととしての在り様だと思いはするけれど、武士としての美しさには欠けるような気がしないでもない。

つい、笙平と蔵太を比べてしまう自分に後ろめたさを覚えつつ澪は笙平に問うた。

「国許への護送役の目を逃れられたとうかがいましたが、いずこへ参られるおつもりでございましょうか」

笙平は澪の顔をじっと見つめ、どう答えたものかと慮《おもんぱか》る表情をしたが、

「桑野殿を頼ろうかと考えております」

と応じた。やはり、思った通りだった、と内心うなずいた澪は思い切って訊いた。

「笙平様が商人から黒瀬ご家老様への金子《きんす》の橋渡し役を拒まれたため疎んじられ、咎めを受けることになったのではないか、と兄が申しておりましたが、まことでございましょうか」

澪の言葉を聞くなり笙平は目を大きく見開いた。

澪がそこまで内実に詳しいことに驚いたようにも、思いがけないことを聞いたと戸惑っているようにも見えた。

笙平は目をそらせて、縁側の向こうに見える雨戸一枚分の庭の眺めに視線を向けた。

笙平のととのった横顔は考え深げだった。視線を感じたのか、ふと澪に目を転じて

笙平は微笑んだ。

「まあ、中《あた》らずといえども、遠からずといったところでしょうか。わたしが黒瀬ご家老に疎まれているのは、間違いないことですから」

今回の一件には複雑な事情が背後にある、と匂わせる口振りだった。

余分なことを語ろうとしないのは、さすがに藩の中枢をのぞいた男の重みを感じさせるように澪は思った。

「立ち入ったことをお訊ねして、ご無礼いたしました。口に出しては憚《はばか》りがあることもあろうかと存じます。されど、葛西様の困難なお立場は桑野殿をお訪ねすることでよくなるのでございますか」

笙平はゆっくりと頭《かぶり》を振った。

「それはわかりません。母がわたしを助けたいと思うかどうかです。わたしが呉服商から賂《まいない》を受け取り、その女房を手籠めにいたしたなどという話を鵜呑《うの》みにされるなら、頼るのも迷惑でしょうから」

一瞬、笙平は若かったころに見せたことがある気弱な表情をした。笙平が清兵衛しか頼る相手がいないと思っているのを察した澪は重ねて訊いた。

「岡田様にお助けいただくわけにはいかないのでございますか」

さしでがましいとはわかっていたが、訊かないではいられずに澪が口にすると、笙平は苦い顔になった。

「妻の志津《しづ》とは、わたしが咎めを受けてすぐに離縁いたしました」

「それは――」

澪は驚いて言葉を失った。

だが、考えてみれば呉服商の女房を手籠めにしたなどという話が持ち上がっては、夫婦の縁も切れるかもしれない。しばし黙り込んだ澪はつぶやくように言った。

「奥方様は笙平様を信じてはくださらなかったのですね」

澪が思わず口にした言葉を聞いて、笙平はさっと顔色を変えて暗い表情になり、薄笑いを浮かべた。

「もともと志津はわたしとの縁組には気が進まなかったようです。十二年の間、心が添えたと思ったことはありませんし、子もできませんでした」

さびしげに言う口調が気にかかり、澪が顔を向けたとき、笙平と目があった。

ふたりの子を生して、もはや若くはない自分に注《そそ》がれる笙平の視線に戸惑って澪はうつむいた。

顔を伏せたまま、台所に米と梅干などがありますから、空腹の際はそれでおしのぎください」と告げ、澪はゆっくりと顔を上げた。

「わたくしは明後日、またこちらに参ります。その間に桑野殿をお訪ねください。それからのことは、そのおりにお話しいたしたいと存じます」

澪は緊張して声がかすれるのを感じた。

山道で出会い、とりあえず話をしただけであれば言い訳は立つ。だが、雫亭に笙平を匿《かくま》ったと知られれば、咎めを受けて蔵太にも迷惑をかけることになるだろう。そんなことになればいくら詫《わ》びても追いつかない。妻としてはならないことだ。

そうわかっていても、笙平を見捨てるのは忍び難かった。匿おうとする思いの中に、笙平の妻への憤りもあった。

心が添わないにしても、苦境にある夫を見捨てて離縁するとはどういう心根だろうと思ってしまう。

苦しいおりにこそ、助け合うのが夫婦なのではないか、という思いが澪の胸に込み上げた。

(わたくしは笙平様を見捨てたりはしない)

志津という笙平の妻だった女人《にょにん》と張り合う心持ちなのだろうか。

あるいは十二年前、出世のために志津を妻に迎えた笙平を助けることで、自分の真情を見せたいという女の見栄《みえ》なのかもしれない、と澪は思った。

澪は笙平に雫亭の間取りや台所のどこに米や味噌が置いてあるかなど手短に話して、そそくさと雫亭を後にした。

薄暗い雫亭の中で笙平と向かい合っていると息が詰まるような気がした。

雫亭から出た澪は松がまばらに立つあたりで振り向いた。

茅葺屋根に明るい日差しが注ぐ雫亭はひっそりとして、中に笙平がひそんでいる気配は感じられなかった。

雫亭を見つめているうちに澪はふと胸苦しくなって、その場にうずくまった。身の内で何かがゆらぐような気がした。息が弾《はず》み、言い知れぬ心のざわめきを感じて両手で胸をかき抱いた。

薄暗い部屋にぽつんとひとりでいる笙平に寄り添いたいという思いが湧いていた。

あのひとへの思いはとうの昔に消えている。こんな心持ちになるはずはない、と澪は胸の内でつぶやきながら立ち上がった。

たったいま胸の中に込み上げた思いを払おうとするかのように大きく頭を振って、澪は踵《きびす》を返すと道をたどり始めた。

何度も蔵太や子供たちの顔を思い起した。日頃の自分の気持に戻ろうとした。

だが、歩みを進めるにつれてまわりの景色のけざやかさに目が行かずにはいられなかった。緑濃い杉木立は匂い立つ気配を漂わせ、遠く見える山塊《さんかい》はゆるぎなくそびえ立ち、厳《おごそ》かだった。

このあたりは、これほど美しい景色だったのかと思いながら、逃れるように澪は道を急いだ。

屋敷に戻った澪は落ち着かぬ思いで過ごした。

翌日、いつにもまして遅くに戻ってきた蔵太に恐る恐る、また雫亭に行かねばならない、と告げた。

茶を飲んでいた蔵太は、さして関心を示す様子もなく、そうか、と軽く応じてうなずいた。蔵太に申し訳ないと思いながら、澪は笙平のことを口にした。

「兄から聞きましたが、葛西様はお咎めを受けて国許へ戻られる途中で姿を隠されたそうでございますね」

蔵太は澪を見返しただけで何も言わない。不安になった澪は重ねて問いかけた。

「葛西様はいずこへ参られたのでございましょうか」

問いながら、自分が笙平を匿っていることが蔵太に気づかれはしないかと心配になった。

蔵太はゆっくりと首を横に振った。

「わからぬな。わたしもあらためて、葛西殿の一件について訊いてみたが、藩庁では追手をかけるかどうか、迷っているとのことだ。国許へ戻れば無論、捕らえられるだけであろうが」

「他国へ向かえば、追手はかからないのでございますか」

澪ははっとして訊いた。

「言うなれば出入りの商人相手の不始末だからな。なまじ他国へ追手などかければ藩の面目に関わるゆえ、わざわざさようなことをするには及ぶまい」

関心が薄い口調で言いながら蔵太は、茶碗を口元に運んだ。

澪は気がかりでならなかったことを口にした。

「兄は葛西様が黒瀬ご家老様に疎まれて、無実のお咎めを受けることになったのではないかと申しておりました。まことでございましょうか」

蔵太は渋い顔になって、頭を振った。

「さようなことはわたしにはわからぬ。迂闊《うかつ》なことを口にしない方がいいだろう。義兄上に迷惑がかかるかもしれぬぞ」

もっともな言い分だとは思ったが、澪は素っ気ない蔵太の言葉に飽き足らないものを感じた。

もし、笙平が商人から黒瀬家老への賂《まいない》の橋渡し役を拒んだために疎んじられ、無実の罪に落とされたのであるなら、心ある藩士は見過ごしにできないのではないだろうか。

蔵太が何も詮索《せんさく》しようとしないのは、ひたすら事なかれで日々を過ごしたいためのように思える。

言葉を呑んで押し黙った澪が気になるのか、機嫌を取るように蔵太は口を開いた。

「もし、義兄上が申されたことがまことなら、葛西殿は国に戻られて芳光院様におすがりするしかあるまいな」

「芳光院様にでございますか？」

意外な蔵太の言葉に澪は目を瞠《みは》った。

「うむ、いまや藩内で黒瀬ご家老に物が言えるのは芳光院様ぐらいのものだ。芳光院様はかねてから黒瀬ご家老の専横を快く思っておられないという噂だ。殿も芳光院様には頭があがらぬということだし、いまの葛西殿を助ける力をお持ちなのは芳光院様だけであろう」

蔵太の言葉に澪はかすかな光明を見た気がした。

芳光院は翌月には恒例の月見の会を催すため、三日ほど雫亭に泊まる。その際に笙平のことを願い出てはどうだろうか。

芳光院は気さくな人柄で日ごろから澪にも親しく声をかけてくれていた。山荘という気安さもあるのだろうが、歌会や茶会に訪れるひとたちとも身分の隔てなく、格式張らない話し方をした。懸命に願い出れば、笙平の話を聞いてもらえるのではないかと望みが持てる気がした。

しかし、どれほど気さくであっても、やはり藩主の生母である。不祥事を起こした藩士のかばい立てをしてくれるかどうかはわからない。

三

芳光院にすがるのは無謀かもしれない、と澪は考え直した。笙平を雫亭に匿ったことが明らかになれば、逆鱗《げきりん》にふれる恐れもある。

そうなれば、笙平とともに澪も罰せられ、さらに蔵太や実家の兄にまでお咎めが及ぶだろう。

（そんなことになっては申し訳ない）

芳光院にすがるよりも、笙平が考えているように桑野清兵衛を頼った方がいいのかもしれない。

「されど、芳光院様におすがりしては、あまりに畏《おそ》れ多いと存じます。それよりも葛西様の母上が再嫁された、大庄屋の桑野清兵衛殿を頼みとされた方がよろしいかもしれません。桑野殿でしたらご重職の中に親しい方もおられましょうゆえ」

澪の言葉を耳にして蔵太は訝しそうに首をひねった。

「そなたはなぜ、さように葛西殿のことを気にかけるのだ。なんぞ、気にせねばならぬわけでもあるのか」

「いえ、滅相《めっそう》もございません。葛西様は昔お隣に住んでおられた、言わば幼馴染でございますゆえ、悲運に遭われたとうかがいまして、なんとのう気にかかっただけでございます」

澪はあわてて頭を振った。

「ならばよいが、葛西殿が罪なくして咎めを受けたとは限らぬ。まわりの者たちが信じられぬと思うようなことをしでかす者はおるのだ。葛西殿は咎められてもしかたのないことをしていたのかもしれぬ。それから――」

言うのを迷うかのように蔵太は澪の顔を見つめた。澪は蔵太が何を言いたいのだろうと気になった。話しているうちに、笙平のことを訊ねる澪を疑い始めたのだろうか。ひやりとして澪はうつむいた。蔵太は迷う素振りを見せながらも言葉を継いだ。

「藩内のことをあれこれ口にすべきではないと、先ほど申したばかりだけに、言っていいものかと思うが」

「どのようなことでしょうか。お聞かせくださいませ」

「ならば申すが、これは口外無用だぞ。わたしは村廻りをしているゆえ大庄屋の動きも知っておる。桑野清兵衛は黒瀬ご家老に通じておる。ご家老の派閥を賄《まかな》う金も桑野から出ておるようだ。葛西殿がさような者を頼れば、たちまち捕らえられて役人に引き渡されるであろうな」

蔵太は確信ありげに言った。

「それはまことでございますか。桑野殿のご妻女は葛西様の母上ではございませんか」

澪はたまりかねたように声を高くした。

「桑野はさようなことを慮る男ではない。それに桑野の後妻は情が薄く、葛西殿への思いやりを見せぬひとだと聞いておる」

重い口調で蔵太は告げた。言われてみれば、そうに違いないという気がしてきた。香も清兵衛も笙平を目障りに思ったからこそ、江戸に追いやり、岡田五郎助の娘と娶《めあわ》せて出世の道筋をつけてやったのだ。

笙平が咎めを受け、しかも護送役の目を逃れてきたとあっては、かばい立てするどころか、すぐさま役人に引き渡されるのは目に見えている。

なぜ、笙平はそんな相手を頼ろうとするのだろう。その話を聞いたおりに、どうしててて自分はすぐに清兵衛の思惑に思いが至らなかったのか、と澪は不安になった。

桑野清兵衛の屋敷を訪ねて役人に突き出され、捕らえられる笙平の姿が目に浮かんだ。いったん逃走したからには、かばう者がいなければ笙平の弁明に耳を貸す者などいないだろう。

江戸での不祥事だけであれば、お役御免か家禄《かろく》を減らされるぐらいですむであろうが護送役の目を逃れて姿をくらましては脱藩ともみなされて、切腹か斬首《ざんしゅ》になるかもしれない。

想像しただけで澪は体が震えた。後先を考えずに雫亭に匿うなど、とんでもないことをしてしまった。行き合ったおりに他国へ逃げるよう勧めればよかったのだ、と後悔の念が湧いた。

「どうした。顔色がよくないが、気分でも悪いのか」

蔵太が心配そうに澪の顔をのぞきこんだ。

澪はさりげない口調で、いえ、と答え、頭を振りながら、ともかく明日、雫亭に赴いて、急ぎ他国へ逃れるよう笙平に勧めなければと思った。それまで笙平が無事でいることを願うばかりだった。

翌朝、蔵太が出仕するのを待って、澪はあわただしく女中に家事を言い付け、安左衛門と登与に出かける断りを入れようと居室へ足を向けた。

「雫亭の雨漏りが気にかかりますゆえ、近在の百姓に修繕を頼まねばならず、たびたび家を空けて申し訳なく存じますが、きょうも行って参ります」

と言いつくろった。

雫亭にまた行かねばならないという澪の話に登与が、

「それはまた、ご苦労なことですね」

とねぎらう言葉をかける傍らで安左衛門は大きくうなずいて、

「芳光院様からお預かりしている山荘じゃ。手抜かりがあってはならん。しっかりとやってきなさい」

と快く応じてくれるふたりに、澪は気が引けて心苦しかった。由喜と小一郎は澪が出かけると声をかけても不審がる様子もなく、いつもと変わらず見送りに出てきた。

「おはようお戻りください」

という由喜のいじらしい声を背に聞き、澪は、母である自分が父親ではない男の身を案じ、心を砕いていることに後ろめたさを感じて胸が痛んだ。

（許してください。いまはこうしないではいられないのです）

子供たちに胸の内で詫びながら澪は菩提山へ向かった。

通いなれた山道を進み、雫亭が近づくにつれ澪は心が浮き立つのを感じた。いつもであれば遠い道のりも、たどりつきたい心持ちが逸《はや》って足取りも軽い。一昨日、帰る途中で景色の美しさに目を奪われた。いまも見慣れているはずの山々は潤いを帯びて何と瑞々《みずみず》しく見えることだろう。

浮つきかける心を落ち着かせ、澪は気を引き締めた。

桑野清兵衛は決して味方ではないことを告げ、一刻も早く他国へ逃げるよう笙平を説かねばならない。そうは思うものの胸の内に笙平とまた会えるという喜びが湧いてくるのを澪は抑えることができなかった。

雫亭の入り口に立ち、しばらく呼吸をととのえて高鳴る胸を鎮めた。戸を開けて薄暗い土間に入ると、奥の様子をうかがいながら声をかけた。

「澪でございます」

六畳の間から応えはなかったが、身動きする音がかすかに聞こえた。不吉な予感がした澪は、草鞋の緒を手早くといて、板敷へ上がった。座敷に入って見回すと、一枚だけ開けた雨戸のそばの縁側に座っている笙平の後ろ姿が見えた。

澪が入ってきたのに気づいたらしい笙平は、あわてて着物の襟《えり》を合わせて身づくろいした。笙平の傍らに抜き身の脇差《わきざし》が置かれているのを目にするなり、澪はそばへ寄った。

素早く脇差を手に取った澪は、

「何をなさっておられたのでございますか」

と厳しい声音《こわね》で笙平に問うた。

「頼むところもなく、世をはかなむ心持ちになって腹を切ろうとしたのですが、ここで腹を切れば澪殿にご迷惑をおかけすると存じ、思い止《とど》まりました」

笙平は何気ない様子で淡々と答えた。澪は脇差を背に隠し、諭すようにゆっくりと言った。

「腹を召《め》すなどなさってはなりませぬ」

「芳光院様の山荘を血で汚しては恐れ多いとわかってはいたのですが」

さびしげな笑みを笙平は浮かべた。

「お命を粗末にされてはいけないと申し上げているのです。このまま腹を召されては江戸での不祥事がまことのことだとされるのではございませんか」

うつむいて考え込んだ笙平は、しばらくして口を開いた。

「昨日、桑野清兵衛の屋敷まで参ったのです」

「もはや桑野殿に会われましたか」

ああ、やはり笙平は桑野屋敷を訪ねていた。一昨日、雫亭を後にする前に、自分がいない間に訪ねるよう言わなければよかったとほぞを嚙《か》んだ。笙平が訪ねれば清兵衛は、すぐさま藩庁に報《しら》せただろう。

不安な表情になった澪に笙平は微笑んで首を横に振り、

「ご心配には及びません。わたしは桑野をさほど信じておりませぬゆえ、いきなり訪ねたりはせずに屋敷の近くで様子をうかがいました」

と言ってから昨日の昼間、桑野屋敷の近辺に行ったおりの話を静かに語った。

菩提山から尾根川にかけての一帯は清兵衛が大庄屋を務める坂田村と大西村、篠村の三村に占められている。

笙平は、清兵衛の庄屋屋敷がある大西村まで五里の道をたどった。大庄屋の屋敷が見えてきたあたりで、道沿いの竹藪《たけやぶ》に入った。

竹藪はなだらかな斜面になっており、少し上ると清兵衛の屋敷の門が見通せた。様子を探ろうとしばらく眺めていた笙平は、門から役人らしい武士が数人出てくるのを見て小腰をかがめ、身を隠した。

武士たちを見送って門の外にまで出てきたのは香だった。香は丁寧に頭を下げて武士たちに挨拶している。

武士たちは笠をかぶり羽織に裁着袴《たつつけばかま》を身につけ、草鞋履きという姿をしていた。その様子から、

──山役人ではないか

と思った。郡方とは別に山々を廻る山役人は、関所破りなどを見張ることから目付《めつけ》方《かた》の配下となっている。大庄屋の屋敷を山役人が訪れても不思議はないが、香が見送りに出たことが訝しかった。

笙平がなおも屋敷をうかがっていると、畑仕事を終えて戻る途中らしい百姓ふたりが鍬《くわ》をかついで道を歩いてくるのが見えた。のんびりと話を交わすふたりが近づいてきたとき話し声が耳に入った。

「江戸から逃げてきたっていうじゃねえか」

「大庄屋様はたいそうな剣幕で怒っとられるそうだな。山役人様もこきつかわれて、おおごとだろうよ」

「そりゃあ、あれだけかわいがってなさる奥様の実の息子が騒動を起こしたんじゃから、放ってはおけんじゃろう」

「そりゃあ、そうだ」

話しながら遠ざかっていくふたりの背を見ながら、笙平はさらに身を低くして姿を藪に隠した。どうやら清兵衛は、笙平が自分のところに来ると察して山役人に捜させているようだ。ちらりと見えた香の様子も山役人たちに丁重だった。

笙平はしばらくの間、竹藪に潜んで動かず、日が落ちたころになって、ようやく道へ出た。庄屋屋敷に近づいて築地塀《ついじべい》に沿って進み、裏門にまわった。屋敷をうかがううちに、小太りの女が大根を抱えて出てきた。女中らしいと見て、

「卒爾《そつじ》ながら――」

と裏門の外から声をかけた。女中はぎょっとしたように立ち止まり、笙平に目を向けた。

「奥様に実家の者が訪ねて参ったとお伝え願えぬか」

と低く声をかけ、口にするのをためらいつつ、

——笙平と申す

と告げた。女中はおびえた表情になりながらもうなずいて、大根を抱えたまま屋敷の裏手へ戻っていった。

耳をすまして待つ笙平の前に、間もなく香が出てきた。

香はすでに四十代後半になっているはずだが、容色が衰えていないと、薄暗がりの中でもわかった。

香は、江戸へ発つ前に笙平が桑野屋敷を訪ねて江戸詰めとなった挨拶をしたおりとさして変わらないように見受けられた。

江戸に行くと告げた際は機嫌がよかったのに、笙平の不祥事を伝え聞いて、憤りを胸に抱いているのが気配で見て取れた。

「母上——」

声をひそめて呼びかけた笙平に、香は苛立《いらだ》たしげな声音で答えた。

「なにゆえ、訪ねて参ったのです。ここはそなたが帰ってくるところではありません」

つめたい言葉が笙平の耳朶《じだ》をうった。後悔の念にかられると同時に腹立たしい思い

が湧いてきた。

「それはあまりな申されようです。わたしの話をお聞きください」

笙平が詰め寄ろうとしたとき、屋敷の中からひとが出てくる気配がした。

さらに表門から道へまわったらしい男たちが築地塀沿いにあわただしく駆けてくるのが見えた。

「なるほど、こういうことですか。母上の心底はわかりました」

笙平はうめくように言うと、そのまま背を向けて走り出した。

男たちの追跡から逃れて道沿いの竹藪の斜面を駆け上がり、小高い山の頂《いただき》を目指した。男たちが竹藪に入ったころには尾根伝いの道を見つけて山間《やまあい》を走り、灌木《かんぼく》をかき分け谷川に下りた。

あたりに目を配りつつ向う岸に渡り、追手を振り切れたと見定めてから、雫亭へ向かった。

「桑野はわたしを捕らえて藩に引き渡すつもりのようです。母は桑野の言いつけに従い、わたしを引きとめて捕まえる手引きをしたのでしょう。山荘に戻ってひと晩考えたのですが、もはや行く当てもなく、このままでは澪殿にご迷惑をかけるだけだと思ったのです」

「それで腹を召そうとしておられたのですか」

「まあ、そういうことです」

笙平のなにげない口振りに澪は胸がつまる思いがした。

どういうことがあって謂《いわ》れのない咎めを受けることになったのかわからないが、理不尽に追い詰められ、助けを求めた相手にも裏切られた笙平に不憫《ふびん》な思いが湧いた。

「香様が笙平様をお助けくだされればよろしゅうございましたのに」

せつなげに言う澪に笙平はきっぱりと答えた。

「母はもはや桑野の妻になりきっておられました。わたしが近づけば、いまの暮らしを壊されると思っているのではないでしょうか」

「まさか、さほどまで思ってはおられないと存じますが」

澪は眉をひそめて言い添えた。

「母は昔からさような方でした。それに、今回の一件はもとをただせば、桑野の差し金で起きたようなものです」

笙平は突き放すような言い方をした。驚いた澪は、笙平の顔をうかがい見た。

「桑野清兵衛はもともと黒瀬ご家老に取り入っております。このことはご存じでしょうか」

清兵衛と呼び捨てにした問いかけに、清兵衛と黒瀬家老のつながりを笙平は知っていたのだと思いつつ、澪はためらいがちに答えた。

「夫がさようなことを申しておりました」

夫と口にしたとき、澪はわずかに後ろめたい心持ちがした。その一方で、夫と清兵衛のことを話し合ったと聞いて、笙平はどう思うだろうか、と気にかかった。だが、笙平は気にする風もなくうなずいて、言うのは気が進まないという様子で口を開いた。

「実は、わたしの妻であった志津は、怪《け》しからぬことに三年前から黒瀬ご家老と不義密通いたしておったのです」

苦しげな表情で笙平は思いがけないことを言った。

「まことでございますか――」

澪は驚くあまり、あとの言葉が続かなかった。

仮にも藩の家老という重職にある黒瀬宮内が藩士の妻と密通するなどありえないことのように思える。しかし、笙平は眉をひそめながら話を続けた。

「わたしも最初は信じられませんでした。志津は三年ほど前に祖父母を看取《みと》ると言い立てて国許へ戻っておるのですが、実家にはあまりいないそうなのです。どうもご家老の屋敷に入り浸っているらしいとの話を親戚の者から耳にしました」

「どうしてさようなことに」

「志津はわたしのもとに嫁す前より、ずっとご家老と密通しておったのです」

当時、宮内は江戸詰めの側用人だった。

岡田五郎助は祐筆《ゆうひつ》役から側用人に昇進したばかりで、宮内と親しくなり、たびたび屋敷を訪ねていた。

宮内は国許に妻子を残して江戸勤番を務めており、何かと身の回りが不自由だった。そこで五郎助は、行儀見習いとして娘の志津を宮内の屋敷へ女中奉公に出した。

五郎助は宮内がさらに出世すると見込んで、交わりを深くしようという思惑があった。だが、長い間、妻と離れていた宮内は間無《まな》しに志津とわりない仲になった。

宮内の妻は藩主一門の出で、あだやおろそかに扱うわけにはいかなかった。五郎助はなんとしてもふたりを別れさせねばならないと思い、どうしたものかと桑野清兵衛に相談したらしい。

これを受けた清兵衛は、かねてより目障りだと思っていた笙平を江戸へ追い払うこともできる一石二鳥の策を五郎助に言い出したのだ。

「清兵衛の差し金で江戸詰めになったわたしが、志津を妻に迎えるにいたったのは、これ以上、ふたりの仲が続いては不都合が起こると恐れた岡田五郎助殿の思惑があったからなのです」

話すにつれ、しだいに笙平の目に怒りの色が浮かんできた。澪は驚くばかりで、言葉もなく笙平の話に聞き入った。

「ご家老は三年前、奥方を病で亡くされました。それで、俗に言う焼けぼっくいに火がついたということでしょうか、志津を国許に呼び寄せたのだろうと思います。そのころわたしは側用人に登用されました。江戸で要職につけば国許へ戻ることもままなりませぬゆえ、それが狙いだったと思われます」

澪は宮内のひとを侮《あなど》った振舞いを聞いて憤りを感じた。

笙平はかつての宮内の不義密通をおおい隠すために江戸詰めとされ、志津を妻とするよう仕向けられたのだ。そして、三年前からその妻も奪われていたという。

「それでは、このたびの一件はすべてご家老様が仕組まれたことなのでしょうか」

澪は恐る恐る訊いた。

「澪殿の兄上が言われたように、わたしは商人の賂《まいない》をご家老へ橋渡しする役を拒みました。しかし、わたしに罠が仕掛けられたのはそれだけが理由ではなかったのだと思っております」

笙平は江戸で起きたことを振り返った。

藩邸に出入りしていた駿河屋利助《するがやりすけ》という呉服商人が、笙平にしばしば金を渡そうとし始めた。笙平が何度も受け取るのを拒んでいたところ、ある日、利助が帰る際に置いていったらしい袱紗《ふくさ》に包まれた三十両の金が玄関先に残されていた。

家僕に駿河屋まで返しに行くよう言い付けようとして、大金だけに間違いがあってはならないと思い直した笙平は、二度とこのようなことはしないように念押しをするために自ら日本橋《にほんばし》の店を訪ねることにした。

金にまつわる話が広まっては困ると思い、供は連れずにひとりで駿河屋へ向かった。店の奥座敷に通されてしばらく待っていると、利助の女房のおくらが出てきて、主人はあいにく留守をしております、と挨拶した。

おくらは柳橋《やなぎばし》の芸者をしていたおりに利助に見初められたらしい。まだ、三十前の商人の女房にしては人目を惹《ひ》く艶《つや》っぽい女だった。前の女房を病で亡くした利助の後添えとして駿河屋に入ったという。

藩邸の奥向きには女は出入りが容易で、奥方や女中たちのもとへはおくらが訪れており、笙平も顔を見知っていた。

笙平は懐《ふところ》から袱紗の包みを取り出しておくらの膝元に置き、

「かようなことをしてもらっては困る。駿河屋殿にはかねがね、そう申しておるはずだ。今後、ふたたびかようなことをすれば藩邸への出入りを差し止めねばならぬ。ご亭主が戻られたら、さよう伝えてくれ」

と言った。金だけ返してすぐに退散するつもりだったが、おくらが、いかにも困ったという顔で、

「さように仰せられましても、これをお受けすれば、わたしが主人から叱られます」

と言葉を返した。

「それがしの与《あずか》り知らぬことだ」

笙平が言い捨てて立ち上がろうとしたとき、おくらは素早い身ごなしでそばに寄り、深々と頭を下げた。

抜いた襟から白いうなじがのぞいて、笙平が思わず目をそらすと、おくらはいきなり、笙平に取りすがった。

「これ、何をする」

その手を離そうとする笙平の膝に、おくらは顔を突っ伏して、

「お願いいたします。袱紗の包みをお持ち帰りいただけますなら、なんでもいたします」

と甘い声でささやいた。

おくらのうっとりするような香りに包まれて、筆平は戸惑った。一瞬、くらりとした筆平の手を取り、おくらは自らの胸元に誘い入れた。

筆平はあわてておくらの胸元から手を抜き出し、

「馬鹿なことを。やめぬか」

とかすれた声で言った。おくらから離れたいと思うのに、手足がしびれて力が入らない。おくらはなおもすがりつき、裾《すそ》が乱れて白い脛《はぎ》がのぞいた。

「よせ――」

あえぎながらも筆平はおくらの手を逃れて立ち上がった。するとおくらは襟元をくつろげて素肌を見せてから、誘いをかけるようにゆるりと裾を開いて足を筆平の目にさらした。妖艶《ようえん》な花が開花する様に似ていた。

――葛西様
おくらの艶めいた声に耳をふさぐ思いで、筆平は縁側に出ようと障子を開けた。だが、縁側には茶碗をのせた盆を手にした年若の女中が控えていた。座敷でおくらが着物を乱している様を見た女中は、驚いて目を丸くした。

「それがしはなにもいたしておらんぞ」

笙平はつぶやくように言って縁側から玄関へと向かった。背後からおくらの笑う声が聞こえてきた。

「駿河屋は前々から岡田殿に取り入っていました。おそらく岡田殿の言いつけでわたしに罠を仕かけたのでしょう。駿河屋の女房が奥座敷でわたしに迫ったおりに無礼を咎めるべきでしたが、恥ずかしながらうろたえてしまったのです」

苦笑しつつも駿河屋の女房に色仕かけで迫られたと笙平が話すのを聞いて、澪は胸苦しくなった。

艶やかな女にみだりがわしい真似を仕かけられたおりに、笙平は厳しくはねつけることができなかったのだ、と察した。

妻の志津が国許へ帰ってしまい、女気のない暮らしを強いられていた笙平の心の隙を突くようなやり方だと思った。

そんなことを考えるうちに、笙平と一度だけ契りを交わした夜のことが澪の胸に甦ってきた。

もはや思い出すこともなく、霧の彼方《かなた》に霞《かす》んで忘れ去ったと思い込んでいたことが鮮明に思い起こされ、笙平の息遣いさえ聞こえたような気がして、澪は目を伏せた。

笙平は駿河屋の女房に罠を仕かけられただけの関わりだとわかっているのに、胸がつまるのはなぜなのだろう、と澪は思った。

こうして笙平と向かい合っているのがわずかばかり辛《つら》いと感じられてきた。

ふと澪はまだ脇差を手にして、背に隠しているのに気づいた。もはや笙平がここで切腹することはなさそうだと、手をまわして脇差を差し出した。

白刃が不気味にきらりと光った。その輝きがなぜか、体の奥に埋めていた炭火をふたたび熾《おこ》すのではないかと思えて澪は困惑した。

笙平は澪が差し出した脇差を受け取った瞬間、刃《やいば》を食い入るように見つめた。その目に深い悲しみが宿っているのを澪は見て取った。笙平はもはや死ぬよりほかに道はないと思い詰めた顔になっている。

「笙平様、お命を粗末になされてはなりませぬ」

澪は心を込めて口にした。笙平を生かしたい、そのためには何でもしよう、と心底思った。笙平は微笑してうなずき、

「国許へ送られれば詰め腹を切らされるに相違ないと思い、母を頼ってすべてを知る

清兵衛に助けを求め、窮地を脱しようと考えたのですが、無駄な悪あがきだったようです」

と言いながら脇差を鞘《さや》に納めた。澪は思い切って、蔵太が言っていたことを伝えた。

「笙平様をお助けすることができるのは、芳光院様だけではないかと夫が申しておりました」

「萩殿が――」

笙平は少し驚いて澪の顔を見つめた。

「それがしのことを萩殿に話されましたか」

うかがうような目で見る笙平に、澪はあわてて首を横に振った。

「いえ、何も申しておりません。笙平様がここにおられることを知っておりますのは、わたくしだけでございます」

蔵太に秘密を持ってしまった、と澪は思った。

「芳光院様はわたしをお助けくださるでしょうか」

笙平は心もとない表情で考え込んだ。澪は励ますように、

「芳光院様はおやさしく、理非をはっきりとお示しになられる御方でございます。身

を捨ててこそ浮かぶ瀬もあれと申します。思い切っておすがりしてみませぬか」

と言葉を添えた。

芳光院に助けを求めようという話を笙平はなおも考えていたが、やがてため息をついて澪に目を向けた。

「しかたがありません、それしか道はないようです」

逡巡《しゅんじゅん》する心持ちが残っているような口振りで応じる笙平に、澪は意を決して言った。

「お信じになられれば、お見捨てなさらぬ御方です。ここにいれば必ず芳光院様にお目にかかれましょう。いましばらくご辛抱されてお待ちください」

笙平は沈鬱《ちんうつ》な面持ちでうなずいた。


この日、澪は夕刻になって屋敷に戻った。

珍しいことに、蔵太がすでに勤めを終えて帰ってきていた。

家僕から蔵太の帰宅を聞いた澪は、あわてて居間に行った。

羽織袴を脱いで着流しになった蔵太が小一郎を相手に話をしていた。日頃にないことだ、と思いつつ、澪は座って手をつかえ、

「お帰りなさいませ。遅くなりまして申し訳ございません」

と頭を下げた。蔵太はゆっくり振り向いて笑みを浮かべた。

「わたしも先ほど戻ったばかりだ。いま小一郎に話をしておった」

「何をお話しになられていたのでございますか」

小首をかしげる澪に、小一郎が目を輝かせて大きな声で答えた。

「熊と猪の喧嘩《けんか》の話です。父上は山の中で本当に見られたのだそうです」

「まあ、それは珍しいお話ですね」

澪は驚く声を上げて蔵太に顔を向けた。真面目くさった表情をしている蔵太の目が一瞬、笑ったように見えた。

(実際に見た話ではないようだ)

澪にはなんとなくわかった。蔵太はゆるりと口を開いた。

「熊は切り立った崖の上で猪を迎えうった。崖から落ちれば千尋《せんじん》の谷底で助からぬ。猪は鼻息荒く牙《きば》をむいて突きかかってくる」

そこで言葉を切った蔵太は、小一郎に問いかけた。

「熊はどうしたと思う？」

「熊は強いのですから恐れることなく、猪に向かって突き進んだと思います」

小一郎は真剣な顔つきをして答えた。蔵太は首を横に振った。

「残念だがはずれだ。熊は後ろ足で立って戦えるのだ」

「そうなのですか。知りませんでした」

驚いたように小一郎は目を丸くした。

「熊は崖の上で、大きく仁王《におう》立ちになって待ち構えた。猪は勢いよく熊をめがけて突きかかった」

蔵太が言葉を呑むと、小一郎は膝を乗り出した。

「それでどうなったのですか」

「熊は突進をかわしつつ、猪の背中に前足で一撃を加えた。それで猪は勢いのまま、崖から落ちて谷底へまっしぐらに落ちていった」

小一郎は大きなため息をついた。

「やはり熊の方が強かったのですね」

微笑して蔵太は答えた。

「いや、違うな。熊は〈天の目〉を手に入れたゆえ、勝負に勝ったのだ」

「てんのめ、とは何でしょうか」

小一郎は興味を引かれた目をして聞いた。やさしげな表情になった蔵太は、

「熊は立ち上がったおり、猪を上から、すなわち天空から見ることができた。同時に後ろが崖であることもわかっていた。相手の動きを見つめ、さらに自分がどのような地形に立っているかを知ることができるのが〈天の目〉だ」

と話を続けた。

「それでは、ひとは皆、二本足で立っていますから、〈天の目〉を持っているのですね」

小一郎は蔵太の話に得心した表情になった。

「そうだ。だからこそ鹿や猪、熊などの獲物を狩りで仕留めることができる。しかし、ひと同士が戦うおりには、どちらも〈天の目〉を持っているが、どうすれば勝てるであろうか」

「相手より高い〈天の目〉をもたねば勝てません」

子供ながらも小一郎は考え深げな顔をして言った。蔵太は感心したように、よくわかったな、と声をかけた。

小一郎が嬉しそうに顔を輝かせると蔵太はさらに話した。

「ひとが〈天の目〉を持つには、自分が鳥になったと思えばよい。鳥になり、戦う相手と自分を空の上の方から見下ろすのだ。そうすれば自分が何をなさねばならぬのかが見えてくる」

「やはり〈天の目〉を持てば勝てるのですね」

小一郎はにこりとした。

「しかし、勝つことだけがすべてではない。〈天の目〉を持てば、無用な戦いが避けられ、さらには多勢に無勢で利がないおりは退《ひ》いて命を全《まっと》うすることができる」

蔵太は噛んで含めるように言った。

「逃げる役に立つのでしたら、つまりません」

戸惑った小一郎が面白くなさそうな顔をすると、蔵太は厳しい口調で叱った。

「馬鹿者。御主君の命を果たしてこその武士だ。むやみに敵に勝とうと念じる者は、猪のように千尋の谷底へ落ちてしまうぞ」

「それは嫌です」

小一郎が口をとがらせると、蔵太は笑い声を上げた。つられて小一郎も笑い出し、父子が笑い合う声が居間に響いた。

「よいか、武士はいつ何時《なんどき》、何が起ころうともあわてずに事にあたる心構えをしておかねばならぬのだぞ」

蔵太がやさしく語りかけると、小一郎は真剣な表情でうなずいた。

微笑ましい光景に、澪は思わず知らず心がなごんだ。それでも武家の妻であるだけに、蔵太の話したことが剣の理《ことわり》ではないかと感じ取っていた。

蔵太は、実家の兄の誠一郎のように自ら木刀を持って稽古をつけたりはしないで、このようにわかりやすい話によって、剣の理を教えているのかもしれないと思った。

(夫は、やはり心極流の逸物かもしれない)

思いをめぐらせている澪に、蔵太が声をかけた。

「いかがした。小一郎への話はもう終わったぞ」

はっとした澪が目を遣ると、すでに自分の部屋へ戻ったらしく小一郎はいなかった。

澪は、蔵太に目を向けて、

「たいそう、おもしろいお話をうかがいました」

と言った。蔵太は笑って答えた。

「熊と猪の喧嘩の話だぞ。そなたはどうも子供のようなことを言う」

「いいえ、お話に感心いたしまして……」

澪は蔵太の話を聞きながら、自分も筌平について〈天の目〉で見て、考えなければならないのではないかという気がしてきた。

いま笙平は行き場を失っているが、天空から見れば新たな道が見つかるかもしれない。そんなことを考えたが、口にするわけにはいかなかった。ただ、蔵太の話を聞いているうちに思いついたことがあった。

「近々、芳光院様が城下へお出ましになられることはございますでしょうか」

澪が問うと、蔵太は不審げに目を向け、

「なぜ、芳光院様のことを知りたいのだ」

と訊き返した。

「芳光院様はお出まし先で家中の女人や尼僧の方とお会いになられ、二日ほど後に雫亭で茶会を催されます。わたくしが茶会があるのを知るのはたいてい前日でございますので、いつも支度に追われます。できれば早目に知っておきたいと思いまして」

澪が言いつくろうと蔵太はあっさり、そうか、とうなずいた。腕組みをしてしばらく考えた後、

「十日ほど後に円光寺《えんこうじ》へ参られるとうかごうたな」

円光寺は藩主の菩提寺で、城下の北のはずれにある。芳光院は先祖の月命日のほか、思い立つと寺に参ることが多かった。

「十日後でございますか」

繰り返して言う澪の顔を蔵太は訝しむ目をして見た。

「そなたはさほどに芳光院様のお出ましの日を気にしたことはなかった。いささか腑《ふ》に落ちぬな」

「いえ、ふと思いついただけでございます」

答えつつ澪はうつむいた。蔵太の厳しい視線を恐ろしく感じていた。

（夫は、こんなに鋭い目をしていただろうか）

蔵太のこのような眼差しを初めて見た気がしてどきりとしたが、それは笙平を匿っているという後ろめたさのせいだけでもないように思えた。

それはそれとして、十日後に円光寺に赴いて芳光院に面会を願い出ようと澪は思案していた。

脱藩同然に逃亡した笙平を匿っていると澪が芳光院に打ち明ければ、どのような罪科に問われるかわからない。

自身が罰せられるだけでなく、萩家や実家にも迷惑がかかるだろう。そう思うことは身を切られるように辛かった。しかし、そうわかっていてなお、

——笙平様をお助けしたい
という一念は強まるばかりだった。

（わたくしは、いったいどうしてしまったのだろう）

笙平と再会したことを悔やむ気すら湧いてくる。思い悩む澪に、蔵太は何気なく、

「まあ、気にかかることがあればしてみるものだ。やってみれば道はおのずから開けるものだろうからな」

と言った。自分がしようとしていることを見抜いているかのような言葉をかけられ、澪は心が落ち着かなくなった。

四

翌日、澪《みお》は由喜《ゆき》を呼んで裁縫《さいほう》を教えた。

蔵太《くらた》が小一郎《こいちろう》に剣の心得をそれとなく教えているのを見て、由喜にも自分が教えられるだけのことをひと通り伝えておかなければ、と思った。武家だからとのどかに構えて由喜の裁縫の稽古は町家の娘に比べて遅めに始めていた。

逃亡者である笙平《しょうへい》を匿《かくま》っているだけに、自分の身に何かあるかもしれないと気が急いた。由喜は六歳から手習いを始めており、いずれ漢籍も読めるようになってほしい、未生《みしょう》流の生け花の稽古も進めなければ、と焦《あせ》りを覚える。もし自分が咎めを受け

ることになれば由喜にそんなことをしてやれる者がいなくなる、という不安が湧いた。

澪はそんな気がかりを抑えて由喜に足袋底《たびぞこ》を縫《ぬ》ってみるように言った。足袋は底を丈夫にするため厚地になっている。針仕事をほどほどこなせる者でなければ針目をそろえるのが難しく、どれほど縫えるか見るのにほど合いがよかった。

由喜は真剣な表情で針を持ち、一針、一針ていねいに縫っていった。一刻《いっとき》（二時間）ほどして澪は由喜が縫い上げた足袋底を手に取った。

「ご覧なさい。わずかですが左右で縫い目がそろっていませんから、大きさも不ぞろいになっています。縫い目をととのえると左右がそろいますよ」

澪が教えると、由喜は何度もうなずいて耳を傾けた。

「足袋の縫い目がそろうようになったら、着物の裁《た》ち方を教えましょう。それから袖《そで》口《ぐち》や褄《つま》を縫う稽古をしましょうね。着物を仕立てられるようになると裁縫も楽しくなります」

微笑して澪が言うと、由喜は嬉しそうに笑った。澪は、ふと由喜が父の蔵太をどう思っているのか訊いてみたくなった。

「昨日、小一郎は父上からお話をしてもらっていたようですが、由喜にもお話をしてくださるおりがありますか」

「はい、母上がお役目で雫亭にお出《い》でのおりには早く戻られますので、折々に、山野の草花のお話などをしてくださいます」

由喜は嬉しげに答えた。澪が雫亭に出向いている際、蔵太が早く戻っているとは知らなかった。

「そうでしたか」

思いがけないことを聞いた澪は、首をかしげた。

日頃、寡黙な蔵太は澪にもさしたる話をしない。そんな人柄なのだと思い込んで気にも留めていなかったが、子供たちにこまやかな心遣いを示しているようだ。

「父上はどのような草花の話をしてくださいますか」

「野にある草花で食べられるのはどれかというようなことです」

由喜の話に澪は思わず吹き出した。

娘に草花の話をしていると聞いて、蔵太にしては風雅だとそぐわない気がしたのだが、やはり武骨な夫にふさわしい食物となる草花の見分け方を話しているらしい。

澪が笑い出したのを心外に思ったのか、由喜は少し頰をふくらませて言った。

「父上は、どの草花が食べられるかを知っておくのは飢饉《ききん》のおりに大切なことだと申されました」

　言われてみれば、その通りだと、

「父上のおっしゃる通りです。笑った母は考えが足りませんでした。父上に申し訳ないことでした」

　澪が素直に謝ると、由喜は、はい、とうなずいて、

「草花は食べられるだけでなく、染め物にも使われるそうです」

と告げて、父上は茜《あかね》や紅花《べにばな》、藍《あい》などの話をして、これらの染料で衣服だけでなく紙を染めて〈染紙《そめがみ》〉も作ると言葉を続けた。

「奈良《なら》に都があったころは、胡桃《くるみ》も〈染紙〉に使われたそうでございます」

　蔵太の見かけによらない知識に、

「まことに父上はよくご存じですね」

と澪が驚くと、由喜は得意げな顔をしてつけ加えた。

「これは申してはいけないと言われたことなのですけど」

「なんでしょう」

「父上は、おととしから門のそばに種をまいて花を咲かせようとされています」

「あのようなところに花の種をまいておられたのですか。わたくしは聞いたことがあ

りませんが」

澪は首をかしげた。

「小さな白い花が咲くのです。それを母上に見ていただきたいと父上は願っておられるのですが、花が咲く前に母上が雑草だと思って抜かれるのだそうです」

そう言えば門のそばに生えている雑草を抜いたことがあったと澪は思い出した。

「花の種をまかれたのでしたら、さようにわたくしに告げてくだされればよろしいのに」

なぜ、蔵太は何も言わなかったのだろう、と澪は訝《いぶか》しく思った。

「わたくしもそのように父上に申し上げたのですが、父上は小さな花が咲けば、母上はおやさしい方だから、そのままにしておかれるであろう、とおっしゃいました。そのおりの母上のお顔を、父上はご覧になりたいのではないでしょうか」

「何を言い出すのかと思えば……」

澪は顔が赤らむ心地がした。

蔵太がそんな思いで花の種をまいていたなど信じられない気がした。しかし、胸に手を当てて考えてみると自分は子供たちほど蔵太のことを知っていないようだ。

「父上は変わったお方ですね」

澪がため息をつく思いで言うと、由喜は楽しげにくすくすと笑った。娘のそんな様子を見るにつけ、蔵太が子供たちから慕われているのがわかる。

それなのに、妻である自分はなぜ蔵太のそういう面が見えていなかったのだろうか。

（わたくしは夫に心を閉ざしていたのかもしれない）

蔵太は何の花を咲かせようとしていたのだろうかと気にかかった。

「由喜は父上がまかれたのは何の花の種か知っていますか」

澪に訊かれて由喜ははっきりと答えた。

「紫草《むらさき》です。根を灰汁《あく》で煮詰めると紫色に染めることができると教えていただきました」

――紫草

澪は口の中でつぶやいた。どこかで聞いたことがある草の名だが、何であったろうかと思いをめぐらすうちに、

紫のにほへる妹《いも》を憎くあらば　人妻ゆゑに吾恋《われこ》ひめやも

という母に教えられた和歌を思い出した。後の天武帝《てんむ》となられる大海人皇子《おおあまのおうじ》の御歌で、紫の匂えるという紫は、紫草のことだと聞いた覚えがある。

大海人皇子がかつての想い人でありながら兄の天智帝《てんじ》のもとへあがった額田 王《ぬかたのおおきみ》へ贈った歌ではなかっただろうか。

言うならば、かつていとおしんだ仲だったが、いまは人妻となった女人への思いを伝えようとする和歌だとも言えた。

紫草のように美しいあなたを憎く思っているのなら、人妻であるのに、これほど恋焦がれはしないでしょう。

和歌の意を思い起こすと、

――人妻ゆゑに吾恋ひめやも

という一節がなまめかしく感じられる。ふと、笙平は自分のことをどう思っているのだろう、と気になった。

再会したときから訊きたいとは思いつつも、笙平の切羽詰《せっぱつ》まった境遇を考えると口にすることさえ憚《はばか》られた。しかし、胸の内では江戸へ行った笙平が自分を妻に迎えたいという思いを抱き続けていたのか、それとも出世のために岡田五郎助《おかだごろうすけ》の娘をためらうことなく娶《めと》ったのかを問うてみたいと思っていた。

そんなことを訊いても、いまさら仕方のないことだと頭ではわかっていても、できれば笙平のまことの心を知って納得したいと胸の奥では思っていた。

笙平を匿うつもりになったのも、それを訊きたいがためだったのかもしれない。さまざまに思いめぐらすうちに紫の焔《ほむら》が身の内でゆらめき、自らが淡い紫に染まっていく心持ちがした。

笙平は悲運から逃れることができるのだろうかと案じられる。捕らわれて腹を切らねばならなくなったらどうしよう、と思いは乱れるばかりだった。

澪は思わず目を閉じた。思い惑う母の様子を、由喜は訝しそうに見つめた。

雫亭にひそむ笙平を案じつつ、澪は落ち着かぬ日を過ごした。

(すべては芳光院《ほうこういん》様におすがりしてからのこと)

思い定めてはいても、この間に笙平が雫亭を出て行きはしないかと心にかかって仕方なかった。

行く当てはないはずだが、ひょっとして黒瀬《くろせ》宮内《くない》への憎しみを募らせ、思わぬ行動に出ないとも限らない。

思いわずらいながら過ごしていた数日後の昼下がり、ひとりの女が萩《はぎ》屋敷を訪れた。

蔵太は出仕しており、澪が応対に出てみると、玄関先に桑野《くわの》清兵衛《せいべえ》の妻となった香《こう》が立っていた。

「香様――」

思いがけないひとの顔を見て声を上げた澪に香は深々と頭を下げて、

「ご無沙汰いたしております」

と挨拶した。

何用で来たのかわからぬまま、澪は客間へ香を案内した。

女中《じょちゅう》に持ってくるよう言いつけた茶を待つ間に、澪はさりげなく香の様子をうかがい見た。

黒々とした髪を艶《つや》やかに結《ゆ》いあげた香は、昔と変わらずあでやかな美しさを保ち、白地の着物姿もすっきりとして年齢を感じさせない。

時候の挨拶をして無沙汰を詫びた香は、女中が運んできた茶で口を湿してから言った。

「突然、お訪ねして申し訳なく存じますが、澪様にお訊きいたしたいことがあって参りました」

「なんでございましょうか」

澪がやや切り口上に問い返すと、香はにこりとした。

「澪様は、昔からわたくしを快からず思っておられましたね」

「滅相もございません。なにゆえ、さようなことをおっしゃるのでしょうか」

心中を見透かされたような気がして、すぐさま澪は頭《かぶり》を振った。

「さようでしょうか。わたくしが再嫁する前に、西行寺で清兵衛と話していたおり、墓参に見えたあなたは、わたくしどもに蔑《さげす》むような目を向けて通り過ぎなさいましたね」

「さようなことは、まったく覚えがございませんが」

澪は突き放すような口調で答えた。

あのおりの香の高慢な素振りはいまも目に焼きついている。

香から言われた通り、夫が亡くなってほどもないというのに男と親しげに話している女を疎《うと》ましいとたしかに澪は思った。

あんな女のひとにはなりたくない、と娘心に思ったことを覚えている。香は艶然《えんぜん》と微笑んだ。

「澪様は娘のころと少しも変わっておられませんね」

「さようなことはございません。子もふたり生《な》しております」

「いえ、変わらぬと申しましたのは、褒《ほ》め言葉ではございませんよ」

香の目はつめたく澪を見据えている。

「年甲斐《としがい》もなく、大人げないとおっしゃりたいのでしょうか」

このひとは、逆境にあって頼ってきた息子を冷淡にあしらい、捕らえさせようとすらしたのだ、と思うと澪の胸に憤りが湧いた。

無表情に澪を見返した香はゆっくりと口を開いた。

「江戸で笙平が不始末をしでかし、国許へ護送される途中で逃げたことはお耳に入っていますでしょう」

「いえ、そのようなことは」

澪は素知らぬ顔をして受け流した。

「お隠しになっても無駄でございますよ。笙平が国許で頼る相手は、わたくしのほかに澪様だけですから」

「なぜ、笙平様がわたくしを頼ってこられるとお思いなのでしょうか。さようなことは思いもよりませぬが」

強い口調で澪が言うと、香は、ほほ、と笑った。

「澪様は相変わらず世間知らずでいらっしゃいますね。笙平と澪様の間に何があったのか世間のひとは知っておりますよ」

香の言葉に澪は愕然《がくぜん》となった。

「どうして、いまさらそのようなことを言われるのですか」

「澪様が笙平の部屋に入られたことを女中が気づかぬとお思いですか。口の軽い女中でしたから、すぐに噂は広まりました。澪様のお父上のお骨折りで、どうにか萩蔵太様というひとのよい方を澪様の嫁《とつ》ぎ先として見つけられたのです。もちろん、萩様も噂は耳にしておられたと思いますよ。そのことで責められたことがおありでしょう」

香はつめたい口調で言った。

「いいえ、さようなことはございません」

澪がきっぱりと打ち消すと、香はまじまじと澪の顔を見つめた。

深いため息をついた香は、さびしげな笑みを浮かべた。

「女の運というものはやはりあるものなのですね」

「何をおっしゃっておられるのでしょうか」

澪は戸惑って香を見つめ返した。香の顔にはやるせない表情が浮かんでいた。

「前の夫を亡くしたおり、わたくしは世間から悪《あ》し様《ざま》に言われました。夫の看病もせずに清兵衛と不義を働いていたとののしられもしましたが、そのような道にはずれたことをした覚えはございません。たしかに清兵衛にさまざまな相談はいたしましたが、操《みさお》を汚すような振舞いは一度たりともいたしておりません」

香は昔を思い出したからか、腹立たしげに話を続けた。

「ひとたび密通した女だと噂されますと、世間はつめたいものです。夫が遺《のこ》した借金をどう返したものかと考えあぐねたわたくしは、笙平の出世の障りにならぬようにするには清兵衛のもとへ嫁《か》すしかないと思い定めました」

香はきっぱりと言った。

「では、桑野殿へ嫁がれることをお望みではなかったのですか」

澪が驚きと不審がないまぜになった目で見遣ると、香は微笑を浮かべて答えた。

「操こそ守りはしましたが、はっきり申してわたくしの心は清兵衛に傾いておりました。それゆえ世間の目はわたくしと清兵衛の間を怪しんだのでしょう。ですが——」

言葉を切って、香は澪の目をのぞきこみながら声をひそめた。

「澪様は、ご自分の体が炎に焼かれるような思いをされたことはございませんか」

香の口振りには妖しげな響きがあった。娘のころに西行寺で行き合った際、真っ赤に色づいた紅葉《もみじ》を背に笑っていた香の姿が澪の脳裏に浮かんだ。

「さようなことは存じません」

「そうですか。いつか、おわかりになりますよ。そのおりには、いままで思っていた自らの姿が実はそうではないと思い知らされるでしょうね」

「わたくしは香様とは違います」

澪は強く言い切った。

「違いませんよ、ちっとも。そんなことより、もし笙平が頼ってきたら、すぐわたくしにお報せください」

香は出し抜けに用件を切り出してきた。

戸惑った澪は目をしばたたいて訊いた。

「笙平様をどうされるのでしょうか」

「清兵衛が同道いたして藩庁へ出頭させます」

「笙平様を見殺しになさるのですか」

澪は息を呑んだ。

「あのひとのために皆が迷惑しております。関われば、澪様もとんだことになりますよ」

香の見放したような物言いに、笙平様はわたくしがお守りしますと言い返したかったが、それもできずに澪は口をつぐんだ。黙りこんだ澪を見据えて香は、

「疵物《きずもの》をつかまされても文句ひとつ言えずにいる愚鈍《ぐどん》な夫を持つと、女は世間知らずのままでいられるのですね」

と言い放った。

あまりな香の言い草に、澪は、

「無礼でございましょう」

と声を高くした。香はすかさず手をつかえ、深々と頭を下げた。

「とんだことで口がすべりました。澪様の昔のことは口外をいたしませぬゆえ、お許しください」

もし咎めるなら、澪と笙平の密事《みそかごと》を暴くと言わんばかりの脅《おど》す口振りだった。

澪がにらみつけているのが、却《かえ》って心地よいと言わんばかりに香は笑った。

「わたくしが申し上げたことを決してお忘れなきよう」

威圧する声音で言うなり、香は型通りの挨拶を述べて辞去した。

見送りに出た澪は、しばらく玄関先に呆然と立ちつくして、あのような女を母に持つ笙平の不幸を思い遣った。

しかし、そのことよりも、いましがた香が笙平と澪の仲を蔵太も知っているはずだと言ったことが気になった。

（まことに、そうなのだろうか——）

嫁して十二年の間、蔵太は一度もそんな素振りを見せたことはなかった。澪は蔵太の温厚な顔を思い浮かべた。蔵太は何もかも知っていながら、何も言わずに夫婦として暮らしてきたのだろうか。

今朝方、出仕するのを見送った蔵太が、なぜか懐かしいひとのように思えた。

翌日、澪は朝の家事を手早くすませて出かけた。

派手やかな振舞いを好まない芳光院は供回りも少ない。お目通りを願うのはさほど難しいことではないはずだと見込んでいた。

円光寺に着いて早々に、澪はかねてから顔を見知っている住持に芳光院の休息の間に花を活けさせてほしいと頼み、合わせてそのおりに拝謁《はいえつ》したい旨を願った。

住持は、澪が芳光院の気に入りであることをわきまえており、休息の間に花を活けてもらえれば、芳光院様もお喜びになろうと喜んだ。拝謁のことも、

「わたしから御側衆《おそばしゅう》に伝えましょう」

と気乗りした声で答えた。

澪は寺の裏手に生えている花卉《かき》を切る許しを得た。本堂の横手をまわり、杉木立が

生《お》い立つあたりに咲く白い花を花鋏《はなばさみ》で切り、花桶に入れた。

書院に向かいながら、澪は心を鎮《しず》めた。

澪が稽古してきた華道の未生流は、幕臣の家に生まれた未生斎一甫《みしょうさいいっぽ》を祖とする。一甫は寛政《かんせい》年間に江戸を離れて各地を行脚《あんぎゃ》し、九州にいたったおりに華道の奥義を七巻にまとめて、未生流を唱えた。

その後、大坂に赴いて一家をなし、門人を育てた。晩年には失明したとも伝えられるが、華道を教えて滞《とどこお》るところがなかったという。

未生流は生け花を通じて自己の悟りを開くのを本義としている。

澪は花を活けるにあたって澄明《ちょうめい》な心持ちをととのえようとしていた。

しばらく目を閉じて広縁《ひろえん》に控えていた澪はゆっくり進んで芳光院の休息の間となる書院に足を踏み入れた。

先ほど住持に頼んでおいた真塗角水盤《しんぬりかくすいばん》が床の間に支度されている。脇に置いた花桶からおもむろに取り出した葉を組み、花を挿し入れる。

——一初《いちはつ》である。菖蒲《あやめ》の一種で燕子花《かきつばた》や花菖蒲《はなしょうぶ》より先に咲くことから一初の名がある。葉が太く、鳶《とび》の尾に似ているため鳶尾《いちはつ》とも書かれる。

紫色の花が多いが、澪が円光寺の庭で鋏を入れた花は白かった。

黒塗《くろぬり》の水盤に活けられた一初は鈍色《にびいろ》の壁を背に緑のたくましい葉と清楚な花が映えて美しかった。水盤の傍らに用意してきた短冊《たんざく》をさりげなく置いた。

澪は少し離れて花を眺め、出来栄えに満足してうなずいた。

そこへ若い僧が顔を出して、

「ただいま、芳光院様がお着きでございます。控えの間にてお待ちをとのことでございます」

と告げた。澪が隣室に控えて待つほどに、さやさやと衣擦《きぬず》れの音が近づく気配がしたかと思うと書院の襖《ふすま》が開けられた。

芳光院は髷《まげ》の端を短く切りそろえた〈切髪《きりかみ》〉にしているが、豊かな頬とふくよかな体つきは六十歳を過ぎていると思えないほど元気そうに見える。顔の皺《しわ》も目立たず、肌も赤子のようにつやつやしている。

白足袋《しろたび》の足ですっと書院に入った芳光院は、そのまま床の間の前に進んで、澪が活けた花を眺め遣った。お付きの侍女たちは廊下に控えている。

「一初か――」

芳光院ははりのある声で言うと水盤に添えられた短冊を目に留め手に取った。

短冊をしばし眺めていた芳光院は書かれた和歌を詠《えい》じた。


うちしめりあやめぞかをる郭公《ほととぎす》啼《な》くやさつきの雨の夕暮

雨が降り、湿り気を帯びた五月の夕景に浮かぶ菖蒲の花とほととぎすの鳴く声のやるせないせつなさを伝える歌だ。一初の風情に合うと思い、添えた和歌だった。

芳光院はにこりとして振り向き、

「よう、できました。褒めてとらせる」

と言って脇息《きょうそく》の傍らに座った。

澪が膝行《しっこう》して進み出ると芳光院は廊下に控えた侍女に、

「しばし、下がっておれ」

と声をかけた。侍女が遠ざかるのを待って芳光院は口を開いた。

「住持から、そなたが拝謁を願い出ていると聞きました。何事ですか」

澪は手をつかえ、身を硬くして言上《ごんじょう》した。

「まことに恐れ入り奉《たてまつ》りまするが、家中にて無実の罪に問われている者がおります。芳光院様のご慈悲により、是非にも救いを願い上げ奉りまする」

「ほう、わらわに罪に問われた者を救えと申すのか」

芳光院は面白そうに目を細めて強張《こわば》った表情の澪を見た。

「もったいなきことながら、さように願わしゅう存じます」

「それは誰じゃ。そなたの亭主殿か？」

ゆるやかな声で芳光院は訊いた。

「いえ、葛西笙平《かさい》様にございます」

「なに、葛西じゃと――」

芳光院の声音が突如、厳しくなった。澪は、ああ、駄目であろうか、と気落ちして奈落《ならく》の底に落ちるような気がしたが、勇気を振りしぼって話を続けた。

「葛西様は江戸表《おもて》にて不始末を問われて、咎めを受けられたとのことでございますが、まことはさるご重役の謀《はかりごと》にて罪に落とされたと弁明しておられます」

「葛西は国許へ護送される途中で逃亡したと聞いたが、そなた、彼《か》の者に会《お》うたのか」

鋭く問い質す芳光院に澪は目を閉じ、覚悟を定めて答えた。

「いかにも、さようでございます」

ひと呼吸おいて、芳光院はくっくっと笑い出した。

「そなたが罪人をかばうほど大胆な女子《おなご》だとは思いもよらなんだ」

「いいえ、わたくしは葛西様を罪人だと思うておりませぬ」

澪が必死に訴えると芳光院は笑いを含んだ声で言葉を続けた。

「罪人であるかどうかは、裁く者が決めることじゃ。そなたが決めることではあるまい」

「さようだとは存じまするが、葛西様はかつて、わたくしの実家の隣屋敷に住んでおられまして、お人柄はよく存じあげております」

「人柄がよいゆえ、罪を犯さぬとは限らぬ。たしかに葛西は江戸藩邸でも俊秀であるとされていたと聞いておる。将来は重職に上るであろうとも見られておったようじゃ。しかし、得てして、さような者ほど慢心いたして道を踏み外すものぞ」

「葛西様は決してさような――」

言い募ろうとする澪の言葉を、芳光院は手を上げてさえぎった。

「待て。葛西のことはさておき、そなたは逃げておる最中の者といずこで会うたのじゃ。よもやそなたが匿いおるのではあるまいな」

青ざめた澪はうつむいたまま答えられなかった。芳光院はそんな澪の様子をしげしげと見つめて、あきれたようにつぶやいた。

「昔、隣屋敷におったというだけの縁で、かようなことをいたすとはのう。たとえ葛西が無実であったとしても、咎《とが》めは覚悟いたさねばなるまいに」

「恐れながら、ひとが井戸にはまりかけたおりに、おのれの危うきよりも、まず助けたいと惻隠《そくいん》の情を持つのがひとではございますまいか。それは恥ずべきことではないと存じます」

自分に言い聞かせるように澪は懸命に言った。芳光院はなおも澪に鋭い視線を注いだ。

「とは言うても、咎はそなただけでなく、亭主殿や実家にも及ぶやもしれぬぞ」

「すべてはわたくしの一存でなしたることにて、責めは命に代えましても負う所存でございます」

声を震わせて言い添えながら、

(芳光院様は笙平様を救ってはくださらないようだ)

澪は暗い考えにとらわれていった。とんでもないことをしでかしてしまった。もはや、自決してでも夫や兄に累《るい》を及ぼさないようにしなければ、と澪は思いつめた。

澪が顔色を失うのを見た芳光院はふわりと包み込むように言った。

「そなたは、おのれの命をおのれだけのものと思いおるようじゃな」

思いがけない言葉に澪は顔をあげた。

「恐れながらいかなることを仰せでございましょうや」

「言うまでもなかろう。そなたは子を生しておろう。そなたの命は母の慈しみで生きておる子らのものでもあろうし、そなたを思う亭主殿にもかけがえのないもののはずじゃ。いや、そなたに関わるすべての者にとって、そなたの命は大切じゃ。そなたが活ける花を楽しみにしておるわらわにとっても同じぞ。自らの命をおのれの思い通りにできると思うたら大間違いじゃ。そなたを大切に思うひとびとよりの預かり物と思わねばならぬ」

叱り、諭すかのような芳光院の言葉が澪の胸を打った。笙平への思いに引かれ、命まで投げ出そうとしたのは浅慮だったとつくづく思われた。

「申し訳ございませぬ。わたくしは浅はかでございました」

澪は目に涙を浮かべ、深々と頭を下げた。

「わかればよいのじゃ」

わずかにうなずいた芳光院は、床の間に活けられた花に目を転じた。

「短冊に書き置きし和歌は、古今和歌集にある詠人《よみびと》知らずの歌を本歌取りいたしておる、とそなたは知っておるか」

澪は涙に濡れた顔を上げて、頭を振った。

「いえ、恥ずかしながら存じませぬ」

そうか、とつぶやいた芳光院はゆっくりと、

郭公《ほととぎす》鳴くや皐月《さつき》のあやめ草　あやめも知らぬ恋もするかな

恋を告げるほととぎすが鳴く五月に自分は道理もよくわからない恋をしている、という意の歌を詠じて表情をやわらげ、澪に顔を向けた。

「隣屋敷に住もうた縁だけで、そなたが葛西をかばうのは訝しきことじゃ。まさしく、あやめも知らぬ恋をしているかのようじゃな」

言葉をかけられた澪はあわててひれ伏した。

「滅相もないことでございます。さようなことはあってはならぬと存じております」

「あってはならぬはずが、あるのが恋やもしれぬ」

芳光院はおかしそうに笑った。

しばらくして芳光院は笑いを納めた。

「殿御《とのご》にとって、恋は身をあやまる煩悩《ぼんのう》に過ぎぬかもしれぬが、女子は煩悩を縁《よすが》として生きねばならぬ定めを負うておるようじゃ」

「煩悩を縁に生きる定めと仰せられますか」

「そうじゃ。女子はひとをいとおしゅう思うてこそ、生きて参ることができよう。されば恋の煩悩こそが女子の生きる縁と言うて憚《はばか》りはなかろう」

芳光院はしみじみと感慨を口にした。

「されど、煩悩を抱けば地獄の焔《ほむら》に焼かれるとご住職様は仰せでございました」

澪は自らの行く末を恐れるかのように応じた。

「なんの、いとおしき者のためには、わが身を炎に焼かれてでも進むのが女子でありましょうぞ」

さばさばと言いのけて芳光院は微笑んだ。そしてしばらくしてから、

「そなたの願いを聞き届けてとらせよう。わらわのもとへ参るがよいと、葛西に伝えよ」

と低い声で言った。澪はあっと声をあげそうになった。

「それはまことでござりますか」

「葛西を罪に落とす謀をめぐらした重役とは、家老の黒瀬宮内のことであろう。宮内

ついてはいろいろと芳《かんば》しからぬ噂がわらわの耳にも入っておる。葛西が離縁した妻が宮内の屋敷に入り込み、正室気取りで振舞っているという話も聞いた。傍若無人《ぼうじゃくぶじん》なる振舞いをいたすと思うておったが、そなたの話を聞いて得心がいった。宮内めは権勢に驕《おご》り、道を踏み外しておるようじゃな。その非を糾《ただ》すためにも葛西を救わねばならぬようじゃ」

「まことにありがたく存じます」

澪は畳に額がつくほど頭を下げた。

「とは言うても、葛西がわらわのもとへ参らねば如何《いかん》ともしがたい。宮内の命を受けた者が葛西を必死で追っておろう。その者たちに捕まってしまえば、わらわも手出しはかないませぬ」

念を押す芳光院の言葉を聞いて、澪は不意に萩屋敷を訪ねてきた香の振舞いを思い出して、ぞっとした。

香がわざわざ出向いてきたのは、桑野清兵衛の差し金ではないだろうか。だとすると、清兵衛は笙平が澪を頼ると踏んでいたものと思われる。となると、澪のもとへ笙平が現れたおりに雫亭に匿われるかもしれないと遠からず考え及ぶだろう。

限りなく不安になりながら、澪は芳光院にあらためて頭を下げた。

「仰せ、ありがたく承りましてございます。必ずや葛西様をお連れいたします」

芳光院はうなずいてから問うた。

「ところで、そなたは葛西をいずこへかくもうておるのじゃ」

澪は額に汗を浮かべて答えた。

「まことに申し訳なきことなれど、お許しも得ず、雫亭に匿ってございます。何とぞご容赦くださいますようお願い申し上げ奉ります」

「やはり、そうであったか、女子は思い詰めると途方もないことをいたすものよ」

芳光院は笑って、

──あやめも知らぬ恋もするかな
と小声で詠じた。

五

円光寺を辞去した澪は、真っ直ぐ屋敷に戻った。

舅《しゅうと》と姑《しゅうとめ》に、芳光院様より急な仰せがあり、いまより雫亭《しずくてい》に向かいますと告げて身支度をととのえ、屋敷を後にした。昼近くより雫亭に向かえば、帰途は夜になると案じられるが、笙平とふたりなら山道も難儀しないだろうと思った。なにより、笙平を一刻も早く芳光院のもとへ連れていかなければならない。

逸《はや》る心を抑えつつ、山道をたどるうちに、ふと懸念を抱いた。

(もしや桑野清兵衛の手の者に見張られていないだろうか)

この身が笙平のもとへ向かえば追手を引き連れていくことになるかもしれない。不安になった澪は、何度も背後を振り向き、あたりに目を配りながら道を進んだ。

いまのところ道沿いの杉木立や茂みの中に怪しい気配は感じられない。

しかし、女がひとりで確かめようもないことだけに、蔵太が小一郎に話していた〈天の目〉を持っていれば助かるのにと思うにつれ、こんなとき、蔵太がそばにいてくれたら、どれほど心丈夫であろうかと、知らず知らずに思っていた。

蔵太の心極流《しんきょく》の腕前について、澪はよくわからない。だが、蔵太は危難に際して揺るがず、誤りのない道をたどることができそうな気がする。

凡庸にしか見えない蔵太の面差《おもざ》しには苦境にたじろがない強さが秘められているのではないか、という思いが澪の胸に湧いた。

夫婦となって、いまに至るまでそんな心持ちを抱いた覚えはなかっただけに、なぜいまになってと澪は自らの心を訝しく思った。

昼もかなり過ぎて澪は雫亭に着いた。入り口の戸をそっと開けて、

——笙平様

と小さく声をかけた。しかし、何の応えもない。薄暗い土間に入ると座敷はしんとしていた。先だっては一枚開けられていた雨戸も閉められている。

草鞋の緒を解いて足を濯《すす》ぐ余裕もなく、澪は六畳の間へあがった。暗い座敷をうかがいながら、ふたたび、

——笙平様

と名を呼んだが、ひとがいる気配すらしない。笙平はどこにいるのだろう、と焦燥《しょうそう》にかられた。桑野清兵衛の手が伸びて、すでに捕われたのではないか、と恐れた。

やみくもに家の中を捜し回るうち、足先に触れるものがあった。拾い上げて、外からの明かりが差し込む土間へ下りた。

日の光に当てて見ると、書状だとわかった。表に澪殿と書かれているだけで、裏には何も記されていない。

書状を開き、読み進めるにつれて澪は手が震えた。書状には笙平が雫亭を出て行こうと決心した思いの丈が書かれていた。

澪殿、あなたが城下に戻られてから、いろいろに思案いたしました。芳光院様にお
すがりするしかない、と一度は思いましたが、恐らく黒瀬ご家老の息がかかった者は
芳光院様のおそばにもおります。
あなたの手引きで芳光院様にお会いいたしますのは、容易にかなうことではないよ
うに思えて参りました。おそらく芳光院様に拝謁する前に捕らえられるのではないで
しょうか。そうなれば、あなたに迷惑がかかってしまいます。かつてわたしは、あな
たを妻に迎えるという願いをかなえることができないまま、桑野清兵衛が企んだ岡田
五郎助殿の娘を娶るという話にうまうまとのせられてしまいました。江戸に着いてか
ら、そのことを後悔したわたしは、縁談が進むのを拒みましたが、その間にあなたの
婚儀は決まりました。
わたしが優柔不断であったがゆえにあなたを妻に迎える機を失してしまいました。
それだけに、此度のようなことにあなたを巻き込んではならない。わたしはここを出
ていくべきだ、と思い至りました。
わたしはこれより、菩提山《ぼだいさん》の鋤沢《すきさわ》という地に向かいます。鋤沢は出《い》で湯《ゆ》があり、湯《とう》
治《じ》のための宿に藩外からもひとが訪れております。しばらく湯治宿に潜んで様子をう
かがい、山を越えて藩外に出る所存です。

そうなればあなたとも、もはや今生《こんじょう》でお目にかかることはないと存じます。そのことが心残りではありますが、未練を振り捨てねばならぬと心得ております。なにとぞ、わたしのことはご放念ください。


笙平の筆跡には乱れもなく、淡々とした心境がうかがわれた。

澪は書状を手にしたまま土間に跪《ひざまず》いた。これほどまで案じた笙平が、いずこへか去ろうとしている。置き去りにされた心地がして辛くさびしかった。

胸の内にいまなお昔のような気持を笙平に抱いているのかわからないでいる。だが、このような形で別れてしまうのはあまりに耐え難かった。ようやく戻ってきたと思った笙平が、目の前でさらわれたような虚《むな》しい心持ちがした。呆然と座り込んでいた澪は、入り口にひとが近づく足音に気づき、はっと立ち上がって膝をはたいた。

日の光を背に黒い人影が戸口に立っていた。

「もし、萩様の奥方様でございますか」

男が低い声で問いかけながら土間へと入ってきた。男の顔を見た澪は愕然とした。

男は、

――桑野清兵衛

だった。清兵衛は家の中をゆっくり見回し、

「葛西笙平様がおられるはずですが」

と寂《さ》びた声で訊いた。

「ここは芳光院様の山荘でございます。たとえ大庄屋殿でも、お許しもなく立ち入ってはお咎めを受けましょう」

澪は清兵衛を睨《にら》んだ。

「さようでございますか。しかし、近頃、ここに怪しげな者が潜んでいるのを村の者が見かけたと申しましてな。もしや、江戸から国許へ送り返される途中で逃げ出した葛西様ではないかと思い、様子を見に参ったのです」

「さようなことで大庄屋殿がわざわざ出向かれるとは解せませぬが」

「はて、ご存じではございませんでしたか。葛西様はわたしの女房の息子でございまして、言うなればわたしにとってもわが子同然でございますから、いかがされたかと気にかかります」

清兵衛はもっともらしい顔で言った。

「もし葛西様がここにおられましたならば、いかがなさるおつもりだったのでございましょうか」

澪が厳しい口調で問うと、清兵衛は薄く笑って、

「さあて、どうしたでしょうかな」

と無造作な口を利いた。まともに答える気はないと言いたげな口振りは、三村を束《たば》ねる大庄屋のものとは思われず、ひとを見下して驕《おご》り高ぶった様がうかがえる。

(このひとは笙平様を捕まえさせるつもりに違いない)

それだけはさせてはならない、と澪は胸の奥で強く思った。

「もはやここに葛西様がおられませぬのはおわかりでございましょう。芳光院様の山荘にこれ以上、とどまられるのは迷惑に存じます」

きっぱり告げると、清兵衛はもっともらしい顔をしてうなずいた。

「いかにも恐れ多いことでございます。さっそくに退散するといたしましょう」

軽く頭を下げて出ていこうとした清兵衛は、ふと足を止めて振り向いた。

「それにしても、もしも奥方様が葛西様を匿ったりしていなさったら、萩様にもお咎めが及んで大変なことになっておりましたでしょうな。そうならなくてようございました」

皮肉な笑みを浮かべて言う清兵衛に、澪はすぐさま切り返した。

「さようなご心配は無用に願います」

ご無用ですか、と応じた清兵衛は、じっと澪を見据えて言い添えた。

「申し上げておきますが、わたしは、お役人様のお手伝いをいたして山狩りをするつもりです。少しばかり気の荒い連中も雇い入れました。放っておくと、葛西様はご家老様に無礼を働かれる恐れがございますから」

「やはり、葛西様の身を案じられているのではなく、ご自分に火の粉が降りかかるのを心配しておられるのですね」

澪は蔑《さげす》みを含んだ眼差しを向けて言った。清兵衛はにたりとして、

「ひとは皆、さようなものでございます。いざとなれば、自分がかわいいのではありませんかな。それは奥方様も同じだと存じますが」

と口にするなり、挨拶もせずに踵《きびす》を返して戸口から出ていった。清兵衛の後ろ姿を見送りながら、澪は激しい不安に襲われた。

山狩りをする、という清兵衛の言葉が気にかかった。

笙平は鋤沢の湯治宿に向かうと書き残していたが、山狩りが行われるならばすぐに捜し出されてしまうだろう。

清兵衛は山役人に笙平を引き渡さず、雇い入れた連中に殺すよう指図しているのかもしれない。

（笙平様が危うい――）

どうすれば笙平を救えるだろうかと懸命に考えた澪は、しばしの後、危機を伝えて芳光院様にすがるよう説くほかない、と思い定めた。

違い棚に置いてある硯《すずり》と料紙を手にして文机《ふづくえ》に向かい、蔵太に宛てて手紙をしたためた。

芳光院様にお引き合わせいたす方を鋤沢の湯治宿に急ぎ迎えにいかねばならなくなりました。きょうの内に屋敷に戻れぬ勝手をお許しください。ひとの命に関わり、やむにやまれぬ事情がございますことをお察しください。戻りましてから幾重《いくえ》にもお詫び申し上げます。

手紙に封をして、いつも雫亭の手入れなどを頼んでいる百姓の家を訪ねた澪は、駄賃を渡して屋敷に届けるよう頼んだ。その足で鋤沢へ向かいながら、蔵太はあの手紙を読んでどう思うだろうかと考えた。

この間、笙平が頼ることができるのは芳光院様だけだろうと蔵太から聞いたばかりだ。芳光院に引き合わせるひとと書けば、さすがに笙平のことだとわかるに違いない。笙平の居場所を知っているとなれば、匿っていたことも知られるだろう。いかに温厚な蔵太であっても、自分を疑い、憤慨すると思われる。そうなれば、たとえ笙平の身がどうなろうが、離縁されてしまうのではないか。

萩家を出されるかもしれない、と思うと恐ろしく、澪は底の知れぬ奈落をのぞき見た気がして怖気《おぞけ》をふるった。それでも笙平を助けたいと自分は願っているのだろうか。思うにつれ足取りが重くなる気がして、必死で考えないようにした。

笙平のために身を犠牲にして悔いないかどうかはよくわからないけれど、いまは見捨てることができない。

見捨ててしまえば、昔、笙平と契りを交わしたことが、ただの過《あやま》ちになる。あのおり、間違ったわけではない。ただ、ふたりのめぐり合せがともに生きることを許さなかっただけなのだ。そう思いつつ澪は鋤沢への道をたどった。

雫亭からいったん道を下った澪は、菩提山の裾《すそ》をまわってまた山道へ分け入った。道のりの半分ほど進んだころに足の裏に痛みを感じた。雫亭に通うのとは違う慣れない山道で足にまめができたのかもしれない、と用心を怠《おこた》らずに歩いた。

日が傾き、いよいよ足の疲れを感じて立ち止まったとき、鋤沢と思われる集落が杉木立の間に見えてきた。あたりの地肌は露出して、あちらこちらから白い湯煙が立ち上っている。

通りかかった白髪頭の小柄な樵《きこり》に湯治宿を訊ねると、

「湯治宿なら三軒ございます。一番、古くからあるのは、女主人がやっている湯治宿でございますよ」

と答えた。礼を言った澪は集落に入ると湯治宿らしい家を一軒ずつ訪ねて、笙平が泊まっていないかを訊いてまわった。すると、三軒目に訪ねた古めかしい宿で応対に出てきた五十歳は過ぎているとおぼしき女主人が、くぐもった声で、

「お侍様の奥方様でございますか」

と訊き返した。何と答えていいかわからず一瞬言葉に詰まったが、そうだと言わなければ笙平が泊まっていることを教えてくれないと思い、曖昧《あいまい》にうなずいた。それを見た女主人は、頬が豊かな顔をほころばせて告げた。

「旦那様がたいそうお待ちかねでございます」

笙平が待ちわびているとは、どういうことだろう。人違いではなかろうか、と首をかしげたが、女主人はそそくさと濯ぎの世話をして澪の手を引かんばかりに宿の狭い階段を先に立って上り、二階の部屋へ連れていった。

女主人が案内した部屋に入ると、笙平が着流し姿で窓の桟《さん》に腰かけて外を見てい

た。女主人の声で振り向いた笙平は、澪の顔を見て、心底嬉しげな笑みを浮かべた。
その表情を目にして、やはり来てよかった、このひとはわたくしの助けを求めてい
る、と澪は安堵する心持ちがした。
だが、澪が近くに座るや笙平は何か思い当ったのか、顔を引き締めた。
「澪殿、いかがされたのです。かような山奥まで――」
「雫亭に参りましたおりに、桑野清兵衛殿が訪ねてこられました」
「なに、桑野が何のために雫亭に参ったのですか」
笙平は声を大きくした。清兵衛が雫亭に姿を見せたことに愕然としたようだ。
「あのあたりの村人が笙平様を見かけたのだそうです。それで捜しに来たようです
が、清兵衛殿が山狩りをするつもりだと言っておりましたので、そのことをお報せせ
ねばと参ったのでございます」
澪の話を聞いて笙平は眉を曇らせた。
「さようでしたか、大庄屋の桑野が山狩りをするとなると、大がかりなものになると
思われます。逃れられぬかもしれませぬな」
澪は膝を乗り出した。
「そのように気弱なことをおっしゃらないでください。わたくしがここに参りました

のは、笙平様を芳光院様のもとへお連れいたしたいがためでございます」

「それは――」

続く言葉を呑みこんだ笙平は視線を窓の外へ向けた。すでに日が落ちかけてあたりは薄暗くなっている。山の峰々が夕陽に赤く染まっていた。笙平ははっとして澪の顔を見た。

「もはや日が暮れました。夜中に山道を下るのは危のうござるが、どうなさるおつもりですか」

「それゆえ、夫に手紙を書きました。今宵《こよい》は戻れないと」

一度、唇を引き結んだ澪は、思い切って言った。笙平は目を瞠《みは》ってまじまじと澪の顔を見つめた。

「さほどまでに、わたしのことを案じてくれたのですか」

情のこもった声で言われ、澪は思わずうつむいた。自分は笙平への思いがあってこんな山奥まで来てしまったのだろうか。そうだ、とも思えるし、違うような気もする。

「わたくしは、ただ笙平様を芳光院様のもとへお連れして、お助けいたしたいだけでございます」

笙平への思いがあってしているわけではない、と口に出しかけて、胸の動悸《どうき》を抑えかねた澪は言葉を続けられなかった。いま何も言うべきではない、と囁く声を聞いた気がした。ふたりの間に自らの心の内とは違う空気が流れそうな気がして、澪はうつむいたまま黙り込んだ。

「澪殿、わたしには話さねばならぬことがあるように思います」

思い詰めた口調で笙平がつぶやいた。どう返したものかと戸惑いを覚えた澪は、答えてしまえば、自分は何か大きくてたいせつなものを無くしてしまうかもしれないという恐れを抱いた。

懸念を振り切るように澪は顔を上げて口を開いた。

「笙平様、明日、芳光院様のもとへ参りましょう。芳光院様はきっとお助けくださいます」

笙平はゆっくりと首を横に振った。

「いや、桑野が山狩りをいたすと申したからには、城下に通じるあらゆる道に見張りを立てているに違いありません。芳光院様のもとへ参ることは難しいのではありますまいか」

「やってみなければわからないではございませんか。笙平様ならば、必ずや城下にたどりつけると存じます」

懸命に澪は笙平を説いた。しかし、笙平に考えを変える様子はなかった。

「それよりも、わたしは澪殿にお願いいたしたいことがござる」

「何でございましょうか」

息を詰めて澪は恐る恐る訊いた。笙平は膝をにじり寄らせて澪に近づいた。膝がふれあうほどの近さに寄られて澪はうろたえた。

離れなければ、と思いながらも、体がしびれたように動かなかった。

笙平は澪の顔をのぞき込むように見つめた。

「わたしは他国へ逃げようと思います。澪殿、ともに参ってくれませぬか」

思いがけない申し出に驚いた澪は笙平の目を見返した。息がかかるほど間近に笙平の顔があった。とっさに一緒に行くことはできない、と思った。

「わたくしは笙平様とともに参れませぬ」

はっきり澪が答えると、笙平は大きく息を吐《は》いた。

「いきなり胸のうちを告げたわたしが軽率でした。じっくりと考えていただいた上で、返事を聞かせてもらいたいと存ずるゆえ、今宵、ひと晩、思案していただきとうござる。明朝、あらためて返答をうかがおう」

口早に言った笙平は、同じ部屋で一夜を過ごしては外聞を憚《はばか》ります、別の部屋を頼まねばなりませぬな、とつぶやいて立ち上がると廊下に出ていった。

澪はほっとすると同時に笙平とともに湯治宿に泊まることに変わりはないのだ、と思うと気が重くなった。たとえ笙平の求めを拒んだとしても、世間からは自分が不義を働いたと見られるのではないだろうか。

笙平の母の香が清兵衛との仲が深まる前から白い目で見られ、ついには清兵衛とともに生きるほかなかったと述懐していたことが思い起こされる。

自分にそのつもりがなくとも、世間はそれを許さないということがあるのかもしれない。川面《かわも》に浮かぶ木の葉のように流されて生きていくことになるのだろうか、と澪は不安になった。

しばらくして笙平が困ったような顔をして戻ってきた。

「弱りました。ほかの部屋はふさがってしまったと女主人が言うのです。この宿に入ったおりに澪殿が来てくれたら嬉しいと思い、後から妻も来るかもしれないと口にしてしまったものですから、すっかり澪殿をわたしの妻だと思い込んで、部屋の空きはないかと訊ねたら妙な顔をされました」

それで、この宿に笙平が泊まっているかどうかを訊ねたおりに、女主人から、旦那様がお待ちかねです、と言われたのかと得心がいった。

笙平が、妻も来るかもしれない、と宿の者に話していたということは、雫亭に残されていた手紙は別れを告げるものではなく、ひょっとしたら澪が自分を追ってきてくれるのではないか、という笙平の期待が込められていたのだろうか。

澪がそんなことを思ったとき、女主人が障子越しに、

「床《とこ》をのべさせていただきます」

と声をかけてきた。山間の日暮れは早い。もう床を敷くころあいなのかと戸惑いを隠せなかったが、断るのも訝しく思われそうで、澪は黙っていた。

笙平は女主人が床を敷くのを決まり悪そうに横目で見遣りながら、

「わたしは夕餉をすませましたが、澪殿はまだなのではありませんか。握り飯でも作らせましょう」

と言った。そう言われて、鋤沢への道を急ぐあまり、何も食べないまま来てしまったと澪は思い出した。胸がつかえて、何も喉《のど》を通らない心持ちがするが、それでは明日、城下に戻る力が湧かないだろう。

「お願いいたします」

澪が言うと、女主人は笑顔を向けて、少しお待ちください、と答えた。澪は敷かれ

た床から目をそらして軽く頭を下げた。

静かに部屋を出ていった女主人は、しばらくして握り飯を膳に載せて持ってきた。沢庵《たくあん》が三切れ添えてある。

ためらいながらも、澪は握り飯を手に取った。

笙平の前で食べ物を口にするのは気恥ずかしかったが、ひと口食べてみれば、空腹であることに思い至った。

腹が満たされるにつれて山道を歩いてきた疲労を感じた澪は、できれば横になりたいと思った。

しかし、笙平と同じ部屋でわずかでも眠れば、後で申し開きができなくなる。握り飯を食べ終えて茶を飲んだとき、ひと晩中、こうして起きているしかない、と心に決めた。

「わたくしは起きていたいと存じますゆえ笙平様はお休みください」

澪が声をかけると、笙平はおもむろに顔を向けた。

「ならば、わたしも起きていましょう。澪殿にいささか話がございますから」

笙平の言葉を聞いて、澪はうつむいた。

「わたくしにはお話しいたすことが何もございません」

「さようでしょうか。こんな山中まで、わたしのために来てくだされた澪殿に話すことがないとは思えませぬが」

「さように申されましても……」

澪はうつむいたまま顔を上げられなくなった。笙平と目を見交わせば、自分が思ってもいなかったことを言い出しそうで怖かった。

「澪殿、わたしたちはやり直せないでしょうか」

「やり直す？」

澪が思わず顔を上げると、笙平は首を縦に振った。

「さようです。これまで、わたしたちは違う道を歩んで参りましたが、若かったころの思いに立ち戻ってもう一度やり直したいのです」

「過ぎ去った歳月は戻ってはきません」

「しかし、思いを取り戻すことはできるのではないでしょうか。わたしは此度のことで国許へ戻り、何よりも澪殿にお会いしたいという思いが募り、お屋敷まで参りました。束《つか》の間《ま》、澪殿の姿を目にしたおり、わたしの胸にいまも昔の思いがあるのを知りました」

「いけませせぬ。さようなことを申されては」

澪は激しく頭を振った。笙平は再び澪のそばににじり寄った。

「なぜ、いけませぬか。わたしたちは、もともと夫婦になるつもりで契りを交わした仲ではありませんか。些細《ささい》な行き違いでかなわなかっただけです」

澪を見つめる笙平の目は真剣だった。

笙平の視線がまぶしく感じられて、澪はわずかに目をそらしたが、笙平は言葉を継いだ。

「あのおり、わたしは澪殿を妻に迎えたいと父上に願い出ればよかったのです。しかし、ためらううちに日を費やし、澪殿は嫁がれました。そして、わたしは桑野の差し金で望みもしない縁を押しつけられたのです」

澪はこのまま笙平の話を聞いていいものかと心が落ち着かなくなった。澪の困惑に気づかないのか笙平は思いの丈を話し続けた。

「やはりあきらめるべきではなかった。澪殿は身を挺《てい》してわたしの危難を救おうとしてくだされている。わたしがともに生きるひとは澪殿のほかにいないと思い知りました」

うめくように言いながら、笙平は手を伸ばして澪の肩にふれようとした。

「なりませぬ」

とっさに身を退いた澪はかすれた声で言うなり後ずさった。

「わたくしは夫がある身でございます」

澪があえぎつつ答えると、笙平は悲しげな顔になった。

「澪殿は自分の心を偽っておられる」

澪は首を横に振った。

違う、自らの心を偽ってなどいない。笙平の言葉を素直に受け止められない心が、いましがた笙平からふれられるのを拒ませてしまったのだ。

どうして笙平の心を受け入れられなかったのか、いまはまだよくわからないが、きっとそれを阻むものが胸中にあるのだ。そのことだけは、はっきりとわかる。

澪はまじまじと笙平を見つめた。

秀麗な容貌に悲しみの翳《かげ》りが浮かんでいる。その胸のうちがひしひしと伝わってくる。

笙平の心は疑いようがない。真摯《しんし》な思いを自分に向けてくれているのはわかる。

いまさらではあっても、嬉しさといとおしさがない交ぜになった思いが湧いてくる。

その思いを振り払うように澪は窓辺に寄った。障子が開けられたままの窓から夜空が見えた。

降るような満天の星が輝いている。娘のころ折々に星を見上げていたことを思い出した。星を眺めているとせつなさがこみ上げてくるのは、いまも変わらない。

（わたくしはどうしたらいいのだろうか）

揺れ動く心を持て余して、澪は悶々《もんもん》と夜を過ごした。

六

白々と夜が明けて朝日が差したとき、澪はふと目を覚ました。

いつの間にか窓にもたれて眠っていたようだ。肩に笙平の羽織が着せかけられていた。振り向くと笙平は床に横たわり、背を向けて寝ている。

このひとは無理強いをしなかった。気持がおのずと笙平に向くのをじっと待ってくれたのだ、と心を動かされた。昨夜は拒んでしまったけれども、笙平をいとおしむ心持ちが湧いてくるのを感じた。

澪は目を転じて道を見下ろした。

朝の光を浴びてゆっくりと草木が輝きを取り戻していく。

る。

道端の小さな白い花が目に留まった。何の花だろう。床《ゆか》しげにひっそりと咲いていた。

足を止めて見入るひとがいなくてもひそやかに花が咲いていることがたいせつに思えた。

日頃は気づかないことだが、このように眺めていると、目に入るすべてのものが可《か》憐《れん》で慕わしいものに見えてくる。

これが〈天の目〉を持つということではなかろうか、とふと頭に浮かんだ。なぜ、そんなことを急に思いついたのか自分でも不思議だった。

〈天の目〉を持てとは蔵太が小一郎に教えていた言葉だ。言い聞かせていたとおり、蔵太は剣の理《ことわり》として〈天の目〉の話をしていただけではないような気がした。

由喜には、紫草《むらさき》を育てるやさしさを見せていた。蔵太は道端の小さな花をいつくしむ気持を娘に持たせようとしていたのではないだろうか。

すべてのものを空高くから見れば、いとおしむ心が湧いてくる。蔵太はそのことを伝えようとしたのかもしれない。

蔵太が持つやさしさと強さがあざやかに胸の中に浮かんできた。

寡黙で日々の行いを少しも違《たが》えない、強い心根を持ったひとだ。嫁してこの方、蔵太のゆるぎない心に守られて過ごしてきたのではないか、と思いがいたった。

そこに考えが及んだとき、蔵太が門のそばに種をまいて育てていたという紫草をまだ目にしたことがない、と澪は気づいた。

蔵太が花を咲かせようとしている紫草を見たい、と思った。白い小さな花をぜひにも見たい。

澪は笙平の背中に目を向けた。心の中で、申し訳ございません、と謝った。

ようやく澪は自らの胸のうちがわかった。

（わたくしは紫草の花を見たいのです。ですから、笙平様とともに参ることはできません）

笙平が目を覚ましたら、そのことを告げよう。そして芳光院様のもとへ行ってくれるよう、もう一度、頼もう。

澪はそう心を定め、襟を正して身づくろいをした。

何気なく窓の外を眺めた。すると集落に入る細い道を数人の男たちがこちらに向かって歩いてくるのが見えた。

笠をかぶり、羽織に裁着袴《たつつけばかま》姿の武士が先頭に立っている。その後ろに浪人者らしい男や無頼の徒ではないかと思える町人が従っていた。

男たちの中に清兵衛の姿があるのを見て、澪はどきりとした。清兵衛が、気が荒い連中を山狩りのために雇ったと話していたのを思い出した。澪は、急いで窓の障子を閉め、わずかに開けた隙間から一行の様子をうかがった。

清兵衛と武士たちは集落の辻で立ち止まり、あたりを見回しながら何事かを話し合っている。やがて澪がいる宿を清兵衛が指差して、背後に控えた浪人者や町人に二言、三言、言いつけた。命じられた者たちは清兵衛の言葉にうなずくと道をこちらに進んだ。

武士たちと清兵衛がその後ろをゆっくりと宿に近づいてくるのを見た澪は、あわてて、笙平のそばに寄り、

「笙平様、起きてくださいまし」

と声をかけた。しかし、笙平が目を覚まさないので、少しためらったが、肩に手を置いてゆすった。

「笙平様、清兵衛殿がやってきました」

笙平は驚いた様子で跳ね起きた。

「桑野がどうしましたか」

「何人もの男たちを引き連れてこちらに向かってくるのを目にいたしました。すぐさ

まお逃げください」

　言いながらも、清兵衛が浪人者たちにこの宿を包囲させたのではないかと、澪は気が気でなかった。もし、そうであれば筆平は逃れようがない。

「ここが見つかったのなら、もはや逃げられないでしょう」

　筆平は暗澹《あんたん》とした表情になった。

「いえ、あきらめるにはまだ早《はよ》うございます。でも、どうして、これほど早くここがわかったのでしょうか」

　言いかけて澪は息を吞んだ。

　雫亭を訪ねてきた清兵衛は、自分が立ち去った後、澪の動きを誰かに見張らせていたのではないか。

　そうでなければ、これほど早くこの宿を捜し当てられるはずがない。

「申し訳なく存じます。わたくしは跡をつけられたのかもしれません」

　澪は手をつかえ、頭を下げて謝った。

「何をおっしゃいますか。わたしのことを案じてここまで来てくだされたのです。わたしは嬉しかった。どのような目にあおうと構いません」

　筆平は膝を進めて自らをも励ますように言い、澪の手を取った。

笙平の言葉がありがたく、澪は目を潤ませた。手を取られたまま笙平と互いに顔を見交わしたとき、障子越しに、

「もし、お客様、お目覚めでございましょうか。山役人様がお宿改《やどあらた》めでございます」

と女主人の声がした。笙平と澪ははっと我に返り、手を離した。

澪は声を低くして訊ねた。

「山役人の方がこの部屋に来られるのでしょうか」

「いえ、なんぞお咎めを受けられたお武家様を捜しておられるそうで、下までお出でいただきたいとのことでございます」

女主人は困惑した声で答えた。突然、宿改めをすると言われて驚いているようだ。

「わかりました。すぐに参ります」

と応じた澪は身を寄せて笙平の耳もとで囁いた。

「下にはわたくしが参ります。笙平様はこのまま身を隠しておられる方がよいと存じます。山役人がこの部屋に踏み込んでくる気配がございましたら、ただちに窓からお逃げください。その間、山役人を引き留めます」

「澪殿に迷惑はかけられませぬ。わたしが参りましょう」

笙平が差し迫った表情で言うと、澪はさらに声をひそめて、

「いえ、山役人にこの宿を突きとめられたのはわたくしの落ち度でございますから」

言うなり、立ち上がった。笙平が止める間もなく、澪は廊下に出て後ろ手で障子を素早く閉めた。

廊下に控えていた女主人に目を向けて軽くうなずいた澪は、階段をゆっくりと下りた。入り口に続く土間に三人の山役人と清兵衛が立っていた。

澪は土間に近い板敷に座り、

「郡方《こおりかた》、萩蔵太の家内でございます。何のお改めでございましょうか」

と問うた。山役人のひとりが、

「われらは、元江戸藩邸側用人《そばようにん》の葛西笙平を捜しており申す。この宿にそれらしき武家が泊まっておるという訴えがあったゆえ、改めに参った」

と厳しい口調で告げた。

「さて、存じ上げませぬ。何かのお間違いではございませぬか」

さりげなく答える澪に、

「いや、たしかにこの宿にいると訴えがござった」

山役人は苛立った表情で言った。

「さようにに申されましても、存じ上げぬことは知らぬとしか申せませぬ」

澪が重ねて言葉を返すと、山役人たちの背後にいた清兵衛が前に出てきた。

「奥方様、さように嘘偽りを申されては困りますな」

「なにゆえ、わたくしが偽りを申していると言われますか」

澪から問われて清兵衛は薄ら笑いを浮かべた。

「昨日、雫亭を出てすぐに奥方様を見張るよう村の者に言いつけました。わたしが雫亭を去った後、奥方様は城下のお屋敷に手紙を届けるよう近くの百姓に頼まれ、その足でこの鋤沢までやってきてひと晩、お泊まりになられたのはわかっております」

やはり、つけられていたのかと澪は唇を噛んだ。口惜しそうにうつむく澪をいたぶるかのように清兵衛は言葉を続けた。

「いましがた、この宿の女主人から聞きましたぞ。奥方様はお武家様とともに同じ部屋に泊まられたそうですな。さような不義密通をなさる方の言葉を信じよと言われても無理でございますよ」

「わたくしは不義密通などいたしておりませぬ」

顔を上げて澪はきっぱりと言い切った。

清兵衛はくっくっと笑った。

「さような言い分が通るとお思いですか。たとえお武家様でありましょうと、男と女がひと晩同じ部屋で過ごして、何もなかったとは信じられませんな」

「それ以上、無礼を申すと許しませぬぞ」

きっと睨んで澪が言うと、清兵衛は笑いを収めて表情を消した。

「さようでございますか。ならば、しかたがありませんな。上におられるお武家にうかがうといたしましょう。その方が葛西様でありますなら、いかに不義密通していないと申し立てられましても、世間に通りはいたしませんぞ」

清兵衛のうながす目くばせを受けた山役人は、うなずいて草鞋《わらじ》のまま板敷に踏み込む素振りを見せた。

澪は笙平を逃がそうと、声を立てようとした。そのとき、

「二階は誰もおらぬぞ」

と男の声が入り口の外から聞こえた。清兵衛と山役人が驚いて振り向くと、土間に羽織、裁着袴姿の武士が入ってきた。

——旦那様
思いがけず蔵太の姿を目にした澪は驚く声をあげた。蔵太は悠然と山役人の間を抜けて上がり框《かまち》に腰を下ろし、草鞋の緒を解き始めた。

蔵太は山役人に目を向け、

「それがしは郡方の萩蔵太でござる。村廻りの途中でこの宿によく立ち寄っておったのでござるが、たまには女房孝行をいたそうと妻を呼び寄せ申した。いましがた外で漏れ聞いたところ、妻は不義密通の疑いをかけられておったようでござるが、夫婦《めおと》でござれば不義にはならぬと存ずるが」

と笑いながら言った。清兵衛が女主人を睨みつけて、

「おい、昨夜、泊まったのはこのお武家なのか。違うお武家なのではないか」

と声を荒らげて訊いた。女主人が戸惑って何も言えずにいると、蔵太は何食わぬ顔をして気軽な口調で、

「昨夜は遅かったゆえ、それがしの顔などよく見てはおるまい。わからぬでも仕方のないことだ。そんなことよりも早朝から近くの山をまわって腹がへった。朝餉《あさげ》を頼むぞ」

と言った。女主人はどう答えていいのかわからず、ぽかんと口を開けて蔵太を見ていたが、食事を求められたと気づいたらしく、清兵衛の問いに答えぬままそそくさと台所に入っていった。

「宿の者は武家の顔をしげしげと見ては失礼と思うらしく、あまり顔を見ようとはせぬものでござる。身分を隠して、ひそかに忍びで来て顔を見られたくない武家もいる

でしょうからな」

蔵太は、淡々として言葉を継いだ。

清兵衛が苦虫《にがむし》を噛み潰したような顔で、

「萩様、よもや奥方様をかばうおつもりではございますまいな」

と口をゆがめて言うと、蔵太は穏やかに応じた。

「さて、かばうとはどういうことでござろうか」

「わたしどもは、お咎めを受けて国許へ戻される途中で姿をくらませた葛西笙平様の行方を捜しておるところでございます。奥方様が預かっておられる雫亭のあたりで、それらしいお武家様を見かけた者がおります。それで、ひょっとして奥方様が匿っておられたのではないかと存じまして」

「さようか、なれど、妻が匿う謂《いわ》れはござるまい」

あっさりと言ってのける蔵太を、清兵衛はじろりと睨んだ。

「奥方様が葛西様を匿っておるのではないか、と申したのは、わたしの妻の香でございます。香が、なぜさようなことを口にしたかでございますが、萩様に思い当るふしはございませんでしょうか」

「いや、存ぜぬが」

蔵太は平然として答えた。

清兵衛が香と名を口にした際、澪は息が詰まりそうになった。屋敷に訪ねてきたおり、澪と笙平の間柄を知っていると言った香の居丈高《いたけだか》な物言いが思い出される。

清兵衛が言おうとしているのは、そのことに違いない。澪をかばい立てする蔵太に、自分と笙平の間の密事《みそかごと》を告げるつもりではないか。

「桑野殿――」

これ以上のことを口にされては困ると思った澪は声をあげた。清兵衛はにやりと笑い、素知らぬ顔をして話を続けた。

「されば、奥方様と葛西様は昔お屋敷が隣同士でございました。ある夜、奥方様は葛西様の部屋に忍んで入られたのです。その様を女中が見ておりまして、噂になったそうでございます」

清兵衛は声を低め、秘密めかした言い方で話を続けた。

「おふたりの間に何があったのか存じませんが、昨晩、奥方様がこの宿にお泊まりになられた際、ご一緒におられたのが萩様でなく葛西様でしたなら、そのおりと同じことが起きたやも知れませんな」

清兵衛は勝ち誇った表情をした。

ひややかな清兵衛の視線を酷《むご》いものに感じて、澪は顔をそむけた。清兵衛のあからさまな言い様に辱《はずかし》められた思いがした。

蔵太が憤るのではないかと恐ろしかった。しかし、蔵太は落ち着いた声で答えた。

「昔のことなら存じております」

清兵衛は目を剝《む》いた。

「なんですと──」

ゆとりのある笑みを浮かべて蔵太はうなずいた。

「澪の父上である三浦《みうら》佳右衛門《かえもん》様は、縁組を決める前にそれがしにすべてを話してくだされた。それでもよいか、と仰せであったゆえ、よろしいです、とお応えして娶ることを決めたのでござる」

「馬鹿な、なぜ、そのようなことが」

信じられないという顔をした清兵衛は、あんぐりと口を開けた。

「義父上《ちちうえ》の話されようには、一点の曇りもございませなんだ。それゆえ、それがしは澪の心にも曇りはないはずと思っただけのことでござる。そして、添うてみてわかり申した。澪の心は昔もいまも曇りのない澄み切った湖の如《ごと》きであると」

言い切る蔵太に目を向けた澪は胸が熱くなった。

蔵太が何もかも承知したうえで、自分を妻に迎えてくれたとは思いもよらなかった。

十二年の間、蔵太は一度もそれらしい素振りを見せたことはなかった。ありきたりの夫婦として暮らし、穏やかに日々を過ごしてきただけだと思っていた。いまになってみれば、それは得難いものであったことがわかる。

「旦那様――」

胸がいっぱいになり、澪が言葉を詰まらせると、蔵太は振り向いた。澪の目に涙が浮かんでいるのを見て、

「どうしたのだ。そのような顔をして」

と見慣れた表情で言い、山役人に顔を向けて口を開いた。

「さて、話を聞かれておわかりであろう。ここに夫たるそれがしがいるからには、妻が葛西殿を匿っておらぬのは明白ではござらぬか」

蔵太の言葉を聞いた山役人たちは戸惑った表情になり、顔を見合わせた。やがて山役人のひとりが、

「この宿に泊まっておった武家は萩殿とわかり申した。されば、われらは退散いたそうと存ずる」

と言って頭を下げた。

山役人が去ると聞いて、清兵衛は顔色も変えず、何も言わなかった。

それぞれ会釈して山役人たちが宿から出て行くと、清兵衛は、

「ここはわたしも引き下がるしかありませんな。しかし、山狩りの手筈《てはず》はすでにととのっております。葛西様が逃れようとしても、もはや無理というものでございますよ」

と吐き捨てるように言った。

「さようだと心得ており申す」

蔵太はあっさり返して、さっと板敷に上がった。もはや清兵衛が目に入っていないかのような素振りで澪を見て、

「部屋に戻ろうか」

とこだわりのない声をかけた。

澪は戸惑いながらもうなずいて階段のそばに近づき、蔵太を待った。蔵太は澪の意を察してゆっくりと階段に足をかけた。その様子を清兵衛はじっと見ていたが、やおら踵《きびす》を返して傲然《ごうぜん》と宿を出ていった。

清兵衛の後ろ姿を見送った澪は、さりげなく蔵太に続いて二階へ上がった。部屋に

入った蔵太は笙平がいるのを見ても驚かず、

「お初にお目にかかり申す。郡方の萩蔵太でござる」

と声をかけた。笙平は蔵太が山役人ではないかと疑う様子だったが、名前を聞いてぎょっとしたようだった。蔵太は笙平の前にゆっくりと座り、軽く頭を下げた。

澪は蔵太の後ろにそっと控えた。困惑した面持ちで一瞬、蔵太を見つめた後、笙平が、

「葛西笙平でござる。お内儀《かみ》に世話をおかけいたし、申し訳ござらぬ」

と硬い表情で頭を下げると、蔵太は飄々《ひょうひょう》とした口調で答えた。

「いえ、困ったおりは相身《あいみ》互《たが》いでござる。まして澪は葛西殿と幼馴染《おさななじみ》でござれば、難儀しておられるのを見過ごすことができなんだのでござろう」

「さように言うていただき、まことにありがたく存ずる」

笙平は礼を口にしながらも、その表情から何かを探り出そうとうかがう目つきで蔵太の顔を見つめた。しばらくして目をそらした笙平は沈んだ声音で言った。

「萩殿には、詫びを申さねばなりませぬ」

「何のことでござろう。いましがた困ったおりは相身互いと申し上げましたばかりでござるが」

蔵太は微笑した。

笙平が何か言いたげにしたとき、澪は口をはさんだ。

「葛西様、いまはまず今後の話をいたすがよろしいかと存じます」

笙平が澪に思いをかけていることを告げようとしたのではないか、と澪は落ち着いていられなかった。

笙平の意に添えないと心を定めていたが、まだ、そのことを伝えてはいない。笙平が思い違いをして蔵太に胸中を話してしまうかもしれないと気が焦った。

「家内の申す通りでござる。まず、それがしがここへ参ったわけを話さねばならぬと存ずるが、いかがでござろうか」

蔵太が申し出ると、笙平ははっと気づいた様子でうなずいた。

「いかにもさようでございました」

同意を得た蔵太は、澪を振り向いて言った。

「そなたの身の上に関わりのあることだ。こちらに参って聞くがよい」

澪は素直に蔵太の言葉に応じ、前に進み出て笙平の斜向《はすむ》かいに座った。

「さて、それがしは澪の手紙にてこの地に葛西殿がひそんでおられるのだろうと察し、さらには澪が葛西殿を芳光院様のもとへお連れしようとしているのではないかと存じました。それで、どうしたものかと考えておったところへ、芳光院様よりの書状が届いたのでござる」

「芳光院様から書状が参ったのでございますか」

驚いて澪は膝を乗り出した。

「そなたが雫亭に出かけた後、届けられたのだ。そなた宛てではあったが、緊急を要するのではないかと思い、読ませてもらった。芳光院様は葛西殿が城下に入られるのは無理であろうと考えられ、雫亭にお出ましになられる。雫亭まで葛西殿をお連れせよと書かれてあった」

「さようでございましたか」

ほっと安堵した顔をして、澪は笙平と目を見交わした。清兵衛が先ほど山狩りを仕掛けると言い捨てていったおりに、城下にたどり着くのは難しいと思ったが、雫亭へなら山伝いに行くことができるかもしれない。

「そのことを伝えて雫亭に行き着ける山越えの道を案内しようと思い、参ったのでござる」

「旦那様が道案内をしてくださるのでございますか」

澪は息を呑んで蔵太を見つめた。

「本道をたどれば桑野の手の者に見つかってしまう恐れがある。山道を行くしかないが、わたしは村廻りをしておるゆえ、このあたりの道にも詳しい。道案内ぐらいはできるであろう」

蔵太がなんでもないことのように言うと、笙平は膝を進めて口を開いた。

「ご厚誼《こうぎ》のほど、まことにかたじけなく存ずる。されど、そこまでご迷惑をおかけするわけには参りませぬ。それがしが江戸にて罪に問われることになりましたのは、いわば黒瀬ご家老の不興を買ったがゆえでござる。それがしに助力いたせば、萩殿が黒瀬ご家老に憎まれましょう」

「もう憎まれており申す」

平然と言ってのける蔵太に、

「なんですと――」

と笙平は言葉を詰まらせた。

「考えてもごろうじろ。それがしの妻がかほどまで葛西殿に肩入れをいたしておりますれば、おそらく黒瀬ご家老の耳にも達しておると思われます」

「まさか、さような」

笙平は澪に困惑した目を向けた。蔵太の言葉を聞いて、澪は背筋が凍る思いがした。

自分がしたことが家老の耳に届いているのであれば、否応《いやおう》なく蔵太まで巻き込んでしまったことになる。

「旦那様、申し訳ございません」

手をつかえた澪は深々と頭を下げた。

「何をいたしておる。そなたは義のために葛西殿を助けようとしたのであるから、立派なことをなしておるのだ。わたしは、ひとを助けようとして苦難に遭われている母上を助けに行くと、由喜と小一郎に言い置いて屋敷を出て参った。由喜と小一郎は、母上をお助けください、とわたしを励まし、送り出してくれたぞ」

穏やかな表情で言った蔵太は、顔を筌平に向けて言葉を継いだ。

「実は、芳光院様は澪から話を聞かれた後、黒瀬ご家老を召し出され、糾《ただ》されたようでござる」

蔵太は書状に書かれていたことを告げた。

芳光院は円光寺で澪と会った後、隠居所がある二の丸に戻ると、さっそく大広間に黒瀬宮内を召し出した。

裃《かみしも》姿の宮内が御前に膝行《しっこう》すると、芳光院は上段から悠然と宮内に目を向けた。

「御用繁多のおりに来てもろうて、すまなんだのう。大儀じゃ」

芳光院からゆるりとした言葉つきで声をかけられ、宮内は手をつかえた。

「滅相もございませぬ。芳光院様のお呼びとあらば、いつ何時《なんどき》なりとも、馳せ参じるのが家臣たる者の勤めと存じおります」

なめらかな口調で答える宮内に芳光院は微笑んで言った。

「そなたほどの忠義者は諸国にもめったにおりはせぬ。そのうえ、藩政を司《つかさど》って誤りなく、しかも功績をあげておると聞く。まことに立派なものじゃ」

「お褒めにあずかり、恐悦至極に存じまする」

宮内は平身低頭し、しばしの後、顔をあげた。いましがたまでの畏れ入った表情は消え、芳光院が何を言い出すのかうかがう厳《いか》めしい顔つきになっている。

「呼んだのはほかでもない、ちと異なことを耳にいたしたゆえじゃ」

「どのようなことでございましょうか」

口振りに不遜《ふそん》な心根をのぞかせて、宮内は訊き返した。

芳光院はゆったりとした物言いながらも鋭いものを滲ませて問うた。

「そちの屋敷に江戸藩邸の側用人であった葛西笙平の妻が出入りいたし、あたかも正室であるかのごとく振る舞いおると聞いたが、まことか」

「これはまた、何を仰せかと存じますれば、滅相もないことでございます」

宮内は苦笑いを浮かべた。

「ほう、違うと申すか」

「いかにも違いまする。それがしは、ご存じのごとく三年前に妻を亡くし、それ以来、奥を取り仕切る者がおらず困っておりました。それゆえ、江戸在府のおりに行儀見習いのため女中奉公いたしておりました元側用人の岡田五郎助の娘である志津《しづ》に、手助けを頼んだまでのことでござる」

「それはまた、重宝な女子があつらえ向きにいたものじゃな」

芳光院は皮肉な口振りでつぶやいた。宮内は、芳光院の言葉に気づかぬ風を装って話を続ける。

「たしかに志津は葛西に嫁しておりましたが、葛西が江戸にて不祥事を起こしましたゆえ、離縁したと聞き及んでおります」

よどみなく弁明する宮内の顔を、芳光院はつめたく見つめた。

「離縁しておるゆえ、何ら差し障りはない、と申すのじゃな」

芳光院は確かめるように言った。

「いかにも、さようにござる。何者がさようなことを芳光院様のお耳に入れたかは存じませぬが、怪《け》しからぬ者による誹謗《ひぼう》中傷にございますぞ」

宮内は太い眉の下の目をぎょろりとさせ、憤りを露《あら》わにして芳光院を睨んだ。芳光院がにこりと受け流して、

「まあ、さように怒るものではない。したが、その志津なる女子がそなたの屋敷に通い始めたのは、それこそ正室が亡《の》うなってほどないころじゃとも耳にしておる。もし、それがまことであれば葛西と離縁いたす前からのこととなり、不義密通じゃと疑われてもいたしかたあるまい」

と言うと、宮内は顔をしかめて目をそむけた。

「なにゆえ、さような雑言《ぞうごん》をお取り上げになられまするか。いずれにいたしましても志津はすでに離縁いたした身でございますれば、ひとからとやかく言われる筋合いはございますまい」

「したが、藩政を司る者が不義の疑いをかけられたとあっては、殿もお困りになられるであろう」

芳光院の棘《とげ》のある言葉に宮内は黙り込んだ。しばらくして、宮内は肩を揺すり、くつくっと笑った。

「これはまた、何としたことでござりましょうか。ありもせぬことで責め立てられますのはまことに迷惑至極に存じまする。もし、お疑いのようなことがございましたならば、それがしは、ただちに家老職を退き、退隠いたします」

「ほう、潔いのう。いまの言葉、しかと聞いた。それでよいのじゃな」

芳光院の目が光った。宮内はゆっくりと笑いを納めて、

「いかにも武士に二言はござらん。されど、芳光院様にもお約束いただきたきことがございます」

とうかがうような目つきをした。芳光院は福々しい笑みを浮かべた。

「家老の身でありながら、潔白でなければ隠居するとまで申したそなたの言い条は、なんなりと聞こう。申すがよい」

「されば――」

宮内は唇を湿して言葉を発した。

「芳光院様には、これまでもそれがしの政事《まつりごと》がお気に召さず、さまざまにお叱りを受けましてございまするが、政事は一朝一夕には成らぬことばかりにて、性急に実を求められましても無理なこともございまする。よって、それがしに此度のことで罪なしと相なりますれば、今後のお叱りはご遠慮いただきますよう、願い奉《たてまつ》りまする」

「つまり、藩政に口出しをするな、と申すのじゃな」

芳光院はうなずいて見せた。

「ご無礼なる申し条だと重々承知いたしておりまするが、有《あ》り体《てい》に申せばさようにございます」

芳光院を見下すかのような高飛車な物言いで宮内は答えた。

「わかった。そなたの申すことも、もっともじゃ。さように約束いたそう。じゃが、そなたもいったん口にいたしたことを翻《ひるがえ》すのはまかりならぬぞ」

芳光院は厳しさをさりげなく含ませて言ってのけた。宮内はさっと大仰に手をつかえるなり、

「ありがたき幸せにございます」

と言上した後、言い添えた。

「芳光院様には、円光寺にて郡方萩蔵太の妻女に拝謁を許されたそうでございまするな」

一瞬、目を鋭くした芳光院は、すぐに表情をやわらげた。

「もう、そなたの耳に入っておるとは驚いたぞ。澪が活ける花をいつも楽しませてもろうておるのじゃ。それがいかがした」

「萩の妻女は、ただいま行方が知れませぬ葛西笙平と縁《ゆかり》のある女子にございます。もしや葛西の行方を彼《か》の妻女に問うおつもりでございましたら、無駄でございますぞ」

宮内は脅すような口振りになった。

「ほう、なにゆえじゃ」

「大庄屋の桑野清兵衛が山狩りにて、葛西を捕まえようといたしております。葛西は必ずや桑野の手によって取り押さえられましょう」

「なるほどのう。しかし、さように思い通りにゆくであろうか」

「さて、どうでございますかな」

高笑いする宮内を残して、芳光院は感情を面《おもて》に出さず、静々と退出した。

芳光院が宮内を召し出した経緯《いきさつ》を蔵太は話し終えた。

笙平が申し訳なさそうに蔵太に向かって頭を下げた。

「やはり、それがしがもとで萩殿にご迷惑をかけ申すのでござるな。どうお詫びしてよいかわかり申さぬ」

「なぜ、詫びようとされるのでござる。葛西殿は咎めを受けるような僻事《ひがごと》をなされましたのか？」

「いえ、決してさような真似はいたしておりませぬ」

笙平がきっぱり言うと蔵太はうなずいた。

「ならば、よろしいではございませぬか。葛西殿に何も僻事がないのであれば、葛西殿をかばうわれらにも僻事はないというのが道理と存ずる。されば、何も恐れるには及びますまい」

「それでよろしいのでござろうか」

笙平はためらう面持ちで蔵太の顔を見つめた。

「われら三人はすでに芳光院様と黒瀬ご家老の対立に巻き込まれており申す。葛西殿が芳光院様のもとへたどりつかねば、芳光院様はこの後、黒瀬ご家老の非を糾すことがかなわなくなりましょう。それは黒瀬ご家老の専横を許し、藩にとってよいことではないとそれがしは存ずる」

気負わない口調で話す蔵太の言葉に笙平は深くうなずいた。

「いかにもさように存ずる。それがしが芳光院様のもとへ参るのが忠義の道だとおっしゃっておられるのでござるな」

「さよう、それをお助けいたすのが、それがしと澪の務めだと思い定めてござる。言わば三人は一蓮托生《いちれんたくしょう》と申せましょうか」

蔵太があっさり言ってのけたとき、女主人が廊下に膝をついて、

「朝餉をお持ちしました」

と声をかけた。見れば十七、八歳ぐらいの娘も控えていて、三膳支度されている。

蔵太はにこりとして、

「すまぬが、朝餉を食したら間もなく出立いたすゆえ、握り飯を作ってくれまいか。昼飯の分だけではないぞ、夜と明日の朝まで食べられるほどに頼む」

と告げた。

「そんなにたくさんでございますか」

女主人が目を丸くすると、少し考えた蔵太は、

「ちと、遠出をするのでな」

とおもむろに答えた。

遠出をするという蔵太の言葉に女主人は驚いた表情を見せて、娘を急き立てると階下に下りていった。膳を前にしながら箸もとらずに笙平が、

「萩殿、遠出をされるとはいかなることでござろうか」

と訊くと、蔵太はちらりと澪の顔を見た。

「芳光院様が雫亭に着かれるのは明日の午《うま》ノ刻《こく》（正午ごろ）でござろう。されば、そ

の刻限までは雫亭に参ってもいたしかたござらん。村人に姿を見られれば却って桑野清兵衛に居場所を知られてしまうだけのことでござる。かと申して、ここにいても危のうござる」

　危ないという蔵太の言葉を聞いて澪はどきりとした。

　先ほど清兵衛は腹に一物《いちもつ》ある様子で蔵太が二階へ上がるのを見ていた。

「やはり、桑野殿は動きましょうか」

　澪の問いに蔵太は首を縦に振った。

「おそらくな。いましがたは山役人もいたゆえ、勝手に動くわけにはいかなかったが、ころあいを見て、山狩りのため雇い入れた浪人者たちをここへ向かわせて踏み込ませるであろう」

「大庄屋ともあろう者がさような乱暴をするでしょうか」

「大庄屋だからできるのだ。このあたりの者は桑野が何をしようが奉行所へ訴え出たりはせん。皆、見て見ぬ振りをするだけだ。それゆえわれらは、これより菩提山の奥へ入り、わたしが知っておる炭焼き小屋に泊まって、明日、北谷《きただに》から大飯《おおい》の沢に出る。そして山道をたどって雫亭の裏手へと参るのだ」

「さような道がございましたか」

蔵太が話したあたりは渓谷沿いから大きな沢にいたる険しい地形で、道などないと思われる。

大飯の沢も岩場が続き、歩くだけでも難渋《なんじゅう》するような場所で、猟師のほかは通る者とてない。しかし、蔵太は笑みを含んだ声で、

「道はないと言われておるが、ひとがどうにか通れる杣道《そまみち》があるのだ。険しい山間をたどらねば、山狩りの追手の目を逃れることはできぬからな」

と話し、首をかしげて言い添えた。

「しかし、山中で寝るのは思いのほか辛いものだぞ。そなたは堪《た》えられるであろうか。そなたをここに残し、わたしと葛西殿だけで山中に入ったほうがよいかもしれぬな」

蔵太の言葉に笙平もうなずいた。

「それがよろしいと存ずる。澪殿に山中で難儀をかけるのは忍び難《がと》うござる」

情のこもった笙平の言葉に澪は首を横に振って答えた。

「いえ、芳光院様より、わたくしがお連れせよと申し付けられておりますゆえ、足手まといでございましょうが、ともに参りとう存じます」

「ならば、さようにいたそうか」

蔵太は気軽に応じた。

そのときになって、夫である蔵太と、一度とはいえ契《ちぎ》りを交わした笙平のふたりとともに山中の炭焼き小屋で一夜をともにするのに、どのような顔をして過ごせばよいのかと、澪は困惑する心持ちになった。

澪が眉を曇らせてうつむく傍らで蔵太は箸をとった。

「腹が減っては戦ができぬと申します。実は夜中に屋敷を出てきたまま、何も食しておりませぬ」

屋敷で食事をするおりと変わらぬ、ややのんびりとした声で蔵太は言った。

いつもの蔵太の声だと思いつつ、先ほどまでの毅然《きぜん》とした蔵太の話し方が、まるで別人のようだったことに、澪はようやく気がついた。

蔵太は日頃から外ではあのような話し方をしているのだろうか。

そんなことを思いめぐらしながら麦飯と干魚、味噌汁の朝餉の膳に向かい、いただきまする、と静かに口にしてから澪は箸をとった。すると笙平がじっと見つめてくる。

物言いたげな笙平の視線に澪は戸惑いを覚えて、うなじが熱くなるのを感じた。

蔵太との日頃の暮らしぶりを笙平に垣間《かいま》見られた気もして、なぜか落ち着かない心持ちがして胸がつかえる。

まさか、このような形で笙平と膳を囲むことになるとは夢にも思わなかった。もしかすると笙平と夫婦になり、朝夕の食事を共にするということもあったかもしれないのだ。

おぼつかない思いをしながらも、この先いつ食事がとれるかわからないと不安を抱いた澪は、どうにか食べ物を喉に通した。

黙って食事を終えた三人の膳を澪は階下へ戻しにいった。

ほどなく炊《た》き上がりますから、握り飯はもうしばらくお待ちください、と女主人から言われた澪は頭を下げて、二階へ上がった。

蔵太は窓脇であたりの様子をうかがっていたが、笙平を振り向いて言った。

「やはり桑野は見張りを立てておるようですな。われらがここを出れば、後をつけてどこぞで捕らえる算段をしておるのでしょう」

「どうなさるおつもりでしょうか」

澪が訊くと、蔵太は軽くうなずいた。

「考えがある。まずは弁当の支度ができるのを待とう」

普段と変わらない夫婦のやりとりに澪は心が落ち着くのを感じた。

このころ、清兵衛は鋤沢に三軒ある湯治宿のうちでもっとも大きい宿に陣取り、山狩りのために雇った浪人ややくざ者に澪たちがひそむ宿を見張らせていた。

午ノ刻になって、気ぜわしい様子で浪人のひとりが駆け込んできた。

「桑野様――」

「どうした、彼の者たちは動いたか」

清兵衛は気を昂《たかぶ》らせて訊いた。

「はい、武家の夫婦者らしきふたりが、頬被《ほおかぶ》りをして竹籠を背にかついだ百姓を供に三人連れ立って宿を出ました」

「武家の夫婦と百姓だと？」

清兵衛は首をかしげた。

「さようです。宿に近い森にある鎮守《ちんじゅ》の社《やしろ》に参っております」

「その武家というのは、先ほど宿に来たあの男か」

清兵衛が訊くと、浪人者は首を横に振った。

「笠をかぶっておりましたゆえ、はっきりそうだと確かめてはおりませぬ。ただ背格好は似ておりましたが」

そうか、とつぶやいて清兵衛は考え込んだ。萩蔵太と澪の夫婦だとすれば止め立てするわけにはいかない。

だが、笙平かどうかは直に会ってみればわかることだ。

「よし、わたしが顔を確かめに行こう。その社に案内しなさい」

立ち上がった清兵衛を、浪人者は澪たちが詣《もう》でている社へと先導した。

小高いところにある鎮守の社は森に囲まれて建っており、集落のひとびとはゆるやかな石段を上って参詣《さんけい》する。

赤い鳥居《とりい》と社の屋根が木々の間から見え隠れしている。社のまわりは竹藪になっていて、石段の下で五人の浪人ややくざ者が見張っていた。

「どうした。武家はまだ下りてこないのか」

清兵衛が訊くと見張りの男たちはうなずいた。

「少し前に上ったきりで、いっこうに戻って参りやせん」

やくざ者の返事を聞いて、清兵衛は顔をしかめた。

まさか、とつぶやいた清兵衛は急いで石段を駆け上がった。浪人者たちが後に続く。社のまわりには、誰もいない。

「これはどうしたことだ――」

清兵衛が怒鳴ると浪人者は顔をこわばらせた。

「間断なく見張っておりましたが、誰も下りてはきませんでした」

清兵衛は目を怒らせて竹藪を見まわした。だが、竹藪を抜けられそうな道は見当らなかった。

「間抜けめ、どこを見張っていたんだ。奴《やつ》ら、竹藪をかき分けて逃げたに違いない」

うぬっ、とうめいた清兵衛が、追え、と大声で叫んだが、男たちはどこへ向かっていいのかわからず、まごまごするばかりだった。

顔を真っ赤にした清兵衛は、

「宿の女主人を連れてこい」

と怒鳴った。やくざ者が素っ飛んで宿に向かい、間もなく女主人を連れてきた。

女主人を目の前で地面に引き据えさせた清兵衛は、

「さっき武家と女が宿を出ていったな。わたしが来たときに宿に入ってきた萩蔵太という郡方とその内儀が出ていったのか」

と訊いた。女主人は青ざめて、いえ、あのお武家は昨夜からお泊まりになっておられた別の方でございます、と答えた。

「やはり、葛西笙平がいたのだな」

清兵衛は女主人を睨み据えた。女主人は恐ろしさのあまり、がたがたと震えた。

女主人の様を見ながら、清兵衛はさらに問いかける。

「萩蔵太はどうしたのだ」

「宿にあった野良着と股引《ももひき》に着替えておふたりと出ていかれました」

「なんだと、百姓に身なりを変えたというのか」

清兵衛は大きく目を見開いた。

「はい、竹籠に弁当やら藁《わら》に包んだ刀を入れて発たれました」

「なんという奴だ」

清兵衛は歯噛《はが》みした。

「この竹藪を抜け出る道が石段のほかにあるか」

なおも清兵衛から訊かれて、女主人はおびえた表情で社を指差して答えた。

「お社の後ろに小さな祠《ほこら》がございまして、その脇に裏手から参るひとたちが通っているうちに細い道のようになったところがあります。落ち葉に隠れて見えにくくはなっておりますが、そこをたどれば山裾の道に通じております」

「その細道を使って逃げたのか」

清兵衛は口惜しそうになって、見張りの男たちを見まわした。

「何をぐずしておる。すぐ追いかけろ。奴らを逃がすな」

叱り飛ばされた男たちは、あわてふためいて竹藪へ入っていった。

ところが、女主人が言った細道がどこにあるのかすぐにはわからず、行き迷って右往左往し、中には斜面で足を滑らせ尻餅《しりもち》をつく者までいた。

清兵衛は苛立った顔つきで見遣りながら、

「――萩蔵太め」

と歯ぎしりをした。

七

蔵太《くらた》の背を見失わないように澪《みお》と笙平《しょうへい》は慣れない山間の道を懸命にたどっていた。雫亭《しずくてい》へ直に向かう道とは方角が違うようだが、蔵太には見張られていない道がわかっているらしい。

澪は精いっぱいついていきながらも、足の痛みで少しずつ遅れがちになった。それを見かねた笙平が手を差し伸べたが、澪は頭《かぶり》を振って断った。

蔵太の目の前で笙平に手を引かれるわけにはいかない。

笙平もすぐに澪の心を察したらしく、手をひっこめると面映《おもは》ゆい顔をして目をそらせた。

道とは言えない赤土がむき出しになった斜面を登り始めた蔵太は、不意に後ろを振り向くと澪に手を差し出した。

澪は黙って蔵太に手をまかせ、引っ張ってもらった。

斜面は土が柔らかくて滑りやすく、足をとられそうになったが、蔵太は慣れている様子でぐいぐいと澪の手を引いて登っていく。

蔵太の力強い手の温もりが心丈夫で、澪は足の痛みが薄れる気がした。

やがて上がり切ったあたりでひと息つき、さらに山奥へ通じる道をたどった。

山道のまわりは木が鬱蒼《うっそう》と茂っている。

蔵太はやや道が広くなった場所に来ると澪の手を離して、一本の木に近づいた。

背に負った竹籠から藁《わら》に包まれた刀を取り出した。

何をするのだろうと訝しく思った澪が見ているうちに、蔵太は刀をすっと抜いた。

一閃《いっせん》、二閃、白刃がきらめくと同時に二本の枝が地面に落ちた。

蔵太は続いて木の幹に斜めに薄く斬り跡をつけた。まわりを見まわしてから刀を鞘《さや》に納め、藁に包み直して竹籠に戻した。

「旦那様、何をなさったのでございますか」

澪が訊ねると、蔵太は笑って答えた。

「このあたりは山の民がいる。里人が入ったと知ると警戒するゆえ、わたしが入ったのだという印をつけたのだ」

山の民とは〈山窩《さんか》〉とも呼ばれ、山中を移動しながら狩猟や竹細工作りなどを生業《なりわい》とするひとびとで、人別帳《にんべつちょう》に入らぬ者も珍しくなかった。

猟での獲物や竹細工を売りに里へ下りてくることがあるが、日頃は里人との交わりを好まない。

黒島《くろしま》藩の領内には、山続きになっている隣国から夏になるとしばしば山の民が移動してくるという。

そんな話を蔵太から聞いた笙平は驚いたような声音で言った。

「山の民が領内に留まることは、藩のお達しによって許されてはおらぬはずでござるが、萩《はぎ》殿は関わりがあるのでござるか」

蔵太は振り向かずに歩みを止めないで、

「どのようなお達しを出そうが、そこで生きねばならぬ者たちをどうすることもできますまい。山の民と里人の間に、もめ事や争いが起きぬようにするのも郡方《こおりかた》の仕事と心得ており申す」

と答えた。蔵太の答えは、笙平を驚かせた。

「しかし、それでは藩法に背きますぞ」

笙平が言うなり、蔵太は大きな声で、ははっと笑った。

「国許へ差し戻すという藩の命に逆らって、行方をくらまされた葛西《かさい》殿のお言葉とも思えませぬ。葛西殿がかようにしておられるのも、山に入り、言わば藩法の外に出ておるゆえだと存じますが」

「それはそうですが……」

眉をひそめながら笙平は、蔵太の背を見つめた。

「剣法に〈一息の抜き〉という教えがござる。何事も追い詰めてはならぬ、一息だけ、隙間を空けておいた方がよいとの諭しでござろうか」

蔵太はさりげなく言った。

「剣を振るうとき、一呼吸の間をわざと空けるのでござるか」

蔵太の話を興味深げに笙平は聞いた。澪も耳をそばだてる。

「一息の隙間が余裕となって剣が振るえ、危うい命も助かることがござる。それがしは山の民が藩法の外で生きていられるのは、〈一息の抜き〉ではないかと思っております」

ゆったりと話しながら、蔵太は山道を登っていく。

澪は蔵太の言葉のひと言ひと言が胸の奥に沁《し》みていくのを感じた。

ひとを追い詰めず、一呼吸置いて接するというのが蔵太の生き方なのだ。

蔵太が澪と笙平の関わりを咎めず、静観していられたのも、〈一息の抜き〉を行っていたからなのかもしれない。

笙平を匿うようになったことを、いつしか蔵太は気づいていたのだろう。しかし、自分のすることを黙って見ていてくれたのだ。それは夫として妻を信じてくれていたということなのだろう。

そして危機が迫ったおりには、蔵太は一瞬のためらいもなく、すぐさま助けに来てくれた。

〈一息の抜き〉をしながら、その次の行動が途切れることはなかった。

それは心極流《しんきょく》の逸物《いちもつ》と言われた蔵太が、剣の修行の中で会得したことだけではないに違いない。

生きていく中でひとはどのようにあるべきかを常に考え、実践してつかんできた信条なのではないだろうか。

山道を登っていく蔵太の背が澪には大きく感じられた。それとともに、なぜいままでそんな蔵太の心を見過ごしてきたのだろう、と訝《いぶか》しく思えた。

山道が高所にいたるにつれ、風景が開けてきた。

青い峰の連なりが美しく、空に浮かぶ白雲を見るだけでも、胸のうちが満たされてくる気がした。心地よい風が汗ばんだ肌をさわやかにしてくれる。

澪はいつのまにか足の痛みがやわらいでいるのを感じていた。

山道を進み、菩提山《ぼだいさん》の中腹にさしかかったころ、森のはずれの窪地《くぼち》に小屋が見えた。

「あれでござる」

蔵太は小屋を指差して言った。屋根が大きくて軒先《のきさき》が地面につくのではないかと思えるほど低く、その傍らに炭焼きの窯《かま》がある。

「もともと、このあたりは山地で薪《まき》が多く取れますから、炭を焼いても金にならなかったそうですが、いまは藩に〈御用炭〉を納めねばならず、城下の町屋でも炭を使いますので炭焼きが増えました」

炭焼き小屋は木《き》を伐り出す場所を考えて建てられ、四、五日がかりで木を伐って運び、窯で焼くのだという。

「ただ、炭にする木を伐りつくすと、炭焼きの場所を変えますので、この小屋は、いまは使われておりません」

蔵太は炭焼き窯や厠《かわや》などを澪と笙平に見せてまわった。たしかに数年、使われていないらしく周りは草でおおわれ、荒れた様子だった。

蔵太は小屋のそばに転がっていた炭を拾いあげると板壁に、こんこんと音をさせて打ち付けた。

「炭にする木は楢《なら》がよいと申しますが、栗なども火つきがよいので鍛冶《かじ》屋に喜ばれるそうです」

炭の話をしながら蔵太は小屋の戸を開け、澪たちに中へ入るよううながした。

薄暗い小屋に入ると蜘蛛《くも》の巣が張っていた。床には藁が敷かれている。藁の湿った匂いにまじって鼠《ねずみ》の小便臭かった。

笙平が眉をひそめて言った。

「ここで寝るのですか」

布団《ふとん》などは見当たらないから、藁にくるまって寝るしかない。江戸藩邸で暮らしてきた笙平には藁を布団代わりに寝るなど考えられないようだ。

「さよう、炭焼きは皆、ここで寝るしかありませんから」

蔵太はなんでもないことのように応じた。小屋の土間の隅に竈《かまど》があり、傍らに釜や土鍋があるのを見つけた澪が、

「どうやら煮炊《にた》きをすることはできそうですね」

と嬉しげに言うと、蔵太はうなずいて、

「近くに渓流がある。水を汲んできて沸《わ》かせば白湯《さゆ》ぐらいは飲めよう。幸い、炭には不自由せぬからな」

と笑った。

蔵太と笙平が蜘蛛の巣を払っている傍らで澪が床の藁をととのえていたおり、炭焼き小屋の中ほどに炉《ろ》が切られているのを見つけた。

夏に入ったとはいえ、山の夜は肌寒い。

日が暮れると、さっそく蔵太は炉で火を熾《おこ》した。赤く熾った炭火が小屋の中をほの明るくした。小枝に通してあぶった握り飯を、三人は無言で食べた。

土間に転がっていた欠けた椀で白湯を飲み、ひと息ついた後で、蔵太は炉に手をかざしながら、ぽつりとつぶやいた。

「百姓たちは木の伐り出しなどの山仕事をする際に、かような小屋で皆蓆《むしろ》を一枚かぶ

って寝るそうです。山の小屋では、仲間の後ろを通らぬ、汁かけ飯は食わぬなどの決まり事があるのですが、いずれも山の神を敬《うやま》っての定めだと聞きました」

「さようですか。どこでも決まり事はあるものですな」

笙平がさりげなく応じると、蔵太は火を見つめたまま言葉を継いだ。

「さよう、その掟《おきて》に従わぬ者は、皆で折檻《せっかん》いたすそうですが、それでも行いを改めなければ夜中に連れ出して崖から突き落とし、見せしめのために山から戻れぬようにしたこともあるらしいです」

蔵太の話に澪は思わず言葉をはさんだ。

「それはあまりに酷《むご》いお話でございますね」

ふだんと変わらぬ表情で澪の顔を見た蔵太は、あるかなきかの笑みを浮かべた。

「ひとの世はもともと酷いのだ。山に限らず、城下であっても掟に従わず、ひとに害をなす者は捕らわれて処罰を受けねばならぬではないか」

蔵太の言葉には、哀しげな響きが感じられた。

「ではございましょうが」

言いよどんだ澪が言葉を呑むと、笙平が口を開いた。

「萩殿はそれがしにそれとなく告げておるのでございましょう。掟を破った者は、さほどに過酷な目にあうと」

蔵太は手にした小枝の先でつついて火の勢いを強め、炭をついだ。燠《おき》が爆《は》ぜて炎があがり、一瞬、明るくなった。

「そのようなことにならぬよう用心いたさねばならぬと思っております。明日、芳光院様のもとへ参ってより、葛西殿はいかがされるおつもりですか」

厳しい声音で蔵太は問うた。

「身の潔白を訴えるのが先だと思いますが、まずは黒瀬《くろせ》ご家老の不正を明らかにいたす所存です。それがしは、黒瀬ご家老が商人から岡田五郎助《おかだごろうすけ》殿を通じて懐《ふところ》にいれたここ十年の賂《まいない》の記録を所持しております」

落ち着いて答える筓平に、

「それはまことでございますか」

澪は驚いて問いかけた。雫亭に匿《かくま》っている間、筓平は黒瀬家老の不正を暴くという話をしたことがなかった。

「岡田殿が内々に記していた帳簿をひそかに書き写したのです。商人の名と、どのような品を納入したか、あるいは工事を請け負ったかなども書きつけています。何かことあるときのためにと書き留めました」

やや誇らしげな顔つきをして笙平が話すと、蔵太は感心したように言った。

「なるほど、さすがに若くして江戸藩邸の側用人《そばようにん》になられる方は油断がありませぬな。黒瀬ご家老もそのような物があるのではないかと危ぶまれて、葛西殿の行方を手厳しく追っておられるのでしょう」

蔵太の口振りにほっとした澪は言い添えた。

「おっしゃるような証拠の書面がありますならば、葛西様の無実の証《あかし》だけでなく、ご家老様の不正を訴えて、御家への忠義ともなることでございましょう」

苦笑した笙平はうなずいた。

「実を申せば、迷いました。桑野《くわの》を通じて、これだけの証拠を握っているぞと知らせて黒瀬ご家老を動かそうと考えておりました。母上の口添えがあれば、桑野もそれがしの言うことを聞くのではないかと思いましたが、甘かったようです」

笙平の言葉を聞くうちに澪の胸に白々しい思いが湧いてきた。黒瀬家老の秘密を探ったのが自分を守るためだと言うのであるなら、場合によっては黒瀬家老に付き従うことも厭《いと》わなかったということになりはしないだろうか。それでは忠義だと言えない気がする。

澪はそっと蔵太の横顔をうかがい見た。蔵太が笙平の言葉をどう受け止めているのか知りたいと思った。

炉の熾火《おきび》に薄赤く浮かぶ蔵太の表情は変わらなかった。しばらく炉を見つめていた蔵太は、何気なく口を開いた。

「葛西殿は十三年前に起きた竹井巴山《たけいはざん》先生の筆禍《ひっか》についてご存じでしょうか」

聞くなり笙平は眉をひそめた。

「城下で巴山塾なる学塾を開いていた国学者が藩政を誹謗《ひぼう》する文書を記したという話は知っております。国学者は流罪処分で大峰山《おおみねやま》に幽閉《ゆうへい》され、その後病死したと耳にしました」

思い出しつつ笙平が答えると、蔵太は軽くうなずいた。

「それに相違ありません、巴山先生が著《あらわ》されたのは『夜覚めの文』という文章です。大半が国学にちなむ話でしたが、一章だけ役人の腐敗を嘆き、国を憂える文が記されてございました」

「それは——」

「そのころ力をつけてきておられた黒瀬様を名指しはしないものの、はっきりと批判しておられた。巴山先生は黒瀬様が後にわが藩の大厄となるであろうと、日頃からわれら門人におっしゃっておられました。黒瀬様はかねがね商人と通じて藩の財政を立て直すと揚言《ようげん》しておられましたゆえ」
　蔵太は淡々として言葉を継いだ。
『夜覚めの文』で藩が知行《ちぎょう》の四分の一を借り上げてより、藩士が窮乏《きゅうぼう》していることについて巴山は、
――諸士、破滅の道となりぬべし
と激烈に批判し、そのうえで士風の退廃が目に余るとして、当時、郡方や勘定方《かんじょうかた》で不正が行われたことと、役人の閉門蟄居《ちっきょ》が相次いだことを例にあげている。いずれも藩士が窮乏する中で金の誘惑に負けたのだ、と巴山は難じていた。さらに商人から金を借りて殖産興業を行うべきだという黒瀬宮内《くない》の主張を、
――妖言《ようげん》なり
とひと言で切り捨て、すべて士風の衰えは黄金の匂いを嗅ぐことによって起こっていると述べて、質素倹約に努め、勤勉励行すれば藩の財政危機も乗り越えられるはずだ、と説いた。それがかなわないのは、
――ひとえに才あれども誠なき奸悪《かんあく》なる者あるゆえ
として、その者を退ける藩主の英断を望むと記した。奸悪なる者とは、商人と結託しようとしている黒瀬宮内だと暗に匂わせていた。笙平も巴山が書き表した内容につ

いては知っているようだ。

「萩殿は巴山殿の門人だったのですか」

笙平は意外なことを聞いたという顔つきをした。朴訥《ぼくとつ》な蔵太が学問に熱心だったとはとても思えなかったのだろう。

笙平の言い方を気にする風でもなく、蔵太は話を続けた。

「わたしは、不肖の弟子でした。巴山先生が『夜覚めの文』を書かれたおり、これは門人のうちで読むだけにして、門外不出にいたした方がよろしいのでは、と申し上げてお叱りを受けましたから」

恥じるように蔵太は言った。

「萩殿の申し様はもっともと思われますが。なるほど巴山殿はまことに的を射た文を記されましたが、誰しも聖人君子のように生きられるわけではありません。ひとの欲に働きかけることで世を動かさねばならぬこともあろうかと存じます」

怜悧《れいり》な笙平の言葉に蔵太はうなずいた。

「それがしもさように思いましたゆえ申したのですが、それは俗情に媚《こ》びておるだけであって、世を動かすまことではないと巴山先生はおっしゃいました。言われてみれば、それも正しいと、それがしは口をつぐみました」

「しかたのないことでございますな」

笙平は慰めを口にした。澪は、思いがけず初めて聞くことになった蔵太の若いころの話に耳をそばだてた。自分が嫁してくる前の話で、蔵太に何があったのだろうと気になった。

「巴山先生は『夜覚めの文』を家中の知己に贈られました。案の定、藩からは厳しいお咎《とが》めがあり、巴山先生に流罪、幽閉の処分が下りました。しかし、それで一件は終わりませんでした」

蔵太は炉の熾火を見つめながら重い口調で当時を振り返った。

巴山の処分が決まって間もなく、蔵太は門弟仲間から巴山塾へ呼び出された。行ってみると七人の若侍が集まっている。いずれも蔵太と同様に、巴山から永年教えを受けてきた門人ばかりだった。広間で丸く輪になって座る門人たちの間に蔵太が腰を下ろすと、年かさの痩《や》せた門人が口を開いた。

「萩、巴山先生のご処分が決まったことは聞いているだろうな」

蔵太が黙ってうなずくのを見た年かさの門人は言葉を継いだ。

「大峰山への流罪、幽閉だと耳にしたが、ひとも通わぬ山奥で暮らしの面倒を見る者とていない場所だ。つまり、飢えて死ねというのも同然だ。仮に餓え死《かつ》にしないまでも病で命を奪われるのは目に見えている。門人としてこれを見過ごしてよいと思うか」

蔵太は、うむ、とうなっただけで、何も答えなかった。

蔵太が黙っていると、門人の中でも年若の男が、

「巴山先生が大峰山へ送られる前に救出して、他国へお逃がしすべきだと思います」

と熱っぽい口調で横合いから口を挟んだ。

「罪人を逃がせば藩法に背くことになろう」

蔵太がぽつりと言うと、すかさず傍らに座っていた小柄な男が激昂《げきこう》して膝を叩いた。

「藩法がなんだ。巴山先生は『夜覚めの文』でまことに正論を述べておられる。一点の誤りもない。それを咎めるのは悪法に決まっている。背くのをためらうことはない」

激しく言い募られて、眉をひそめた蔵太は黙り込んだ。そばに座っていたいかつい男が蔵太に顔を向けて鷹揚《おうよう》に声をかけた。

「まあ、考え方はいろいろあろうが、巴山先生をお助けいたしたいという思いは萩も

我らと同様だと思っている」

意をうながすような物言いに、蔵太はやむなく首を縦に振った。待っていたように年かさの男が、

「ならば、話は早いな。われらは大峰山にいたる峠の道で巴山先生の唐丸駕籠《とうまるかご》を奪い、先生を逃がそうと考えておるゆえ、なんとしても萩の心極流の腕前がいるのだ。手助けをしてくれ。無論、皆頭巾《ずきん》をかぶり、正体がばれぬようにする。萩も顔を隠せば、咎めを受けることはあるまい」

と口を出し、蔵太は苦笑した。

「頭巾で顔を隠しても、太刀筋《たちすじ》ですぐに正体はばれる。それに隠しおおせることができればよいというものでもあるまい」

蔵太が言い終えるや一座に緊張が走った。いかつい男が低い声で言った。

「では、萩は不承知なのか。われらは命懸けでこの話をしているのだ。聞かれた以上、お主をそのまま帰すわけにはいかんな」

「脅《おど》しても無駄だ。お主たちがいちどきにかかって参ろうが、わたしには勝てぬ。技量が違うゆえな」

座に集まった七人を冷静な物腰で睨《ね》め回す蔵太の凄《すご》みに年かさの男が必死の形相《ぎょうそう》に

なった。

「だからこそ、お主を頼みにしておるのだ。何しろ巴山先生の護送役は久野七郎兵衛《くのしちろうべえ》だというからな」

「久野が、護送役なのか――」

蔵太は顔をしかめた。久野七郎兵衛は、同年の蔵太と城下の心極流道場で〈龍虎〉と並び称された男だ。これまで何度か試合で立ち合った。蔵太の方が勝ちを制した試合は多いが、力量は互角だろう。

「久野が護送役ならばこの企ては無理だ。諦めた方がいい。お主たちが束《たば》になってかかってもかないはせん」

きっぱりとした蔵太の言い方に一座の者たちはたじろいだ様子で互いに顔を見合わせた。しばらくしていかつい男が当りをやわらかくした声を出した。

「だからこそ、お主を仲間に誘っておるのではないか。何も久野を斬ってくれと頼んでおるのではない。唐丸駕籠から離れるよう仕向けるだけでよいのだ。お主が引きつけている間にわれらが巴山先生を救出する。あとはわれらに任せて、逃げてくれ」

「立ち合ったおりに久野は太刀筋でわたしだと見抜くであろうし、そうなればすぐさま咎めを受けるのは必定《ひつじょう》だ」

苦りきった表情をして蔵太が腕を組んで黙り込むと、いかつい男は小声で問いかけた。

「お主は正義を行いたいと思わぬのか」

「…………」

「義を見てせざるは勇なきなりと言うぞ」

いかつい男は被せるように言った。

「わたしは、ひとの言葉でおのれの出処進退を決めたくはない」

言葉を返しながらも、蔵太は言いよどんだ。

たしかに巴山を助けることに義があるとは思った。まして永年、教えを請うた師の窮境を見過ごすことはできない。蔵太が眉根を寄せて考え込んだのを見て、年かさの男が大きくうなずいた。

「萩はわれらと志をひとつにしてくれたようだ。そう思って間違いないな」

と言いつつ座の者たちを見まわすいかつい男に若い男が勇んで応じた。

「さようです。萩殿のお覚悟、それがしは感じとってござる」

小柄な男も大声で口を挟む。

「そうだ。これで、百人力だ。久野七郎兵衛など恐れることはないぞ」

蔵太は苦い顔をしたまま答えなかった。しかし、それは集まった者たちに同意したと受け取られてもしかたのない沈黙だった。

この日、七人の男は巴山の大峰山送りが十日後であり、峠のどのあたりで襲うかということや刻限、集結場所などを詳しく蔵太に告げた。蔵太が企《くわだ》てに加わるものと思い込んでいるようだった。

蔵太は何も言わずに黙って帰宅したが、屋敷の部屋に入ったときには、やるしかない、と覚悟を決めていた。

巴山の『夜覚めの文』は不正を極度に嫌い、性急に過ぎて世情に合わないと思うが、掲げる理想が間違っているとは蔵太には思えなかった。

ひとはやはり、おのれのめざすところを明らかにして進んでいかなければ、堕落《だらく》してしまう気がした。だとしたら、巴山の救出は自らの生き方を明らかにするために行わなければならないことではなかろうか、と蔵太は考えた。

やるしかないではないか、と覚悟が定まってきた。

巴山の救出を企てた門人たちは、蔵太の見るところさほど腕も立たず、腹も据わってはいない男たちだ。自分が加わらなければ巴山を救うことはできず、無駄な騒ぎが起きるだけだ。

久野七郎兵衛と立ち合う際、正体を見破られない方法がひとつだけある。

(久野を斬り捨てればよいのだ)

七郎兵衛はいかめしい顔つきの六尺を超える巨漢だが、野心家で黒瀬宮内に近づいて立身を望んでいるとかねてから取沙汰されていた。好もしからぬ男であるうえに、かつて〈龍虎〉と並び称されてきた。どちらの腕が勝るのか決着をつけたいという思いが蔵太の胸中にあった。

その日より、蔵太は朝夕、庭に出て真剣を振るい、七郎兵衛との立ち合いに向けた稽古を始めた。その様子を父の安左衛門《やすざえもん》と母の登与《とよ》が心配げに陰で見守っていた。

決行の日が近づくにつれ、蔵太は心気を研ぎ澄まし、物腰に殺気を漂わせるようになっていった。だが、決行の前日、蔵太のもとへ一通の書状が届いた。

獄中の巴山からのものだった。

炭焼き小屋で澪と笙平を前にした蔵太は、冷えた白湯を椀に注《つ》ぎ足して飲み干し、話を続けた。

「このころ、巴山先生は家族との手紙のやり取りを許されておられたのです。それゆえ、わたしにも書状を出すことができたのです」

蔵太は笙平に顔を向けて淡々と言った。

「巴山殿の手紙には何とありましたか」

笙平は息を詰めた面持ちをして訊いた。

「門人たちが集まって自分を救出しようと企てているのを知られた先生は、わたしに一味に加わってはならぬ、と書いてこられました」

「なんと。ご自分を助けずともよいと言ってこられたのですか」

笙平は目を瞠《みは》った。

「巴山先生は、『夜覚めの文』は警世のために記した。自分が罪に問われたことで、その意義は果たせたと思う、と述べて、もし門人の助けで他国に逃げるような真似をすれば、せっかくの警世の意が伝わらないであろう。自分は罰に処せられてこそ、役目を果たせるのだ、と書いておられました」

巴山の手紙に思いを馳せながら蔵太は答えた。

「さほどのお覚悟をされていたのですな」

虚を衝《つ》かれたような顔をして笙平はため息をついた。

「巴山先生のお覚悟に感じ入りつつ読み進めておりますと、わたしが一味に加わらねばほかの門人たちでは救出はおぼつかないゆえ、未遂に終わると思われる。もし、加わるなら人死《ひとじ》にが出る恐れがある。そうなればせっかく警世のためになそうとした行いは無駄になるからして、決して一味に加わってはならぬ、と書かれていました。巴山先生は獄中にありながら、何もかも見通しておられたのです」

「それで、萩殿はどうされました」

「巴山先生の手紙を読んだわたしは、憑《つ》きものが落ちたような心持ちがして、襲撃の場所には行きませんでした。わたしが行きさえしなければ、ほかの者たちは巴山先生の救出をあきらめるであろうと考えました」

「そうなりましたか」

笙平は興味を引かれた面持ちをして訊いた。

「いや、思惑通りにはいきませんでした」

蔵太は苦笑いしてさらに話し始めた。

蔵太が姿を見せないことに巴山塾の門人たちは動揺したものの、

「かまうものですか。われわれだけでやってのけましょう」

若い男が言うと、小柄な男が大きくうなずいた。

「そうだ。萩蔵太は臆病風に吹かれて裏切ったのだ。あ奴《やつ》に頼ることはない。いかな久野七郎兵衛も三人で当たればなんとかなるのではないか。久野を引き寄せている間にほかの者が、巴山先生をお救いするのだ」

ふたりのやり取りを聞いたいかつい男が、やむを得ぬという表情で言った。

「なしがたいことだが、決死の思いでやればうまくいくかもしれん」

「よし、やろう。裏切り者の萩蔵太にわれらの赤誠《せきせい》を見せてやるのだ」

年かさの男が断を下した。

七人は大峰山にいたる峠に近い杉林へ向かい、木立に隠れて巴山が乗る唐丸駕籠を待ち受けた。

昼下がりの、やや日が傾き始めたころ、人足がかついだ唐丸駕籠の前後を、笠をかぶった羽織、裁着袴《たつつけばかま》姿の三人の護送役人が取り囲んで峠道を上ってきた。

目を凝らして一行を見つめていた年かさの男が、訝《いぶか》しげにつぶやいた。

「おかしいな。久野七郎兵衛の姿が見えぬ」

六尺を超える巨漢の七郎兵衛は遠目でもたしかめられるはずだが、唐丸駕籠を囲む武士たちの中にはいなかった。

不審に思ったほかの男たちも唐丸駕籠の周囲にくまなく目を配ったが、七郎兵衛と思われる武士は見当らなかった。

「ひょっとして久野は護送役からはずれたのではあるまいか」

小柄な男が期待する声で言うと同時に、後方から野太い声がした。

「わしならここにおるぞ」

七人はあっと驚いて振り向いた。笠をかぶった羽織、裁着袴姿の巨漢が茂みの間に立っていた。

笠に手をかけた武士がちらりと顔を見せた。太い眉の下で針のように細い目が光り、団子鼻《だんごばな》のあごが張った顔がのぞいた。

「久野七郎兵衛――」

若い男が悲鳴のような声で叫んだ。七郎兵衛はのそりと前に出て、

「なんだ。萩蔵太に見《まみ》えられるかと楽しみにしておったが、おらんのか。もっとも萩が加わっておれば、かように後ろを取られる無様な真似はせぬだろうがな」

と言うなり、跳躍した。若い男に当て身を食らわせて横倒しにするや、小柄な男の首筋を手刀で打って気絶させた。

あわてて他の五人が刀の柄《つか》に手をかけると、

「抜くな。抜かねば、師を陰ながら見送ろうとしただけということにしてやる。抜けば命は貰い受けるぞ」

と怒鳴った七郎兵衛は、たじろぐ男たちに近づいた。ひとりにするすると近づいて片方の腕を掴《つか》んで投げ飛ばし、もうひとりの腹に蹴りを入れる。こらえきれなくなった様子でいかつい男が抜こうとする刀の柄を右手で押さえ、左手を首にまわして絞めあげ、気を失わせた。

「抜くな、と言うたはずだ」

七郎兵衛は体の向きをゆっくり変えて残る男たちを睨みつけた。

飛鳥《ひちょう》のように七郎兵衛の体がふわりと宙に浮いた。身をすくませる男の眼前に降り立った七郎兵衛は、鳩尾《みぞおち》を柄頭《つかがしら》で突いて倒した。

最後に残った年かさの男は刀の柄に手をかけたまま、腰を落とした。その構えを見て、

「ほう、居合《いあい》を使うつもりか。ならば容赦《ようしゃ》はせぬぞ」

にやりとした七郎兵衛は、刀の柄に手をかけ居合抜きの構えをとった。

年かさの男は額《ひたい》に汗を浮かべ、ぶるぶる震える手に力をこめた。刀を抜こうとした瞬間、

——かぁーっ

七郎兵衛が発した凄《すさ》まじい気合に度胆《どぎも》を抜かれた年かさの男はがくりと膝を突き、

白目をむいて失神した。

配流《はいる》の地へ赴く途中で巴山を助け出そうとした門人をひとりも刀を抜かせずに捕らえた七郎兵衛は、師との別れを惜しむあまり、一行の行手を遮ろうとした者たちを手捕りにしたと藩に届け出た。

その後、門人たちは半年の間、閉門蟄居を命じられたが、藩内の人心が離れることを恐れた黒瀬宮内はそれ以上の処分をしようとしなかった。七郎兵衛があえて七人に刀を抜かせず、手捕りにしたのも宮内に言い含められていたからだと、事の次第を知る者は噂した。

二年後に巴山が病死した際、宮内は葬儀を手厚く行うとともに、『夜覚めの文』は藩の行く末を思うがゆえの書であったと称揚した。さらに巴山を救出しようとした七人の行動を師を思っての義挙であったと誉《ほ》めそやした。

これにより、宮内は藩の人心を手中に収めたが、一方で蔵太は師を助けようとする門人たちに与《くみ》しなかった忘恩の徒であると家中の者たちから冷淡な目で見られた。

このころにはすっかり宮内に手なずけられた門人たちはことあるごとに、蔵太の脱落を臆病ゆえであると言いふらして、自らを誇った。

このため蔵太は白眼視《はくがんし》され、ときおりは屋敷にまで押しかけてきて罵《ののし》る者さえいた。だが、蔵太はそれらの謗《そし》りになんら反論することもなく、ひたすら郡方の職務を忠実に果たして村々をまわり続けた。

八

蔵太の話を聞いているうちに、澪は嫁して二、三年の間、ときおり蔵太を訪ねてきた客が何事かを厳しく問い詰めて責め立てる声を耳にしたことがあると思い出した。蔵太が何を責められているのかわからないまま、間もなくそのような客は来なくなり、子を身籠《みごも》ってこのかた、澪はそれらのことをすっかり忘れてしまった。

あのころ、蔵太がそのような苦しい思いをしていたと知った澪は、これまで気づかなかったことを悔やんで胸が痛んだ。

「旦那様がさように辛《つら》いお立場におられたのを、わたくしはわずかなりとも察することができませず、まことに申し訳なく存じます」

澪が頭を下げると、蔵太は笑った。

「さほどに辛くはなかった。あのおり、大峰山の峠道へわたしが行っておれば死人が出たであろう。そうならなかったのは幸いであったと、偽りなく思っていたゆえな」

笙平は腕を組んでうめくように言った。

「やはり、黒瀬様はひとの心を得るのがお上手だ。いかようにしても黒瀬様の手を逃れるのは難しいという気がして参りました」

「さて、それはどうでござろうか。上手の手から水が漏れると申します。現にわたしたちは追手の網の目をかいくぐってここにいるのですから」

蔵太がさりげなく言いながら、また小枝の先で燠《おき》を動かすと火の粉が散った。炉を囲む三人三様の表情が赤く浮かび上がる。

澪はため息をついた。

「わたくしは旦那様に何もしてさしあげられませんでした。どのように悔やみましょうともいまさら取り返しはつかぬことでございましょうが」

「そんなことはない。あのころ、そなたはわたしに度々、茶を点《た》ててくれた。あれは随分と慰《なぐさ》めになったぞ」

「わたくしはさようなことをいたしておりましたでしょうか？」

近頃ではめったに茶を点てることなどなかったが、と澪は思いがけない蔵太の話に、記憶の糸をたぐり寄せて当時に思いをいたした。

「そうだ。まだ子が生まれる前であった。大声こそ出さなかったが、わたしを咎め立てする客が帰った後だ。わたしが縁側でいささか煩《わずら》わしい思いで空を眺めておったおり、そなたが茶を点てると言い出してな」

「そう言えば、そのようなことがございましたような……」

澪はかすかな記憶をたどった。どのような客だったかは定かでないが、春も早いころではなかったか。

いまでは枯れてしまって跡を留めていないが、かつて屋敷の庭には大きな木蓮《もくれん》が立っていた。春雲棚《たなび》引く空に木蓮が香り高く花をつけていた。

「白木蓮が咲いていたように思いますが」

澪が思い出しつつ言うと蔵太はうなずいた。

「そなたは茶の支度をして、赤楽《あからく》茶碗でわたしに茶を点ててくれた。茶を喫《きっ》しながら木蓮を眺めたわたしは心が晴れていくような清々《すがすが》しい思いがした。ひとは得てして思い違いをするものだ。わたしにしてもひとを思い違えておるかもしれぬ。ひとに悪く思われ、陰口を利かれ、ときに罵られても、木蓮のごとくただ黙って静かに咲いておれば、その真はおのずから現れるのではなかろうか、などと考えた」

「わたくしの茶が旦那様をお慰めすることができたのでございますなら、何よりでございました」

澪はしみじみと言った。

「なったとも」

蔵太は短く言い添え、笙平に顔を向けた。

「葛西殿、それがしはいま申した通り、心穏やかでないころに澪を娶りました。そのおり、澪の父上より葛西殿のことをうかがいました。澪と行く末を誓《ちこ》うておられたとか」

「いや、それは――」

笙平が困惑した顔になって口ごもると、蔵太はそれより先の話を遮るように手を上げて制した。

「それがしが葛西殿のことを承知のうえで澪を妻に迎えたのは、心が広かったわけではのうて、ただ、自分は巴山先生のことで悪しき評判を立てられましたから、縁遠いと思っておったゆえでした。されど、澪を娶ってより、それがしは心穏やかに日を送ることができました」

「旦那様――」

思いがけず蔵太の来し方の心情を聞けて、澪は息を呑んだ。蔵太は飾らぬ口振りで話を続ける。

「澪はそれがしの心の支えとなってくれる、かけがえのない妻でござる。ふたりの子にとっては無論のこと、それがしの父母にとりましても澪はなくてはならぬ母であり、嫁でござる」

蔵太の言葉のひと言ひと言が澪の胸に沁み入った。蔵太がそれほどまで自分のことを心に留めてくれているとは気づかず、昔のことにばかり囚《とら》われていた。

自らの心持ちを恥じ入る思いが湧いて、澪は炉の熾火をじっと見つめた。

蔵太は背筋を伸ばして筌平に向き直り、真剣な表情になった。

「葛西殿には葛西殿の思いがあろうかと存ずる。また、これまで葛西殿を匿って参った澪にも相応の思いはあったのでござろうが、それがしにとって澪がいかなる妻であるかはおわかりいただきたく存ずる」

きっぱりと蔵太に言い切られて、筌平は顔をそむけた。

「萩殿は何やら思い違いをされているのではござらぬか。聞いておりますと、それがしがお内儀と不義密通をいたしておるかのような物言いでござる。それがしは、決してさようなことはいたしておりませんぞ。あらぬ疑いをかけられては迷惑千万にござる」

居直った口調で言う筌平の顔を蔵太は無言でじっと見つめた。

蔵太の表情をうかがい見た澪は胸騒ぎを覚えた。

蔵太が自分を大切に思ってくれる気持はまことだと信じられる。それだけに笙平をどう思っているのかはわかりにくくなった気がする。

鋤沢の湯治宿で澪と笙平をとっさの機転で助けた蔵太だが、ふたりが同じ宿で一夜を過ごしたことをどのように感じているのだろう。

わずかでも疑いを抱いているとしたら、蔵太は笙平を許さないかもしれない。そうであるなら芳光院のもとへ向かうと言いながら、山中の炭焼き小屋で泊まることになったのも曰《いわ》くありげに思える。

（まさか——）

蔵太の人柄の温かさは、この数日の振舞いから十分に感じ取れた。

笙平を憎み、害をなそうなどと考えるとはとても思えない。けれども、ひとも通わぬ山中に笙平を誘い込んで、心極流の逸物である蔵太が、何をしようが邪魔立てする者はいない。

澪との仲を疑い、笙平を斬り捨てて命を奪うということはないとは言えない。まして笙平は国許へ送り返される途中で護送の隙をついて行方をくらまし、役人から追われている身だ。

蔵太がひと目のないところで筆平に危害を加えようが、どうとでも言い逃れることはできるだろう。

澪は息詰まる心地がして不安になった。

蔵太はかつて師である巴山を救う一挙に加わるよう誘われて、護送役の久野七郎兵衛という男を斬り捨てようと一度は決意したらしい。師からの手紙で一挙に加わらなかったにしても、いざとなればひとを斬るのをためらわないのかもしれない。

そこまで考えて、澪はとんでもないことにならなければいいがと落ち着かない心持ちになってきた。

筆平の無実の罪を晴らして助けたいとの一念だけでこれまでしてきたことが、却って悲惨な成行きを招くかもしれないと空恐ろしくなった。

誠実な人柄の蔵太に罪のないひとを斬らせてはいけない。そう思うかたわらで、若いころ一度だけとは言え契りをかわした男を夫の刃から守ろうとする心の動きがあった。自らの業の深さに通じる気がして、澪は思わず身震いした。気を張り詰めた澪が、

「旦那様――」

と声をかけて言葉を続けようとしたとき、蔵太はにこりとして、

「それがしは、葛西殿にわずかなりとも疑いなど抱いてはおりませぬ。失礼いたした」

と頭を下げた。笙平は落ち着かない表情で答えた。

「いや、それがしにも怪しまれてもいたしかたない振舞いがあったやもしれません。そのように思える節がございましたら申し訳なく思います」

蔵太は笑みを浮かべたまま、

「さて、近頃、朝は早く明けます。かように話して起きておっては明日がこたえます。横になるといたしましょう」

と告げた。不意に表情をやわらげた蔵太に戸惑いを覚えた澪と笙平は、思わず知らず互いの顔を見つめた。

笙平の顔には緊張の色が浮かんでいる。話の始めに、山仕事をする百姓たちは掟に従わぬ者を折檻し、山から帰さない、と蔵太が告げたことに含みを感じているのかもしれない。

蔵太はそんなふたりの思惑にかまわず、小屋の隅に寄せていた藁束《わらたば》を運んで三人の寝床をととのえた。笙平を奥に自らは真ん中にとそれとなく示し、戸口に近いところに澪の寝場所を手早く設《しつら》える。

ご免、と声をかけるなり蔵太は刀を抱いて藁の間に潜《もぐ》りこんだ。しかたなく澪と笙平も蔵太にならって、それぞれあてがわれた寝場所で横になった。

澪と蔵太、笙平は横になり、寝息を立て始める。しだいに夜はふけていった。

ほーっ

ほーっ

炭焼き小屋に近い木立に止まっているのか、梟《ふくろう》の鳴く声が大きく聞こえてきた。

一刻（約二時間）ほどたったころ、澪は昼間の山歩きで疲れたためか体の節々が痛み、眠りが浅くなっていた。

うとうとしながら寝返りを打って戸口の方を向いたとき、手に柔らかいものがふれてくるのを感じた。誰かがやさしくさすっているようだ。

夢うつつの中で、澪は、蔵太が自分をいたわってくれているのだと思った。だが、剣術で鍛《きた》え、さらに郡方として、ときには田畑の作物の刈り入れまで手伝うことがあるという蔵太の手はごつごつしているはずだ。いま、ふれている手はしなやかでやわらかい、と気づいたとき、澪ははっと目を覚ました。

笙平の手だと思い、あわてて引っ込めようとした瞬間、手を握りしめられて強い力で引き寄せられた。握りしめている手が熱く、湿り気を帯びている。

澪は気が動転した。夫が寝ている傍らで人妻の手を握るなどもってのほかで、まして引き寄せて何をするつもりなのだろうか。

澪がその手を逃れようと息をひそめてあらがったとき、蔵太の寝場所から、

——かちり
と鍔《つば》鳴りの音がした。澪の手を握りしめていた手の力が弱まり、体がすっと離れた。戸口を開けてひとが出ていく気配がした。

やがて、厠《かわや》から戻ってきたらしい笙平が寝場所に入った。澪は藁の中で身じろぎもせずに息遣いを抑えてじっとしていた。

笙平がどうして大胆なことをしかけてきたのか、わからない。それにしても眠っていると思った蔵太が備えを怠らないのは、さすがに心極流の逸物と言われるだけあると恐れにも似た気持を抱いた。

眼が冴えた澪は闇を見据えつつ、早く夜が明ければいいのにと願った。時おり聞こえる梟の鳴き声にまじって、夜行の生き物が動き回る音にどきりとする。深い夜の静寂に包まれていると、心が砕け散りそうだ。いつの間にか澪の目には涙が滲んでいる。

ひととしてのいのちの営みの何と悲しいことかと思った。

さほど大きなことを望むわけではなく、ささやかな願いをかなえたいという思いを大切にして進もうとするだけだが、それでも抱えきれないほどの困難に直面する。自らの思いを誰憚《はばか》ることなく口にすることは許されないのだろうか。澪はこぼれそうになる涙をこらえて闇をじっと見つめた。

どのくらいときがたっただろうか。

——澪

蔵太のひそやかな声がした。いつしか寝入っていた澪は目を開けた。息がかかるほどそば近くに寄った蔵太が澪の耳元で囁《ささや》いた。

「ちと、外へ出よう」

澪はうなずいてそっと起き上がった。蔵太の背後から笙平の寝息が聞こえる。音を忍ばせて澪は蔵太の後から戸口を出た。

空を見上げると降るような満天の星が輝いている。星明かりであたりがほのかに見渡せる。少し歩いたところに横倒しになっている大きな木に腰かけた蔵太は、澪にそばに座るよううながした。

蔵太は刀を傍らに置いて空に目を向け、しばらく黙っていた。澪は何も言うことができず、蔵太の言葉を無言で待った。やがて蔵太はやわらかい口調で言い出した。

「お役目で山村に行った際、そのまま泊まることが何度もあったが、さようなおり、わたしが何をしていたと思うか」

「お役目でお忙しいのであろうとのみ思っておりましたゆえ、わかりませぬ」

澪は首をかしげて蔵太の顔に目を向けた。いつもの親しみのある笑顔がぼんやりと見える。

「いまと同じだ。このように星を眺めていた」

「さようでございましたか……」

「星を眺めていると心が安らぐのだ。星の瞬《またた》きがそなたや子供らの笑顔に見えてきてな。誰もおらぬ山の上でひとりぽつんといるおりでも、そなたたちの笑顔が間近に見えるようでさびしいことはなかった」

「そう言えば、旦那様がお戻りになられない夜、わたくしも子供たちと星を眺めていたことがございます」

あれは何年前だったろうか、と澪は胸の中で指折った。ふたりの子供はまだ幼く、小一郎はようやく歩き出し始めたころだった。あのころは、蔵太の帰りを待ち遠しく思っていた。そう遠い日のことではなかったと思い起こされる。

不意に星が滲んで見えた。澪はうつむいて頰に流れる涙を袖でぬぐった。

蔵太が澪の顔をのぞき込むようにして訊いた。

「いかがした」

「わたくしは幸せであったのだ、と思ったとたんに、なぜか涙があふれました」

「幸せだと思って涙を流すとは、澪も変わり者だな」

「さようでしょうか」

蔵太は、何がおかしいのか、ふふ、と含み笑いして話を続けた。

「そなたが葛西殿を匿っておるのではないかと薄々は気づいておったのだが、若い頃の思いゆえであろうと見て見ぬ振りをしていたのだ。そなたが、まことにどこかへ行くとは思わなかったからな」

「旦那様――」

「それゆえ、そなたが葛西殿を追って鋤沢《すきさわ》の湯治宿へ向かったと知ったときにはあわてた。そなたをなんとしても取り戻さねばならぬと思った」

蔵太は立ち上がると、大きく伸びをして空を見上げた。

「しかし、こうして山に入って星を眺めていると、ひとのなすことはせせこましく、あまりに小さいという気がしてくる」

感慨にふける蔵太に、澪は思い浮かんだ言葉をそのまま口にした。

「わたくしには、ひとの生きていく様がせつなくていとおしいと、あらためて思われましてございます」

蔵太の言う通り、星はひとが笑っている様に見えもするし、ひとの喜びや悲しみが天に昇って輝いているようにも感じられる。

ひとの思いは瞬く星のひとつひとつのようにかけがえのない煌《きら》めきを放っているのではないだろうか。

「澪がいま申したことはわたしが思っているのと同じであろう。小さいがゆえにせつなくもあり、いとおしくもある」

蔵太は澪の横顔を見つめて言葉を継いだ。

「わたしが葛西殿を斬るのではないかと案じておるのであろうが、さようなことはせぬゆえ、安心いたせ。わたしは葛西殿を芳光院様のもとへ届けると約束いたした。約束は守らねばならぬからな」

「ありがたく存じます」

澪が頭を下げると、蔵太は悲しげにつぶやいた。

「葛西殿のことでそなたから礼を言われるのは、いささか辛い思いがするものだな。葛西殿は先ほどそなたに不埒《ふらち》な真似を仕かけたが、斬られるかもしれぬと覚悟しての振舞いであろう。しかし、わたしは斬らぬ」

きっぱりと告げる蔵太に、澪は何も言えずにうなずいた。蔵太が山の中で笙平を斬るつもりではないかと邪推《じゃすい》したことを恥ずかしく思った。

振り返ってみれば、蔵太は巴山の門人たちから誤解されてよからぬ評判を立てられ、誰にもまことの姿を見てもらえないまま耐えて生きてきたのだとわかる。

もっとも身近で寄り添っているはずの自分にしても、蔵太のまことの姿にどれほど目を向けていたかと問われれば、はっきり答えられない気がする。

そのことに思いをいたしたとき、蔵太が、すべては、そなたの心のままにいたせ、と落ち着いた声でつぶやくように言うなり背を向けて炭焼き小屋へ戻っていった。たくましい背中に毅然《きぜん》とした、ひとを寄せ付けない厳しさを漂わせていた。

残された澪は、惑いつつ星空を見上げた。

瞬時に星がひとつ天を斜めに過《よぎ》って流れた。たったいままでそばにいた蔵太が急に遠いひとになったような気がする。

(わたくしはどうすればいいのだろう)

胸の中でつぶやいた澪は、山間の夜風にさらされ、思わず胸をかき抱いた。

白々と夜が明けたと思う間もなく、小屋の板壁の隙間から清々しい朝の光が差し込んできた。藁の寝床から起き上がった蔵太は体を伸ばしながら、

「さて、きょうは芳光院様のもとへ参りますが、いささか難路をたどらねばなりませぬゆえ腹ごしらえをしっかりいたした方がよろしかろう」

と言った。澪が炉の埋火《うずみび》を熾して白湯を沸かし、握り飯をあぶった。

蔵太は握り飯を手早く食べると小枝を手に炉の灰をならして大雑把《おおざっぱ》に地図を描いた。

「ここより雫亭へ参るには、いったん、麓《ふもと》まで下りて桑野清兵衛《せいべえ》が大庄屋を務める篠村へ出るのが一番の近道ですが、桑野が目を光らしておるでありましょう、そこを通るのは危ういと思われます。大西村と坂田村も同様です」

蔵太は行く手を阻む困難を告げた。

「されば尾根伝いに大峰山へ出て、さらに尾根川へ通じる大飯《おおい》の沢を越えさえすれば雫亭の裏手に流れる谷川に近づくことができるはず」

蔵太は、澪の顔を見てたしかめるように訊いた。

「雫亭と谷川を行き来する道があると耳にしたことがあるが、この谷川までたどり着けば、そのまま雫亭に入れるのではないか」

澪はうなずいた。

「それに相違ございませぬ。芳光院様がおなりの際は谷川のあたりまで警衛の方が立たれますゆえ、そこまでたどり着けば大丈夫かと存じます」

「しかし、このあたりにまともな道はなかったと憶えていますが」

心配げに笙平が口を挟んだ。

「いかにも言われる通りです。それだけに、桑野の配下もここへの目配りは手薄になりましょう。とは言え、それゆえにこそ罠を仕かける者もいるかもしれませんが」

蔵太は真剣な表情で灰の上に描いた地図を眺めた。

九

この朝、自らの屋敷で黒瀬宮内は朝粥《あさがゆ》を食していた。

傍らで給仕をしているのは、かつて笙平の妻だった志津《しづ》だ。抜けるように白い面差しで、しなやかな体つきをしている。

志津は、宮内の前に座って共に朝粥を食している巨漢の久野七郎兵衛を興味深げな眼差しで見遣っていた。

七郎兵衛はすでに七杯もの粥を平らげていたが、まだ腹が満たされた風ではなかった。いまも志津がよそった粥をたちまち腹中に収め、代わりを求めて茶碗を志津に差し出そうとしている。

「久野、いいかげんにせぬか。もうよいであろう」

宮内があきれた顔をして声をかけた。七郎兵衛はため息をついて茶碗を膳に戻した。

「粥でそなたの腹の虫は満足せぬようだな」

宮内が皮肉な面持ちで言うと、七郎兵衛は、いかにも、食した気がいたさぬ、と無遠慮に答えた。宮内も茶碗を置き、志津に膳を下げるよう目でうながした。

「まあ、よい。朝からそなたを呼んだのは粥を食わせるためではない」

「なんなりと仰せくださりませ」

七郎兵衛は大きな体を丸めて頭を下げた。その様を心地よさげに見た宮内は、

「葛西笙平を捕らえて参れ」

と強い口調で言った。七郎兵衛は軽くうなずいて、膳を引いて女中に手渡した志津

に訊いた。

「志津様には、それがしが葛西笙平を捕まえてもかまいませぬか」

志津は口もとを袖でおおって艶然と笑った。

「久野殿は、なにゆえわたくしに遠慮なさいますのか。離縁した葛西はもはや赤の他人でございます。煮て食うなり、焼いて食うなり久野殿のお好きになさればよろしいではございませぬか」

さようか、と無表情につぶやいてふたたび目を向けてきた七郎兵衛を宮内はじろりと睨んだ。

「志津の申す通り、いらざる遠慮はいたすな。それでも気にかかるようであれば、葛西を捕らえる際、斬り捨ててもよいぞ」

「ほう、斬ってもよろしゅうございますか」

七郎兵衛の目が光った。

「ああ、よいが、葛西には護衛役がついておるぞ。はたしてそなたに斬れるであろうか」

宮内はからかう口振りで言った。

七郎兵衛は宮内の言葉に顔色も変えずに問うた。

「護衛役とは誰でございますか」

「郡方の萩蔵太だ。そなたとは城下の心極流道場で龍虎と謳《うた》われた間柄だそうではないか」

蔵太の名を聞くなり七郎兵衛は顔を輝かせた。

「萩蔵太ですと。あ奴の噂を近頃とんと聞きませぬ。もはや死んだのかと思うておりました」

「ふむ、本日、芳光院様は雫亭にお出ましになられる。おそらく萩蔵太はそのおりに葛西を芳光院様に会わせるべく連れて参ろうとしておるのであろう。さような小賢《こざか》しい真似は、わしには痛くもかゆくもないが、放っておくのも面倒ゆえ、雫亭に入る前に捕らえよ」

宮内に命じられて、七郎兵衛は頭を下げ、承知仕《つかまつ》った、と答えた。すると控えていた志津が横合いから口を挟んだ。

「いまより、召し捕りに向かえとの仰せでございますが、間に合いましょうか。すでに葛西は雫亭に入っているやもしれませぬ」

志津の言葉に笑った七郎兵衛が、

「芳光院様のおなりは何時《なんどき》ごろでございましょうか」

と問いかけると、宮内は少し考えてから答えた。

「さて、おそらく昼すぎであろうな」

「ならば、間に合いまする。萩は芳光院様がおわさぬ雫亭へ迂闊《うかつ》に近づくような愚かな男ではございませぬ。おそらく、おなりに合わせて姿を見せるでござろう」

「そなた、萩の考えがわかるのか」

宮内は怪訝な顔をして訊いた。

「剣の同門でございますれば」

「では申してみよ、いま萩は何を考えている」

宮内に訊かれて七郎兵衛は即答した。

「おそらく〈一息の抜き〉を心がけておると存ずる。追手をくらまし、一呼吸置いて、思わぬところから姿を見せる所存でありましょうゆえ、そのつもりで呼吸を合わせれば捕らえるのに造作はござらぬ」

自信ありげに話す七郎兵衛に志津は皮肉な目を向けた。

「さように相手を軽く見ると、裏をかかれますぞ。それに葛西笙平はおのれが助かるためならば、何をしてくるかわかりません」

志津のひややかな言葉を七郎兵衛は大仰にうなずいて聞いた。

「志津様は、さすがによくお見通しでござる。されば用心仕りましょう。されど、葛西笙平のことはいまもお忘れなきご様子でありますな」

七郎兵衛はわざとらしく訊ねる言い方をした。

「葛西のことなど忘れました」

志津はにべもない言葉つきで吐き捨てるように言った。宮内が苦笑して、

「さほどまで、わしに気兼ねすることはない。夫婦として契り合《お》うた者に、それなりの情も湧いたであろう。正直に申せ」

と声をかけた。志津はゆっくりと頭を横に振った。

「いえ、葛西にはわたくしと夫婦になる前に契った女子のことが忘れられない様子が見受けられましたゆえ、情を感じる心持ちにはなりませんでした」

情がこもらない声で志津は言った。

「ほう、桑野清兵衛から伝えてきたところによれば、萩蔵太の女房が葛西を助けておるそうだが、もしやその者が」

宮内は面白がるように身を乗り出した。

「その女子でございますよ。葛西が胸のうちで忘れることができずにいたのは。わたくしがかように黒瀬様にお仕えいたそうと思いましたのも、ひとつには昔の女子に未

練がましい思いを抱いている葛西が厭わしかったからでございます」

「そうか、葛西は未練がましい男であったか」

苦笑して宮内はうなずいた。

「はい、かといって女子のためにわが身を捨てるほどの思いはなく、その癖、いつまでも忘れかねて思いを捨てることもできぬひとです」

志津は口をゆがめて謗《そし》った後、やおら七郎兵衛にうかがうような目を向けた。

「どうせなら、その萩蔵太とやらの女房も斬り捨ててはいかがですか。昔の男をかばい立てするような、ふしだらな女子ゆえ、成敗いたした方が世の中への見せしめとなりましょう」

さて、どういたしたものでしょう、と七郎兵衛は別段、驚いた風でもなく考え込んだ。しばらくして膝を打ち、

「女房を先に斬れば、萩蔵太めは逆上いたして隙が出るでありましょう。〈一息の抜き〉は役に立たぬと思いますゆえ、よきご思案かと存ずる」

と低い声でつぶやいた。

宮内は興味を引かれた顔をして口を差し挟んだ。

「葛西だけでなく、萩蔵太とその女房も斬るか」

「その方がよほど面倒がございますまい。なまじ捕らえれば、何をしゃべり出すかわかりませぬ。それが芳光院様のお耳にでも達すれば、却《かえ》って厄介なことになるやもしれませんぞ」

七郎兵衛が脅すように言うと、宮内は厳しい表情になった。

「それゆえ、奥祐筆頭《おくゆうひつがしら》のそなたに出張ってもらうのだ。であるからには、しくじってもらっては困るぞ」

「いかにも承ってござる。萩蔵太とは試合で何度か立ち合いましたが、わずかに、それがしが後れをとって参りました。決着をつけるよい機会でござる」

あっさりと頭を下げる七郎兵衛を、宮内はじろりと見遣って声をひそめた。

「内々にわしが許すゆえ、鉄砲衆をひとり連れてまいれ」

「なんと鉄砲を使いまするか。これは物々しいことになりまするな。まるで戦支度ではございませぬか」

「葛西笙平と萩蔵太、並びにその女房は藩法に背き、しかも芳光院様にすがって罪を逃れようといたしおる。これは言わば謀反である。断じて許し難い」

宮内が厳かな口調で言い放つ傍らで、志津がふふっと含み笑いした。

澪と笙平を連れて炭焼き小屋を出た蔵太は、うねうねと続く山道をたどって尾根に出た。竹籠を背負い、中に藁に包んだ刀を入れている。

見晴らしがいい場所で三人はひと息ついて額や首筋を流れる汗をぬぐった。蔵太は腰に下げていた竹筒を澪に渡して水を飲むよう勧めた。渇いた喉が潤い、澪はゆっくりあたりを見回した。連なる山々の上空を筋雲が穏やかに流れている。遠くを見渡しながら澪は、

「なんと、美しい景色なのでございましょう。かように高い山から遠くを眺めたのは、生まれて初めてでございます」

と感慨深く言った。

「そうだ。これが〈天の目〉で見る風景だな」

蔵太はつぶやくと同時に歩き出した。澪は小走りに後を追って、

「この風景を〈天の目〉で見るとはどのようなことでございましょうか。お教えくださいませ」

と声をかけた。

蔵太に呼びかけた声音に、わずかながら甘やかな響きがあったと感じた澪は頬をうっすら紅潮《こうちょう》させた。

蔵太はそんな澪を振り返らずに応じた。

「山の頂から遠くを見下ろしているうちに、なにやらひとの日々の暮らしがいとおしく思えてくるのだ。なぜそうなのかはわからぬが、百姓や町人が懸命に働いて暮らしを立てておる姿が尊いものに思え、心に感ずるところがあった」

「さようでございましたか」

感心するように小さくため息をついた澪は、緑織《お》りなす濃淡《のうたん》に彩られて続く平野の景色を眺めつつ、たしかにこの風景は守りたいと思った。

「澪は、お城が三層や五層の高き建物であるのは、なぜだと思う」

蔵太が不意に訊いてきた。よくは、わかりませぬが、と澪が答えると蔵太は言葉を継いだ。

「政事をなす者は、高きところより領民の暮らしを眺めて、平安で豊かにひとびとが生きていけるように治めたいとの慈しみの心を持つためであろうと、わたしは思っておる」

蔵太が言い終える前に笙平が、

「さて、それはどうでしょうか」

と小声で言った。足を止めずに顔を向ける澪に、笙平は誰に言うともなく口を開いた。

「ひとは高きところに登れば、見下ろして目に入るすべてが自分の物であるような心持ちになるのではございますまいか。実際、家老にまで登り詰めた黒瀬様は、おのれの下に従っているものは、いかようにしてもよいと思われるようになったのですから」

笙平は深い憤りを滲ませて口に出した。すぐに蔵太は笙平を振り向き、にこりと笑った。

「葛西殿の言われる通りでございますな。しかし、それがしの申し条にも一理はあるのではありますまいか。われらは山より下を見下ろしたおりに、すべての風景をいとおしく思い、心が安らぎます。してみると、高きお城に登っておのれの権勢にしか思いがいたらぬ者は、慈しみの心だけでなく、安らぎも知らぬ哀れなおひとかもしれませんな」

蔵太は笑みを浮かべたまま前を軽やかな足取りで進んでいく。

知らぬ間に澪は蔵太の後を懸命に追っていた。遅れると笙平の歩調に合わせていると蔵太に思われかねない。そう思われるのは嫌だという気持があった。

笙平は夫の蔵太が横に寝ているのに構わず、眠っていた澪の手を握りしめて引き寄せようとした。その感触がいまも手に生々しく残っていて、澪は思わず掌《てのひら》を見つめた。

（笙平様は、わたくしをどうしようとなされたのだろう）

澪を小屋の外に呼び出して何事か話をしたかったのかもしれないけれど、そうであるなら、あのように忍びやかな起こし方はしないのではないだろうか。

いきなり手を握ってくるのは不埒に過ぎる。実際、蔵太は笙平が何をしでかそうとしたかを察知したからこそ、鍔鳴りを発していましめたのではないだろうか。

怜悧《れいり》でおとなしげに見える笙平は、時に後先を考えないで思い切ったことをする。江戸から国許へ送り返される途中で逃走したのも、そんな無鉄砲な人となりの表れではなかったか。

笙平は思いがけない大胆さを秘めているのではなく、ただ軽はずみな性格かもしれない。そんなことに思いをめぐらした澪はあわてて頭を振った。

山に入ってから、笙平を見る目が少しずつ変わっていくのを感じる。どう変わったのかはっきりとはわからないが、時おり人柄が重みを欠くように見えるときがある。

そしてどうした拍子にか、突然、澪の脳裏に紫草の白い花が浮かぶのだった。

（門のそばに咲く紫草の花を見たい）

蔵太の背中を追い、山道を一歩一歩しっかりと踏みしめながら、自分は間違った道を進んでいないようだ、と澪は思った。

巳《み》ノ刻《こく》(午前十時ごろ)、澪たちは大峰山から菩提山にいたる道筋に出た。下り坂になった道をたどり、尾根川の枝川が流れる大飯の沢を目指した。

蔵太はふと立ち止まって手拭で汗をぬぐい、あたりを見回した。

「これまでは山中でしたから、桑野の手の者に見つかる恐れは少なかったのですが、このあたりより村への道も通じております。百姓と行き合えば、われらの動きが桑野に知れますから、用心せねばなりません」

自分に言い聞かせるように話しながら、蔵太は竹籠を背負って体をやや前に傾けて進んでいった。

しばらくして、どこからかひとの話し声が聞こえてきた。声はしだいに大きくなった。こちらへ近づいて来る者がいる。

蔵太は落ち着いた素振りで澪と笙平を道沿いの茂みの中へ導いた。

三人が背をかがめ、茂みの陰に隠れると同時に、大きな楠《くすのき》の傍らの道を歩いてくる百姓四人が姿を現した。朝早くから山仕事をしての帰りなのだろうか。

四人は声高に村の者の噂話や村娘の品定めを面白おかしく言い合い、大声で笑い合いながら通り過ぎていった。

蔵太は澪と笙平を後ろ手にかばい、なおも用心深く茂みに潜んでいたが、百姓たちが遠ざかった頃合いを十分に見計らって、ゆっくりと立ち上がった。ふたりをうながして道へ戻り、歩き出そうとした瞬間、蔵太は、

「いかん――」

とうめいて舌打ちした。道沿いの棚田の畦道《あぜみち》に浪人らしい男がひとり立ってこちらを見ていた。浪人から目をそらした蔵太が、

「急ぎましょう」

と低く言って足を速めると、浪人者が大声をあげた。

「奴らだ。ここにいたぞ」

声を聞きつけて、追手の者たちが集まってくるに違いない。蔵太は振り向いて声をかけた。

「先に行ってくだされ。奴らはそれがしが引き留めます」

言い終わらぬうちに、浪人の叫びに応じて男がふたり駆けつけてくるのが見えた。

それを見た蔵太は背に負った竹籠をとっさに下ろして、藁包みを解き、刀を取り出

して腰に差すなり、猛然と走り出した。澪と笙平は急いで大楠《おおくす》の陰に身を隠した。

刀の柄に手をかけた蔵太が向かってくるのを目にした浪人たちは色めき立った。

「こ奴、手向かう気だ。油断するな」

「おう――」

「抜かるな」

と口々に言い合って浪人たちは刀を抜いた。中天にかかる日が白刃を無気味に照らす。

蔵太は浪人たちが刀を抜き放ったのを見遣りながら、なおも、刀の柄に手をかけたままで駆けていく。

狭い畦道ではひとりしか通れない。勢い余って蔵太は先頭の浪人とぶつかりそうになった。

「おのれ――」

斬りかかる浪人の脇を、蔵太はすり抜けた。

瞬間、白光が閃《ひらめ》いた。

先頭の浪人が弾かれたように田圃《たんぼ》の中へ倒れ込んだ。

次の浪人がわめきながら蔵太に斬りかかったとき、蔵太は身を沈めてそばを駆け抜けた。またしても白い光が走る。

浪人が頽《くずお》れた。

三番目の浪人は大声で気合を発し、むやみやたらに刀を振り回したが、蔵太は畦道の端でくるりと体をまわして、刃を瞬時にかわした。同時に蔵太の刀が鞘走《さやばし》った。

澪と笙平は息を詰めて大楠の陰から蔵太の動きを見つめていた。

蔵太と浪人たちがすれ違ったおり、三度、閃光が走ったように澪の目に映った。

走り抜けた蔵太が振り向くと三人の浪人はうめき声をあげて倒れていた。

その様子を眉ひとつ動かさずに見届けた蔵太は、何事もなかったかのような顔をして、畦道をたどり、澪たちが隠れている大楠へ近づいた。

「旦那様、お斬りになられたのでございますか」

澪が悲しげな声で訊くと、わずかに頭を振って蔵太は微笑を浮かべた。

「案じなくともよい。手傷を負わせただけだ、命に別状はなかろう」

早く行くぞ、とうながされて、澪と笙平は足早に進む蔵太の背中を懸命に追った。

同じころ大庄屋の桑野清兵衛は、大西村の屋敷に戻っていた。

浪人者や無頼の徒に山狩りを命じたものの、いまだに澪たちを見つけたという報せは入っていなかった。

（どうしたというのだ。まさか地にもぐったわけでもあるまいに）

清兵衛は屋敷の大広間で煙草《たばこ》をふかしつつ、苛立って煙管《キセル》の吸口をぎりぎりと噛んだ。清兵衛が山狩りの手配りに頭を悩まして山の地図に見入っていると、縁側に来て膝をついた妻の香が部屋に入り、

「お客人でございます」

と告げた。清兵衛が顔をしかめて、

「誰だ――」

不機嫌そうに訊くと、香はおびえた表情になった。

「奥祐筆頭の久野七郎兵衛様でございます」

「なに、久野様だと？」

清兵衛は首をかしげた。

「さようです。なにやら鉄砲衆の方やお目付方の方々を五人ほどお供に連れておいでです」

そうか、黒瀬様のお指図で動かれることになったのだな、と清兵衛はつぶやいた。

筆平を追って山狩りをしていることについては、逐一、宮内に手紙で報せている。

蔵太が突然現れて澪と笙平を伴い、姿を消したと知って、宮内は痺《しび》れを切らしたものと思える。

「客間に早《はよ》うお通ししなさい」

言い付けるや、清兵衛は手早く山の地図を畳み始めた。七郎兵衛に見せて、笙平の行方をどう探索するか相談してみようと思った。ところが、香はいつまでたっても腰を上げずにじっと清兵衛を見つめるばかりだ。

「どうしたのだ。何をぐずぐずしている。早くしないか」

清兵衛に叱責されて、香は思い切ったように口を開いた。

「旦那様は、笙平の命を奪うおつもりなのでございましょうか」

「なんだと――」

思いがけない言い様に、清兵衛はわずかに怯《ひる》んだ目をして香を見た。香は清兵衛を見返して、

「わたくしは、笙平が江戸でお咎めを受けて国許へ戻される途中で逃げたと聞きまして、旦那様に迷惑をかけてはと心苦しく思い、訪ねてきた笙平を捕らえてもらおうといたしました。お咎めを受けても家禄を没収されるだけだと思ったからでございます」

と必死な面持ちで言った。

清兵衛はうるさげに表情をこわばらせて応じた。

「だから、どうだというのだ」

「ですが、近頃、旦那様が浪人衆を雇って山狩りをいたしたり、さらに鉄砲衆までお出ましになられたのを目にいたしますと、筆平は捕らえられるのではなく、殺されるのではないかと思えて参り、気がかりでたまらなくなったのでございます」

香は眉根を曇らせて心持ちを述べた。

「何をいまさら言うのだ。無論、筆平がおとなしく捕まるのであれば、命を取ったりはせん。しかし、抗《あらが》ってひとに怪我《けが》を負わせたりすれば、そういうわけにもいかんだろうが」

言いながら山の地図を折り畳んで懐に入れる清兵衛を、香は恨めしげな眼差しで見つめて、話を続けた。

「旦那様には、生《な》さぬ仲の筆平を親身になってかばおうというお気持はないのでございますね」

はっはっと清兵衛は乾いた声で笑った。

「さような気持を持てるわけはなかろう。そなたは、わしらが夫婦になったおり、筆平が何と言ったか忘れたのか」

清兵衛が厳しい目で見据えると、香はうつむいて唇を噛んだ。

「忘れてはおりませぬ。口惜《くや》しい思いをいたしましたから」

香が清兵衛のもとに嫁した際、笙平は親戚の間をまわって、亡父仙五郎が生きているころからふたりは不義密通の間柄であったに違いない、と言いふらした。子である自分を捨てて清兵衛の妻になった母親を許し難いと仙五郎の友人にまで訴えたこともあり、香は随分と肩身が狭い思いをし、親戚付き合いもできなくなった。

清兵衛は郡奉行に呼び出され、香を娶った経緯《いきさつ》について質された。

その後も笙平が香と清兵衛を難じる声は伝わってきた。たまりかねた清兵衛は黒瀬宮内に願って、笙平を江戸詰めにしてもらった。そのおり、ただ江戸詰めになるだけでは、笙平が納得しないだろうと慮って岡田五郎助の娘志津との縁組話を進めた。志津との仲を清算したいと考えていた宮内は、渡りに船と笙平を利用することを思い立ち、話はとんとん拍子にまとまった。

「江戸詰めとなり、岡田五郎助様の娘との縁組を笙平は喜んでいた様子だったが、どうも契った女子を忘れられずにいたようだな」

未練がましい男だ、と清兵衛が吐き捨てるように言うと、香は疎ましげに応じた。

「江戸へ赴く前に挨拶に参った笙平は、わたくしをつめたい目で見ました。機嫌よう送り出さねばと顔色も変えずに応対しましたが、あの目は忘れられません」

「そうであろう。わしらは笙平にできるだけのことはしたのだ。ところが笙平めは黒瀬様に使われるのに不満を抱き、言うことを聞かずにお咎めを受けた。身から出た錆《さび》だ」

清兵衛の声音には怒りが込められていた。

返す言葉もなく、香は膝に置いた手を見つめた。清兵衛はそんな香の素振りが腹立たしくなったのか、

「これ以上、笙平についてわしらが話し合うことはないぞ」

と言い放った。

香は返事もできずに肩を落として部屋を出て行った。清兵衛は煙草を吸って心を鎮めようと煙管を手に取り、しばらくふかして客間へ向かった。

広い座敷には七郎兵衛と五人の武士が通され、茶が出されていた。

「お待たせいたし申し訳ございません」

清兵衛は敷居際で手をつかえ、深々と頭を下げた。七郎兵衛は気軽な様子で応じた。

「突然、訪ねて参ったこちらが悪いのだ。気にするな。それよりも逃げておる葛西笙平の探索を急がねばならぬ。なにせ黒瀬様は気が短い。もはや痺れを切らしておられるぞ」

催促がましく言ってから、七郎兵衛はこれまでの探索について話すよう求めた。

清兵衛は懐から山の地図を取り出して広げ、話し始めた。鋤沢の湯治宿を指差して、

「この湯治場から葛西笙平と萩蔵太、ならびにその妻女は姿を消しました。山に入ったと思われますので、山狩りをさせておりますが、まだ行方はわかりません」

「葛西が向かうのは雫亭であろう、とご家老は仰せであったが」

七郎兵衛は地図に目を走らせながら言った。

「わたくしもさように存じます。雫亭はここでございます」

清兵衛は雫亭を指し示して話を続けた。

「すでに雫亭へ通じる道にはひとを配しております。葛西笙平が現れますならば、逃さず捕らえることができるはずです」

清兵衛は自信なげな声で応じた。山道伝いに雫亭へ近づいたら途中で捕まえるのは難しいかもしれない、と危惧《きぐ》していた。

「雫亭の裏は谷川へ通じているようだな」

七郎兵衛は地図に目を凝らした。

「このあたりに細い道はございますが、何分にも芳光院様おなりの節は、ご無礼になりますのでひとを配してはおりません」

困ったように言う清兵衛の顔を七郎兵衛はじろりと見た。

「萩蔵太が狙うとすればここだな」

七郎兵衛は雫亭の裏に通じる谷川のあたりに目を遣り、太い指で地図をさした。

「谷川に通じるあたりは沢になっているのか」

「はい、山の尾根から風が吹きおろし、夏場の昼間でも霧が出ることがありますので、地元の百姓は、霧の沢などと呼んでおります」

「霧の沢か——」

七郎兵衛はつぶやいた。


この日、芳光院は、朝早く出立するよう支度を申し付けていたが、供揃《ともぞろ》えがととのわず、城を発ったのは巳ノ刻だった。

供の差配役を、西の丸近習《きんじゅ》の菱川源三郎《ひしかわげんざぶろう》に命じた。二十八歳になる源三郎は騎馬で駕籠脇を護っている。色黒で引き締まった体つきをしていた。年齢の割には沈着な性格で芳光院の覚えもめでたかった。出立してほどなく芳光院がお召しであると伝えられた源三郎は、下馬して塗駕籠《ぬりかご》のそば近くに寄った。

「雫亭に赴けば、わらわに訴え出る者がおるやもしれぬ。その者をかばい、黒瀬宮内の手の者に奪われぬようにいたせ」

窓をわずかに開けて芳光院が言い付けると、かしこまった源三郎は眉をひそめた。

「ご家老様の手の者が追っているのでございますれば、訴え出るやもしれぬ者は咎人でございましょうか」

「わらわの手もとに参れば咎人ではなくなるであろうが、宮内の手の者に捕まれば、死罪になるやもしれぬ。その者をかばっておるのは雫亭を預けておる澪じゃ。わらわがその者を助けてもよいと思うたのは、澪の願いを聞き入れてのことじゃ」

芳光院の言葉に、源三郎はしばし首をかしげて考え込んでいたが、不意に顔をあげた。

「されば、その者とは葛西笙平殿でございまするか」

源三郎は芳光院に問うた。

芳光院は微笑むだけで答えようとはしない。源三郎がため息をつきつつ、

「芳光院様と黒瀬ご家老はそりが合われないと承知いたしておりますが、さようにあからさまな邪魔立てをいたすのはいかがなものかと存じまする」

と言うと、芳光院はふっと頰をゆるめた。

「源三郎は若いに似ず、年寄り臭いことを申す。争いごとがあると聞けば、理非善悪を問わず、おのれの勇を振るう場だと気負ってこその武士ぞ。分別臭いことを申す武士は、はなやぎに欠けて面白うないのう」

源三郎は苦い表情になった。

「やはり、さように仰せられまするか。実は今朝方、奥祐筆頭、久野七郎兵衛様は病とのことにて登城なさっておりませぬ。しかしながら、この届け出は久野様からではなく、黒瀬ご家老よりのお達しであったそうにございます。おそらく、久野様はご家老の命を受けて、動いていると思われます」

「久野は葛西笙平の行方を探索しておると申すか」

「御意にございます。久野様はこれまでも黒瀬ご家老に従《したご》うて働いて参られましたゆえ、間違いはございますまい」

塗駕籠の中で、芳光院はしばらく何事か考えていたが、やおら口を開いた。

「久野は武芸の達者と聞いたが、まことか」

「いかにもさようでございます。それがしは城下の心極流道場に通うておりましたころ、郡方の萩蔵太殿とともに龍虎と謳われ、壮絶な技を使《つこ》うておられたのを覚えておりまする」

「まて、萩蔵太とは、雫亭を任せておる澪の夫であったな」

「そのように聞いてございます」

「龍虎と言われておったそうだが、久野と萩ではいずれの腕前が上であろうか」

さりげなく芳光院に問われて、源三郎は首をひねった。

「さて、試合では萩殿が勝ちを制せられることが多かったと聞いておりますが、いずれが上ともそれがしではわかりかねまする。道場の先輩方は、紙一重の差であろうと話しておられました」

「さほどに伯仲した技量であるか――」

芳光院は目を光らしてつぶやき、おもむろに、

――源三郎、近《ちこ》う寄れ
と声を低めた。

「そなた、萩の屋敷に急ぎ赴いて申し伝えよ。妻女が危難に遭《お》うておる。救えるのは萩しかおらぬゆえ、雫亭にすぐさま参れと」

芳光院は厳しい表情で命じた。

「もはや出仕いたしておる刻限かと存じますが」

日の高さを測りながら源三郎が答えると、芳光院は急き立てるような言い方で言葉を続けた。

「ならば、家の者を郡方に走らせ、わらわの命を伝えよ」

「久野様と萩殿を戦わせようというおつもりでございましょうか」

「さようじゃ。されど、澪はいま葛西笙平を助けたいという一途《いちず》な思いでおる。ほかの男のために懸命になっておる女房を、はたして亭主が助ける気になるかどうかじゃ」

「おそらく助けはされぬと存じまする」

ひややかに言う源三郎を芳光院は興味深げな表情で窓を透かしてまじまじと見た。

「なにゆえ、そう思う」

「萩殿は、師である竹井巴山様が筆禍事件を起こして流罪となったおりに、師を救出しようとする門人の中にあって同調せず、腑《ふ》抜《ぬ》けの評判を取っております。臆病ゆえにそうなされたのかどうかはわかりかねますが、いずれにしましても赤の他人のために自らが犠牲となる人柄とは思えませぬが」

なるほどのう、と芳光院は小声で独り言を口にし、やがてくっくっと忍び笑った。

不審に思った源三郎が、

「芳光院様、いかがあそばされましたか」

と問うと、芳光院は笑いを収めた。

「澪の亭主がさほどに評判が悪いとは知らなんだのう。それゆえ、澪は昔思いを寄せた葛西笙平を助けとうなったのやもしれぬ。されど、腑抜けと噂されながら、萩は黙々と勤めを果たしておるようじゃ。その腹の内も知りたい」

「さようにございまするか」

芳光院がなぜ萩蔵太にこだわるのかわからず、源三郎は戸惑う表情をした。

「源三郎、早う行かぬか」

叱咤《しった》する芳光院の声に押され、源三郎は、さっそくに行って参ります、と答えてあわてて供が引く馬の手綱《たづな》を握り、鞍《くら》にまたがって馬腹を蹴った。

「腑抜け侍か――」

馬を走らせる源三郎の姿を見遣りつつ、芳光院は低い声でつぶやいた。

十

源三郎《げんざぶろう》が萩《はぎ》屋敷へ馬を走らせていたころ、蔵太《くらた》は藪《やぶ》をかき分けて谷川に出ていた。川沿いの両側に切り立った崖が迫り、足を踏み立てるところはわずかで、狭い岸辺だった。

思いのほか水量が多い谷川は、飛沫《しぶき》をあげて激しく流れている。岸辺に通じる道はなく、藪を抜けるほかにたどりつけない場所だった。

岩肌がむきだしになってそびえ立つ崖の上の方は風が渦巻き、空気の冷えが感じられる。谷川の川下を見れば、細く蛇行《だこう》して、流れはさらに急になって水の勢いは増しているようだ。

「旦那様、このようなところへ出て、いかがなさいます」

困惑して身をすくませる澪《みお》に、蔵太は微笑した。

「この谷川までは誰も後を追ってはこられまい。ここから向かい岸に渡り、川に沿って川下へと進んで霧の沢を目ざすのだ」

笙平《しょうへい》が流れに目を遣って眉を曇らせた。

「ここを徒歩で渡るのですか」

「さよう、川底は石が多くて滑りやすいゆえ、足をしっかりと踏みしめて渡らねばなりません。膝の上まで水に浸かりますが、どうにか向かい岸にたどりつけましょう」

蔵太はまわりに目を配りながら言った。薄雲が出て日が陰り始めている。風が心なしかひんやりしてきた。

「かような空模様のおりには霧が出ます。おそらく霧の沢あたりは間もなく霧が立ち込めましょう。さすれば身を隠しやすくなり、われらに都合がようなります」

「さようか」

笙平はうなずきながらも、不安げな様子で川下を眺めた。蛇行する谷川は、あたかも地の底へ流れ落ちているかのように飛瀑《ひばく》の音をあげていた。

「参りましょう」

笙平に言うなり、蔵太は澪にゆっくりと近づいた。

「流れは急なのだ。万一のことがあってはならぬゆえ、そなたはわたしが背に負うて参ろう」

蔵太からさりげない言い方で告げられた澪はあわてて頭を振った。

「さようなことをしていただくなど滅相《めっそう》もございません。わたくしも自分の足で渡ろうと存じます」

背負って谷川を渡ると蔵太に言われて、澪は気恥ずかしそうに頰を染めた。

「万一の用心だ。そう遠慮せずともよい。それとも、背負われる姿を見られてはきまり悪いのか」

蔵太は笑みを浮かべて言った。澪は戸惑いを覚えた。蔵太から背負うと言われたとき、一瞬、笙平の目を気にしてしまった。

(わたくしは何に気を取られているのだろうか)

夫婦の仲で夫に背負われるのを面映ゆく思わなくともいいのだけれど、笙平がどう感じるだろうとわずかでも頭を過《よぎ》ったことを澪は恥じた。

蔵太が膝をかがめて背を向けると、澪は素直に体を預けた。蔵太の背中は大きく、筋骨がたくましかった。笙平は澪が蔵太に背負われる様から目をそむけ、

「お先に参る」

と声をかけて両刀を腰から抜いて腋《わき》に抱え、谷川に足を踏み入れた。その背に目を向けてから蔵太は澪を背に、ゆっくりと谷川に入った。

慎重に川底を確かめ、流れに足を取られぬよう踏んばりながら進んでいく。澪の足先が水に濡れた。とっさに澪は蔵太の肩にまわした手に力を込めた。

蔵太は歩みをゆるめず、落ち着いた口振りで声をかけた。

「ひとは誰も様々な思いを抱いて生きておる。そなたの胸にもいろいろな思いがあろう。もし、そなたの心持ちが葛西殿《かさい》へ通じておるのであれば、心に従って生きるのを止められぬ、とわたしは思った。しかし、そうでないのならば、わたしとともに生きて参ろう。たいしたことはしてやれぬかもしれぬが、危ういおりに、ひとりでは死なせぬ。ともに死ぬことぐらいはできるぞ」

蔵太の言葉は澪の胸を激しく打った。役人に追われる笙平が目の前に現れてからこの方、揺れ動いていた心が蔵太のひと言で鎮まるのを感じた。

蔵太や娘の由喜《ゆき》と嫡男の小一郎《こいちろう》、そして舅《しゅうと》の安左衛門《やすざえもん》や、姑《しゅうとめ》の登与《とよ》との萩家での暮らしに、どれほど安らぎと充足を得ていたかに思いいたった。

いまにして思えば、笙平と再会してより、自分がいるべき場所は別にあったかもしれない、という思いにかられたのは不思議だった。

笙平から迫られたおりに心は動かなかった。笙平とともに行くのが自分の道だとはどうしても思えなかった。

澪は蔵太の肩にまわす手にさらに力を込めた。

（わたくしはいるべき場所にいたのだ）

温かな思いが胸に満ちてきた。

「もったいないお言葉でございます。わたくしは不心得者でございました。いたりませず、まことに申し訳なく存じます」

澪は囁《ささや》くように口にした。

「なに、ひとは皆、不心得者だ。自らにいたらぬところがあるとわかっておりながら懸命に努めるところに、ひとの生き様の清々しさがあるとわたしは思っている。澪、わたしたちは清々しく生きて参ろうぞ」

やさしく語りかける蔵太の言葉を聞いて、胸がいっぱいになった澪は涙ぐみながら答えた。

「旦那様が門のそばで紫草《むらさき》を育てようとしておられると由喜から聞きました。わたくしが鋤沢《すきさわ》の宿で一夜を明かした際に思い及びましたのは、紫草の白い花を見たいという心持ちでございました」

蔵太は穏やかにうなずき、澪を背負い直して、確かな足取りで川岸に向かって進んだ。

「葛西殿を雫亭《しずくてい》に送り届けた後は、家に戻り、ふたりして紫草を愛《め》でることもできるであろう」

蔵太の膝頭を濡らす谷川の流れは、ともすれば押し流されそうになるほど速かった。

向かい岸に近づくと、すでに川から上がった笙平が待ち受けるように澪たちを見つめていた。

こわばった表情をした笙平が、なぜか刀の鯉口《こいぐち》に指をかけているのに気づいた澪は、はっとした。

まさか、とは思うが、澪を背負った蔵太が川岸に上がる寸前に、抜き打ちにするつもりなのか。斬りかかられるおり蔵太はどう対するのだろう。背の澪を支える手を離して刀を抜き合わせれば、自分は川に落ちる。笙平は、そうすることで蔵太の情の薄さを澪に思い知らせたいのかもしれない。しかし、蔵太は斬りかかられながらも、澪を離さず、あえて危うきに身をさらすのではなかろうか。そんな気がした。

「旦那様――」

澪は声をひそめて蔵太に呼びかけた。

「案じるな」

蔵太は澪を支える手に力を込めながら、微塵《みじん》もゆらぎのない声で答えた。

蔵太は一歩一歩、川岸に近づいた。

笙平は息を詰めた表情をして蔵太を見つめ続けている。鯉口にかけた指はそのままに、わずかに腰を落とした。

蔵太は笙平に向かってまっすぐに進んだ。何の疑いも抱いていないかのような迷いのない足の運びだった。

蔵太が川岸に片足をかけた瞬間、笙平はすっと前に出る素振りを見せた。とっさに蔵太は笙平の目を鋭く見据え、

「お待たせいたした」

と声を発した。前に出しかけた笙平の足が止まった。笙平は大きくため息をついた。

「もはや、芳光院《ほうこういん》様は雫亭に着かれた頃合いではなかろうかと存じます。先を急ぎましょう」

蔵太に言われて、笙平は気を呑まれたように、

「いかにも」

と言葉少なに応じた。

蔵太は何事もなかったかのようにいつもと変わらぬ表情で先頭に立ち、川岸を歩き

始めた。ヒヨドリが鳴く、
ヒーヨ
ヒーヨ
という声が山間に谺《こだま》している。

そのころ菱川源三郎は馬を駆って萩家を訪れていた。門前で下馬して訪《おと》ないを告げると、声を聞きつけて出てきた家僕《かぼく》に馬を預けた。

「芳光院様より、萩殿へお申し付けの儀がある。萩殿がすでに出仕しておられるならば、ご家族に伝えたい」

源三郎が言うと家僕はあわてて女中に声をかけ、奥へ報せるよう頼んだ。ほどなく玄関先に着流しで安左衛門が姿を現し、式台に膝をついた。

「萩安左衛門でござる。芳光院様のお使いでございますか？」

源三郎はうなずいて訊ねた。

「萩殿に芳光院様よりのお申し付けを伝えていただけましょうか」

安左衛門は困惑した表情をした。

「本日、蔵太は非番にて、昨夜のうちに鋤沢の宿へ向かいました。昨日、雫亭に出向きました嫁の澪より手紙が届きまして、さらには芳光院様より澪宛ての書状も参りました。蔵太は何やら思案しておったようですが、あわただしく出かけたそうでございます。嫁は芳光院様より雫亭をお預かりいたしております。もしや、お申し付けは雫亭に関わることでございましょうか」

安左衛門の問いに、源三郎は眉をひそめた。

「さようか、萩殿は鋤沢へ行かれましたか」

蔵太は妻から助けを求められて鋤沢に向かったのであろうか、と源三郎は推測した。そうであるならば、あらためて芳光院の命を伝えるにはおよばないが、久野七郎兵衛《くのしちろうべえ》が動いていることを蔵太は知らないと思われる。

雫亭へ向かう山間の道で七郎兵衛の襲撃を受ければ、いかに蔵太であろうと避けるのは難しいのではないか、と源三郎は危ぶんだ。その心構えができていればいいのだが、と念じる思いになった。

「萩殿は鋤沢へ向かうおり、何か言い置いて出かけられたのではありませんでしょうか」

おもむろに源三郎が訊ねると、安左衛門は横を向いて、

「小一郎と由喜、これへ参れ」

と呼びかけた。玄関脇に控えていたらしい、小一郎と由喜がおとなしやかに式台に手をつかえ、ていねいに頭を下げた。

「蔵太の子にございます。蔵太が出かける前、何やら言い聞かせたことがあるらしゅうござる」

安左衛門が言うと同時に、小一郎と由喜は顔を上げ、利発そうな目を源三郎へ向けた。

「ほう、萩殿は何と言い残して行かれましたか」

小一郎と由喜は顔を見合わせた。うなずく由喜を見た小一郎は、背筋を伸ばしてはきはきと答えた。

「父上は、ひとを助けようとして苦難に遭われている母上を助けに行くと仰せでございました」

「そのほかに言い置かれた言葉はあろうか」

澪からの手紙の内容をもう少し知りたい、と思った源三郎が重ねて訊くと、小一郎は首を横に振り、

「母上が困っておられるのを案じて、父上は助けに行かれたのです。そのことがわかっていれば、よいのだと思います」

と凜乎《りんこ》として答えた。

小一郎の元気な答えに思わず笑みをもらした源三郎は言葉を継いだ。

「しかし、お父上とお母上がどこでどうしておられるかわからぬのでは心配であろう」

言われている意味がわからないのか、小一郎がきょとんとして首をかしげると、代わって由喜が受け答えをした。

「わたくしどもの父と母はなすべきことを知っていると存じます。それゆえ、案じるのは無用だと思っております」

健気《けなげ》に語る由喜に源三郎はうなずいた。

「なるほど、お父上とお母上はなすべきことを知っておられるか。さて、それはどのような心構えでなしておられるであろうか」

小一郎と由喜からの返答はないであろうと、半ば期待せずに源三郎はつぶやいた。

すると、小一郎と由喜はちらっとお互いの顔を見たかと思うと、うつむいてくすくすと笑った。

安左衛門が顔をしかめてふたりを大声で叱った。

「これ、芳光院様のご使者に対し、無礼であろうぞ」

源三郎は、いや、お気になさいますな、と手で制しながら何気なくふたりに訊いた。

「ところで、なにゆえ、笑ったのであろうか。怒らぬゆえ、わけを聞かせてはくれまいか」

ふたたび手をつかえた由喜は、頭を下げて口を開いた。

「ご無礼いたしました。父はいつ何時、何が起ころうともあわてずに事に当たる心構えをしておかねばならぬと口癖のように申しておりますので、ご使者様が父と同じことを申されるのがおかしくなり、笑ってしまいました。どうかお許しくださいませ」

「なに、萩殿は常にさような心構えをいたしておかねばならぬと、そなたたちにも日頃から言い聞かせておられるか」

源三郎が感心すると、小一郎が元気よく言い添えた。

「どの家の父上様もさようだと思います」

どこの家でも親なら、しっかりしているはずだ、と小一郎は思っているようだ。すぐに由喜が言い聞かせる口調で、

「そのように当たり前のことを申しては、ご使者様はおっしゃりようがなくてお困りになられますよ」

と小一郎をたしなめた。源三郎は苦笑して、

「まことにそうでござるな」

とつぶやいた後、安左衛門に、ご無礼仕《つかまつ》った、と一礼した。

蔵太がすでに澪を追って動いているとわかったからには、源三郎はもはや言うべきこともなかった。

萩家の家僕に預けていた馬を引いてきてもらい、ひらりとまたがって雫亭へと急いだ。駆ける途中で、ふと菩提山《ぼだいさん》に目を遣った。青空はのぞいているものの薄く雲がかかり、山の峰々を白くおおい始めている。

あの山のいずこかで、蔵太と澪の夫婦が葛西笙平を雫亭へ送り届けようと戦っているとの感慨が胸に迫った。

源三郎は馬に笞《むち》を入れた。一刻も早く雫亭に行き、蔵太と澪を待ち受けなければならない。父母が不在の家で親を信じて待つ小一郎と由喜に会った後、なおのことその思いが強くなっていた。

風が出ている。源三郎は懸命に馬を走らせた。

久野七郎兵衛は、この日、朝から清兵衛《せいべえ》が山狩りのために雇った浪人ややくざ者を

引き連れて山に入った。

杉林を抜けて小高くなっている見晴らしのいい場所で足を止めた清兵衛は、山々を指差しつつ七郎兵衛に語りかけた。

「菩提山から大峰山《おおみねやま》にかけての一帯は谷が多うございまして、いくつか細い谷川が流れておりますが、沢のひとつの大飯の沢を地元の百姓たちは霧の沢と呼んでおりまして、そのあたりで一筋の川になります。霧の沢から菩提山の中腹につながる細い道があるのでございます」

「つまり、萩蔵太が目指しておるのはその道だと申すのだな」

七郎兵衛は細い目を光らして山並みを眺めた。薄雲が青々と連なる峰に広がり、樹木の緑に紗《しゃ》をかけたように景色が霞《かす》んできている。

「沢に、きょうも霧が出ておるのか」

「さて、その日の風によりますので、霧でおおわれるときもあれば、吹き払われるときもございます」

清兵衛が考え考え言うと、七郎兵衛は笑った。

「霧が出れば、萩めは身を隠して雫亭に近づきやすいと考えるであろう。勝負の分かれ目は霧しだいということになるやもしれぬな」

清兵衛がうなずいたとき、浪人がひとり息せき切って山道を駆けあがってきた。

二十代の若くて屈強そうな男だったが、緊張のためか強張った表情をしている。

何事かと思って待つ清兵衛たちの前にひかえた浪人は、

「一刻（約二時間）ほど前に葛西笙平らを見つけましたが、手向かわれて逃がし申した。その際、三人が手傷を負ってございます」

と報告した。

「せっかく見つけながら、逃したのか」

清兵衛が怒鳴ると浪人は面目なげに顔を伏せた。

「何分にも護衛を務める男がかなりの使い手でございまして」

言い訳めいた言葉を聞いて、七郎兵衛はくっくっと笑った。

「貴様らの腕では萩蔵太にはとてもおよぶまい。痩せ浪人をかき集めた桑野殿の失態と申すべきだな」

「さように言われましても」

清兵衛は苦虫を嚙み潰したような顔になった。それに構わず、七郎兵衛は浪人に目を向けて問うた。

「それで、葛西笙平らがいたのは、どのあたりだ」

「ここから二里ほど山間に入ったところでございました」

おどおどと応じる浪人に、うむと答えて、七郎兵衛は清兵衛を振り向いた。

「そこらから沢へ出る道はあるのか」

「ございません。林や藪を突っ切って下りるしかないと存じます」

「ならば、どこから出て参るかわからぬな」

しばし考え込んだ七郎兵衛は、

「いずれにしても霧の沢に網を張って待ち受けるしかないようだ。ただちに手配りをいたせ。ただし葛西らを見つけたら、すぐわしに報せるのだ。手出しは無用だぞ」

と命じ、さりげない様子で浪人に訊いた。

「手負うた者たちはどこで傷の手当をしておるのだ」

「近くの百姓家にかつぎこんで手当をいたしております」

「ほう、なかなか手厚いことだな」

七郎兵衛は薄笑いを浮かべた。浪人は少しむっとした表情になった。

「雇われておるとは申せ、真剣にて立ち合い、命懸けで働いたのでございます。十分な手当を受けて然《しか》るべきかと存じます。さらに申せば、お手当のほどもお考えいただけると存じます」

こちらを見て、聞こえよがしに言う浪人に、清兵衛は素知らぬ顔で返事もしない。

清兵衛のつめたい態度に浪人が鼻白むと、七郎兵衛は大きくうなずいた。

「まことじゃな。さほどの怪我までしたのであるから、わずかばかりの金では勘定が合わぬであろうな」

その言葉に浪人は勢いづいた。

「さようにございますぞ。われらもかつては主持《しゆも》ちでございましたゆえ、此度の山狩りで追っている葛西笙平なる者が、御家の不祥事の秘事を握っておることは察しております。そうでなければ、かように大がかりな山狩りがなされるはずもありませんからな。されば、われらへのお手当は口止め料ともなるでありましょうぞ」

舌で唇を湿らせつつ、なめらかに言う浪人を七郎兵衛は面白げに見ていたが、やがて、

「そなたの申すことはいちいちもっともだ。怪我をした者たちがおる百姓家に案内いたせ。まずは見舞《みも》うてやらねばなるまい」

何気ない口振りで七郎兵衛は清兵衛に告げた。

「わしは怪我をした者の様子を見てから参る。案内の者だけを残して、ほかの者はただちに霧の沢で網を張れ」

厳しい顔つきをして言う七郎兵衛をじっと見つめた清兵衛は、何事か察したらしく、

「承ってございます」

と言葉少なに答えた。

清兵衛が浪人ややくざ者を引き連れて霧の沢へ向かうのを見届けた七郎兵衛は、浪人をうながして歩き始めた。

七郎兵衛が城から連れてきた鉄砲衆と、沢への道を案内するために清兵衛が残した庄屋屋敷の奉公人が後に従っている。

浪人が先に立って山道を進んで行くと、棚田《たなだ》が続く山間にぽつりぽつりと建っている百姓家が見えるあたりに出た。棚田の端にしがみつくように一軒の藁《わら》ぶき屋根の小さな農家があった。

「あの家でござる」

指差して告げるなり浪人は、足早に坂を上って家に近づいた。七郎兵衛がゆっくりとした足取りで後ろをついていく。

浪人は戸口から声をかけ、この家の主らしい百姓をひとり呼び出した。中年で丸顔の小柄な男だった。百姓は歩み寄る七郎兵衛の姿を目にして、あわてて戸口の前で

跪《ひざまず》いた。

七郎兵衛はじろりと百姓を見て、

「怪我人は家の中か」

と訊いた。

百姓は頭を低くして、

「さようでございます」

と震える声で七郎兵衛に答えた。

「領内で刀を抜き、争闘《そうとう》に及んだ不逞《ふてい》の輩《やから》を匿《かくま》いおるとはいかなるわけじゃ」

いきなり、七郎兵衛から思いがけない言葉をなげかけられて百姓は目を白黒させた。七郎兵衛を案内してきた浪人を指で差し示して、

「怪我人は、大庄屋様の山狩りを手伝っていたひとたちだ、とあの方がおっしゃったのです。介抱すれば大庄屋様からご褒美がくだされると聞きました」

と必死な面持ちで百姓は言った。七郎兵衛が無表情な顔で、

「真っ赤な嘘偽りだな」

とつめたく言い放つと、案内してきた浪人は青ざめてあとずさりし、体を翻《ひるがえ》して逃げようとした。だが、そのときには、七郎兵衛の供をしてきた鉄砲衆がいつの間に

か火縄をつけた鉄砲を構え、浪人に狙いを定めていた。

呆然と立ち尽くす浪人にちらりと皮肉な視線を送り、七郎兵衛は家の中へ入った。板敷では三人の浪人が頭や手足、腹に白い布を巻かれて横になっていたが、入ってきた七郎兵衛に気づいて体を起こした。

「わしは黒島《くろしま》藩奥祐筆頭《おくゆうひつがしら》の久野七郎兵衛だ。大庄屋の桑野《くわの》清兵衛が行っておる山狩りの指図をいたしておる。そこで訊きたいのだが、そなたらを斬ったのはいかような男だった」

厳しい声音で問われた浪人たちは顔を見合わせたが、腹に布を幾重《いくえ》にも巻いてもろ肌脱ぎになっている男が口を開いた。

「われらを斬ったのは、武士ではなく、百姓の身なりをした男でござったゆえ油断いたして不覚をとったのでござる」

そうか、とつぶやいて七郎兵衛は草鞋《わらじ》を履《は》いたまま板敷に上がり、横たわる三人のそば近くに寄った。ひとりひとりの傷の場所を確かめてから、

「萩め、相変らず生ぬるい男だ。わざと急所をはずしておる」

と低く言葉を吐いた。浪人たちは戸惑った顔をして目を見交し、口々に言った。

「かように手負うたわれらには、相応なことはしていただけましょうな」

ませぬぞ」

「なにやら御家の大事とからむ経緯《いきさつ》があるように存ずるが、われらは何も口外いたし

浪人たちが訴えるのを聞き終えた七郎兵衛は、

「つまりは、お主たちも口止め料が欲しいというわけだ」

とさりげなく言った。

頭に傷を負った男が、疑心に満ちた目を七郎兵衛に向けた。

「金は出せぬと仰せでござるか」

七郎兵衛はゆるゆると頭を振った。

「いや、お主らに金を渡すつもりで来たのだ。受け取るがよい」

素早く脇差を抜いた七郎兵衛は、頭に傷を負った男の胸を容赦なく突き刺した。

男が白目をむいて倒れると、見ていたふたりの浪人は驚いて逃げ出そうと腰を浮かした。しかし、七郎兵衛は立ち上がる隙も与えず、電光石火の早業《はやわざ》でもうひとりの胸も刺した。男が血を吐《は》いてのけぞるや否や、板敷から飛び降りて逃げようとする男に襲い掛かり、背中からひと突きした。

男が苦悶《くもん》の表情を浮かべてその場に突っ伏すのを見た百姓が悲鳴をあげた。

脇差を引き抜いて懐紙《かいし》で血をぬぐった七郎兵衛は、倒れた三人の浪人が事切れてい

るのを確かめてから百姓に声をかけた。

「この三人は山の中にでも埋めておけ。そのように始末したと大庄屋の桑野清兵衛にわしから話しておく。言われた通りにすれば、咎《とが》めを受けることはないぞ」

脅すように言われて、百姓はごくりとつばを飲み込んでうなずいた。

「わかればそれでよいのだ」

七郎兵衛は恩着せがましくうなずいた。そのとき、

「待てっ」

と怒鳴り声が聞こえると同時に、鉄砲が放たれる轟音《ごうおん》が響いた。

七郎兵衛は、まずい、という表情をして、

「しもうた」

とうめくと戸口から外へ出た。見ると、三間《げん》（約五・五メートル）ほど離れたところに、道案内してきた浪人が倒れていた。逃げようとして鉄砲衆に撃たれたに違いない。七郎兵衛は浪人に近寄って片膝をつき、鼻に手をかざして息が絶えているのを確かめてから、空を見上げた。

「いまの鉄砲の音を、萩蔵太に聞かれたやもしれぬ」

と危惧《きぐ》するようにつぶやいた。

上空では風が止んだのか、雲の流れが遅くなっている。

十一

蔵太は足を止めると空を見上げ、耳を澄ませた。

「いかがなさいました」

心配げに澪が声をかけると、蔵太はまわりに目を配りながら応じた。

「いま、鉄砲の音が聞こえたであろう」

「はい、猟師が獲物を撃ったのではございませんか」

澪は気がかりそうな面持ちで言う。

「いや、夏場にこのあたりで鉄砲を放つ猟師はおらぬ。この時節であれば、大峰山の北辺をめぐっているはずだ」

蔵太の言葉を聞いて、笙平が怪訝《けげん》そうな顔をして問いかける。

「何者が鉄砲を放ったと言われますか」

「もしかすると黒瀬ご家老が山狩りに鉄砲衆を助勢として出したのかもしれません」

「まさか、さほどまでするとは思えませんが」

笙平は首をかしげた。いかに宮内が事態を重く見たとしても、鉄砲衆まで動かしてはただごとではなくなる。

領内で藩士がみだりに鉄砲を放てば、お咎めを受けるのは必定だ。

「いや、黒瀬ご家老はそこまでされる方ですぞ」

相変わらず、冷静に蔵太は答える。

「さように思われるか」

笙平はにわかに緊張した顔つきになった。もし鉄砲衆まで出てきているのであれば、それは自分を捕らえるためではなく、殺すためだろうと察せられる。

思い煩う笙平の胸中を慮《おもんぱか》った蔵太は落ち着いた声で言った。

「追手はわれらが沢から登って雫亭にたどりつこうとしていることに気づき、すでに沢へ手配りをいたしておるやもしれませぬ。沢は見晴らしがいいだけに、迂闊に出れば追手の目にふれる恐れがあります」

「では、どうします。山の上にまわりますか」

笙平は苛立った口調で訊いた。蔵太はゆっくりと頭《かぶり》を振った。

「それでは時がかかりすぎますし、表から雫亭へ参れば、飛んで火に入る夏の虫になりましょう」

しばらく考えた蔵太は、菩提山の山麓《さんろく》に目を転じた。

「沢伝いに行くのはやめて、けもの道をたどったほうがよさそうです。獣しか通らぬ難路ですが、樹木におおわれていますから、ひと目は避けられます。雫亭の近くで沢へ下りれば追手に気づかれずにすむでしょう」

蔵太は何でもないことのように言ってのけた。

「そのような道をたどるのですか」

不安げに笙平は山の頂を見つめた。

「山の民は獣を求めて狩りをしたり、鉱脈を見つけるために道とてない山奥に深く入ります。その際にけもの道をたどらねば山から山へ動くことはかないません。それゆえ、後から来る者にわかるよう目印を残しているのです」

言い終えるや蔵太は、さっさと山の斜面を登り始めた。後に続くほかないと、澪はやむなく従い、笙平も気乗りがしない様子でついていく。石やくぼみを足場に斜面を上がるのは難渋する。澪はすぐに息が切れて、蔵太が差し伸べた手にすがってようやく先へと進めた。

急な傾斜を登り切って地面が少し平たくなった場所で蔵太は立ち止まり、茂みをかきわけて、

「ここだ」

とつぶやいた。見ると、茂みの中に小さな石の地蔵が安置されている。すぐそばに獣の足跡が続いているのも見えた。まわりに草が生えておらず、細い道のようになっている。

蔵太は、これがけもの道だ、と言いつつ澪と笙平を目でうながして歩き出した。それまでの険しさとは違い、ゆったりと歩みを進めることができる。樹木の間から遠くに群青に霞む峰々が見え隠れする。蔵太は歩きながら、

「古《いにしえ》の山道は山と山をつなぐ峰々から四方へ尾根伝いにつながっていたそうです。尾根道の方がどこへ行くにももっとも近かったからでしょう。沢を伝う道は傾斜が急で、草木も生い茂っており、道にはなり難かったのでしょうな」

と誰に言うともなく話した。たしかにけもの道に入ったほうが斜面の草木を押し分けて登るよりは歩きやすかった。それでも道とも言えぬわずかな足場が続くだけだ。

蔵太は敏捷《びんしょう》な身ごなしで進んでいく。澪と笙平はついていきながらも、しだいに息を切らしていった。汗をしとどにかいた澪が思わず休みたいと声をかけようとした際、蔵太の足がぴたりと止まった。

いかがされました、と澪が口にしかけたとき、蔵太は樹木の陰に身をひそめてわず

かに見える沢を指差した。

目を向けると、四、五人の浪人ややくざ者らしい男たちがうろついているのが見えた。

「やはり山狩りの者たちは沢に網を張って待ち構えておるようです」

蔵太が声を低めて言うと傍らの木の陰に隠れた笙平が、

「萩殿のにらんだ通りでした。あのまま沢を進んでいれば連中に見つかっていたでしような」

と感心した口振りで言った。蔵太は平然として答える。

「とは言え、一度は沢に下りなければ雫亭への裏道には出られません。沢にまで見張りが出ているとなると、用心せねばすぐに見つかってしまいましょう」

澪が沢で見張る男たちを見遣りつつ訊いた。

「雫亭の裏道も見張られていますでしょうか」

蔵太は少しの間、黙考してから答えた。

「さすがに芳光院様おなりの際に裏道を見張るような不遜な真似はできまい。それだけに、われらが裏道に近づく前に捕らえようと必死なのだ」

「となると、沢に下りたおりがもっとも危ういということですな」

緊張した面持ちで笙平は言う。蔵太は沢の男たちから目を離さずに口にした。

「いや、もしかすると沢に下りずとも、斜面伝いに裏道へ出られるかもしれません」

「さような道があるのですか」

勢い込んで訊く笙平に、記憶を探る表情をした蔵太が、

「道はありませんが、この先にある谷川に猟師たちが倒木をわたして橋代わりにしておったはずです。あの橋が落ちていなければ、沢まで下りずとも、けもの道をたどって雫亭の裏道へと出られますぞ」

自分に言い聞かせるように言って、また歩き始めた。けもの道をたどって、澪と笙平が遅れがちについていくうちに、やがて水が流れる音が聞こえてきた。

緑濃く繁茂する林を抜けると谷川に出た。空気がひんやりとしている。流れが急な谷川の川面に、ところどころ岩が出ていた。そんな岩場を橋桁《はしげた》にして、枝を落とした倒木を三本、蔓《つる》で結び合わせただけの橋がかけられている。

谷川にわたされた倒木は両岸の岩を押さえにしているが、橋と呼ぶにはあまりに粗末で頼りなげだった。

山歩きに慣れた猟師でなければ、渡ることもおぼつかない感じがする。

「これを渡るのですか」

笙平は戸惑った顔をして言った。

「渡って少し下れば、また石の地蔵が目印としてあります。そこからけもの道に入っていけば、雫亭の裏に通じる道に出られます」

蔵太は橋に近づいて片膝をつき、蔓が強く結ばれているか、倒木が腐っていないかなどを手でさわって確かめた。

「少々危なっかしいですが、渡るしかありますまい。わたしが押さえておりますから、葛西殿からお渡りください」

蔵太が倒木を抱え込むようにして、しっかり押さえてうながすと、笙平はためらいを見せながらも渡り始めた。橋は飛沫がかかって濡れており、すべりやすくなっているようだ。

笙平は両手を広げて体のつりあいを取りながら、ゆっくりと用心深く渡っていく。

橋はぎしぎしと不気味な音を立てた。蔵太が押さえていなければ蔓が切れてしまうかもしれない。

ようやく渡り終えた笙平は、ほっとした表情になり、

「澪殿もお早く」

と声をかけた。澪は申し訳ない気持でいっぱいになりながら、頭を下げて橋に足を

かけた。思ったよりも橋はぐらぐらしている。澪は棒立ちになった。

「案じるな、谷川に落ちようともわたしが救ってやる。ためらわずに渡れ」

厳しい声で蔵太が言うと、澪は思い切って渡っていった。橋の中ほどに進んだとき、不意に突風が吹いた。笙平が危ぶんで、

「澪殿、気をつけられよ」

と声をかけると、澪は足もとをふらつかせたものの踏みこたえて谷川へ落ちずにすんだ。どうにか渡り切った澪は、すぐさま蔵太に呼びかけた。

「旦那様、お急ぎください」

蔵太は、うむとうなずいて立ち上がり、橋を渡り始めた。

押さえる者がいないため、橋はぐらぐらしている。それを見た澪はとっさに倒木を押さえ、笙平もあわてて橋に取りついた。

澪と笙平が橋を押さえるのを見た蔵太は歩みを速めた。

蔵太が橋の半ばあたりまで渡った際、揺れが激しくなってきた。

そのとき、またしても突風が吹いた。澪がはっとして息を吞むと、蔵太は足を踏ん張って体のつり合いをとった。

踏みしめる力を強めたため、蔓で結わえてある倒木の一本がずるっと動いて、蔓の

一部が切れた。

「いかん――」

笙平が思わずうめいた。わずかでも蔓が切れると結ばれた倒木はこすれあってぐらつき、ほかの蔓も次々に切れた。あっという間に橋はばらばらになって崩れた。一本が水中に落ちると同時に、蔵太はもんどり打って谷川に転落した。

――旦那様

澪が悲鳴をあげた。谷川に落ちた蔵太は岩をつかもうとするが、たちまち押し流された。水の深さは腰あたりではあっても、傾斜が急な川の流れは速く、岩場につかまろうとしても手が届かない。

「萩殿――」

笙平の叫ぶ声は激しく流れ下る水の音にかき消され、蔵太の姿は谷川に呑まれて遠ざかっていく。

雲が厚くなり、日差しは陰ってきていた。

十二

雫亭に入った芳光院は供の腰元《こしもと》が点《た》てた茶を一服して床の間に活けられた花に目を遣った。しかし芳光院はわずかに苦笑を浮かべただけで、褒める言葉を発しなかった。

「やはり、澪に代わる者はおらぬな」

澪がいなくては雫亭での風雅の愉《たの》しみも半減するようじゃ、とため息まじりにつぶやいた芳光院は、縁側に出て遠い山並みの風景を愛《め》でた。

いつもであれば青々と目に鮮やかな山裾《やますそ》なのだが、いまは霧がかかってきたのか白く霞み始めている。

「風情はあるが、霧が出ては……」

雫亭に駆けつける途中で霧に巻かれては、澪たちが難渋するのではないかと芳光院は案じた。なおも山容を眺めていると、腰元が傍らに控えて手をつかえ、

「菱川殿が参られました」

と告げた。芳光院は軽くうなずいた。

「そうか、疾《と》く参るよう申し伝えよ」

表へ向かった腰元と入れ替わりに、ほどなく源三郎が庭先に来て片膝をつき、頭を下げた。

「萩殿の家へ行って参りました」

源三郎はすずやかな声で言った。

「いかがであった。萩はここへ参ると申したか」

日頃にない芳光院のせわしない問いかけに、源三郎は顔をあげてすぐさま答えた。

「萩殿は妻女を助けるため、すでに鋤沢の湯治場へ向かったとのことでございました」

「ほう、萩は澪のもとへ参ったと申すか」

芳光院は目を輝かせた。

「さようでございます。おそらくいまごろは妻女と行をともにしているのではございますまいか」

「ふむ、どうやらただの腑抜《ふぬ》け侍ではなかったようじゃな」

「あてにもならぬ噂話を、まことのごとく申し上げて恥ずかしゅう存じます」

源三郎は眉をひそめて頭を下げた。

「待て。萩が鋤沢へ向かっただけでは、その覚悟のほどはまだわからぬとも言えよう。なにゆえ、あっさりと兜《かぶと》を脱ぐのじゃ」

笑みを浮かべて芳光院が訊ねると、源三郎はかしこまって言葉を継いだ。

「萩殿の家を訪れた際、ご長男と娘御に会いましてございます。お子たちはともに父母を信じ、その覚悟のほどを疑《うたご》うておりませなんだ。子は親の鏡でございます。萩殿とご妻女の覚悟のほどがうかがい知れると存じました」

「なるほどのう。ならば萩と澪の夫婦は葛西笙平を助けて、この雫亭へ参ろうとしておるのやもしれぬな」

楽しげに言う芳光院に、源三郎は懸念を抱いた表情で告げた。

「さようであろうと存じます。されど、それがしがこちらへ参る途中、山狩りを行っているとおぼしき浪人や無頼の徒らしき身なりをした者たちを見かけてございます。萩殿は郡方なれば山道にも詳しかろうと存じますが、葛西殿へかかっておる追手の包囲の輪は狭まっているのではございますまいか」

「そうか、予断を許さぬと申すのじゃな」

芳光院は表情を引き締めた。

もし萩蔵太が笙平を助けようとしているのなら、追手と出会えば争闘せざるを得ないだろう。そんな事態になれば、家老の黒瀬宮内の思うつぼにはまるのは確かだ。いくら笙平が無実を主張しても、領内で騒ぎを起こしたことを咎められて切腹に追い込まれるに違いない。

「澪たちが早う、ここへたどりつければよいのじゃがな」

ため息をつきつつ芳光院は口に出した。筆平を救う望みはそれしかなかった。

源三郎は首をめぐらして山裾に目を凝らし、

「すでに霧が出始めております。この霧が萩殿ら一行の姿を追手の目から隠してくれればと存じます」

と祈る口調で告げた。芳光院はほっとした表情になった。

「おお、では霧が助けとなるのじゃな」

「ではございますが、こちらの姿が見られぬのはよいといたしましても、霧は相手も見えませぬ。運が悪ければ、思いもよらぬほど追手にそば近くまで迫られてしまうやもしれませぬ」

源三郎は慎重に言いながら、山裾がしだいに白く霞んでいくのを見つめた。

「澪たちの生死は、ひとえに霧の中にあるということじゃな」

芳光院は唇を引き結んだ。

桑野清兵衛は沢を見渡せる小高い地に建つ百姓家に陣取った。縁側に立ち、自ら沢に目を遣っていた。

沢にはいくつもの細い谷川が流れ込んで一本の川となっており、川魚が多く、それを狙って野鳥も飛び交っている。

浪人ややくざ者が沢と言わず山裾や谷川にも目を光らしているが、まだ笙平たちが見つかったという報せは届いていない。

間もなく七郎兵衛が追いつくと思われる。その前に少しでも手がかりを得ておきたかった。七郎兵衛が着いてから笙平たちを捕らえれば、手柄は七郎兵衛に奪われてしまう。

(鳶《とんび》に油揚《あぶらあげ》をさらわれるようなものだ。何のために大金を使って山狩りを行ったのかわからなくなる)

不安を抑えながら沢を眺めていた清兵衛は、

「おい、訊きたいことがある」

とこの家の主人である百姓を呼んだ。

痩せた五十過ぎの百姓は、突然、乗り込んできた大庄屋から家を借りるぞと言われて、気が動転していた。それだけに声をかけられると、あわてて小走りに土間から出てきた。

「霧が出てきたな。あそこは霧の沢と呼ばれるほど、霧が出やすい場所だと聞いているが、きょうはどれくらい霧が濃くなりそうか」

清兵衛は沢から目を離さずに言った。

霧の沢の地を這《は》っていた霧はしだいに広がり、地名にふさわしくあたりを白く包んできていた。

百姓はおどおどした声で答える。

「その日にもよりますが、ひどいおりには沢がすっぽりおおわれて一寸先も見えなくなるときもあります」

「なに、それほどにか。それじゃあ、ひとの姿も見えんだろう」

清兵衛は顔をしかめた。

「へえ、近づくまでわからなくて、霧の中から急にひとや獣が出てくるんで、びっくりしたことは珍しくございません」

「そうか。一度、霧が出たら晴れるのにどれほどかかるのだ」

「その日の風しだいでございます。朝方は強かった風が、もう止んでおります。こうなると霧はなかなか晴れません」

百姓は空を見上げながら答えた。

上空に薄雲が広がり、雲の動きはない。風はすっかり止んでいるようだ。

「くそ、笙平め、悪運が強いと見える」

清兵衛は苦い顔をして舌打ちした。

澪と笙平は流されていく蔵太の姿を追いかけ、谷川に沿ってどうにか下った。もうすぐ沢に出るという場所に近づいたとき、澪が、

「旦那様がご無事です」

と喜びの声をあげた。蔵太は沢まで流される前に、川岸に這い上がったらしく、全身濡れ鼠になって横たわっていた。大刀はさすがに流されることなく傍らに横たえている。

「大丈夫でございますか」

蔵太のそばに駆け寄った澪は跪いて声をかけた。蔵太は片肘をついて体を起こし、苦笑して口を開いた。

「とんだ不覚をとったが、たいしたことはない。案じるな」

蔵太はあたりを見まわして眉をひそめた。

「だいぶ、下《しも》まで流されたな。けもの道へ出るには、かなり戻らねばならぬようだ」

蔵太の様子をうかがい見つつ、笙平は沢へ目を遣った。

「霧が出てきたようです。このまま沢へ下りて雫亭への裏道に出ても、われらの姿は見つからぬかもしれませんぞ」

いっそこのまま沢へ出た方が雫亭への道のりは近くなるのではないか、と笙平は怜悧な口振りで告げた。

蔵太は首を横に振った。

「そうはいきますまい。向こうから見えぬおりは、こちらからも見えぬということですから、どこで出くわすかわかりませぬ。やはりけもの道を行くべきでしょう」

そう言って立ち上がろうとした蔵太は、うっとうめいて左足をかかえ込んだ。澪は驚いて蔵太にすがりついた。

「どうなさったのでございますか」

「橋から落ちた際に足首をくじいたようだな。流されていた間は気づかなかったが、かなり痛めたようだ」

蔵太は足首をそっとさわりながら答えた。すぐさま笙平が傍らに片膝をついて、

「ならば、わたしが肩を貸しましょう」

と申し出ると、蔵太はしばらく考えてから首を横に振った。

「いや、けもの道はさように悠長に構えて、たどれはいたしませぬ。葛西殿は、それ

がしを残して澪とともに先に参られよ」

「なんと言われますか」

笙平は驚いて目を見開いた。

「けもの道への入り口には目印に石地蔵がありますゆえ、おわかりになられよう。一本道でござれば、雫亭への裏道まで迷う恐れはございませぬ。後は澪がわかりますゆえ、案じられずともたどりつけましょう」

蔵太が言うと、澪は激しく頭を振った。

「旦那様を残して参れませぬ。わたくしもわずかなりとも手助けできるかと存じますゆえ、一緒に参りましょう」

蔵太は諭《さと》すように静かな口調で言った。

「いまは一刻を争うのだ。幸い、霧も出ておるようだ。わたしは沢に近い岩場に身を隠す。さすれば、追手に見つかることもあるまい」

蔵太の言葉を聞いて、笙平が真剣な面持ちになった。

「されど、足をくじかれた体で万一追手に見つかれば、命に関わりますぞ。ともに参るほうが上策ではございませんか」

「いや、山での危急のおりの掟《おきて》はさようなものです。なまじっか情にほだされては、共倒れになりましょう。まず、生き残れる者が生き延びねばなりません。そのうえで遅れた者を救えばよいのです」

返す言葉もない様子で笙平が黙り込むと、澪は身を乗り出して懸命に訴えた。

「ならば、葛西様に先に行っていただき、わたくしだけでもおそばに残ることをお許しくださいませ」

澪の目には涙が滲んでいる。

「ならぬ。山道は迷いやすい。雫亭へたどり着くにはそなたの案内がいるのだ」

きっぱりと言った蔵太は、さあ、ためらっている暇はないぞ、と厳しい声音で告げた。うつむき加減に思いを巡らしていた笙平は顔を上げた。

「わかり申した。ご厚意に甘え申す」

「それがようござる」

莞爾《かんじ》と笑った蔵太は、澪に包み込むような眼差しを向けて告げた。

「早う、葛西殿と参るのだ。ぐずぐずいたしておる間に、山狩りの者たちに見つかったら何とする」

「旦那様――」

すがるような目を向ける澪を、蔵太は叱咤した。

「急げ。山では一瞬の迷いが命取りになることもある。決めたならば、ただちに動くことが肝要なのだ。葛西殿とそなたが去れば、わたしもすぐ岩場に身を隠す。こうしておっても、わたしが身を隠すのが遅くなるだけぞ」

澪はやむを得ないという表情になって立ち上がった。笙平は澪の傍らに立ち、

「萩殿、お先に参らせていただく。ご免――」

と頭を下げた。

先に立った笙平が川上へ向かって歩き出すと、澪は心配そうに蔵太を振り返りつつ従った。笙平は足取りを速めながら、

「澪殿、ご心配にはおよびませぬ。萩殿は山狩りをしている者たちの手にかかるような御仁ではない。われらが、まず雫亭にたどり着くことを萩殿は望んでおられます」

笙平にうながされて、澪も覚悟を定め、足を速めた。急な斜面のけもの道を探しながら、ふたりは茂みをかき分けて進んだ。

蔵太が言っていた石地蔵を探すが、草が生い茂ってなかなか見つからない。澪の胸に焦る心持ちが湧いた。

これまで、たやすくけもの道をたどることができたのは、山道に慣れた蔵太がいたからだったと気づかされる。このまま、けもの道への入り口を見つけられなければ、

霧に囲まれて山中で迷うことになる。

不安と恐れを抱きながら、懸命に石地蔵を手分けして探すうちに、笙平が声をあげた。

「澪殿、ありましたぞ」

声がした方を見遣ると、小さな石の地蔵が安置されていた。

安堵しつつ澪は腰をかがめて地蔵に手を合わせた後、まわりの茂みを見回した。

そこに道があるのだろうかと訝しく思うほど樹木が鬱蒼《うっそう》と茂って、分け入れば昼間でも暗いのではないかと危ぶんだ。

(夫の案内もなしに、このようなところをたどれるのだろうか)

澪は不安になった。

蔵太が一緒であれば、どれほど険しい山道でも心安んじて進むことができた。しかし、笙平とともに樹木が生い茂る道なき道をかき分けて進まねばならない今は、危ういと思う心持ちが先に立つ。

澪は川下に目を向けた。蔵太がいた場所は遠く離れ、いまどうしているのかわからない。足を痛めた蔵太は、見つからずに身を隠すことができたのだろうか。

霧に包まれた沢を彷徨《さまよ》う間に追手と出くわしてしまうのではないか。危惧する思いが胸に湧き、思わず笙平に向かって口に出した。

「笙平様、ここから先はおひとりでお出《い》でください。どうしても気にかかりますゆえ、わたくしは夫のもとへ戻ろうと存じます」

笙平はじっと澪を見つめた。

「そうなされては、せっかくの萩殿のお心を無にすることになります。萩殿はおのれの身を捨ててでも、われらを生かしたいと思われたのですぞ」

笙平は澪の手を取り、強い力で引いて、茂みへと入った。

ためらう間もなく澪は手を取られ、けもの道を進み始めた。引かれていくうちに笙平の手のぬくもりが気にかかってきた澪は、

「笙平様、手を引かれずとも参ります。お放しください」

と声をかけた。笙平ははっとした様子で、

「ご無礼いたした」

と言い、すぐさま手を放した。ほっと息をもらした澪は、笙平に従って道を急いだ。

一刻も早く笙平を雫亭へ送り届けたい、と思っていた。雫亭に着けば芳光院に願って供の武士たちに蔵太を助けてもらえるはずだ。少しでも早く雫亭へ着きたいと念じ

て歩みを速めたとき、先を進んでいた笙平が足を止めて真剣な表情で振り向いた。

驚いた澪が問いかけようとした瞬間、笙平の手がのびて口をふさいだ。

どきりとした澪が目を見開いて見つめると、笙平は口もとに人差し指を当てて黙るようにという仕草をした。そして目で、けもの道の前方を見るようにうながした。見ると白い犬がゆっくりとこちらに近づいてくる。

耳が削《そ》いだようにぴんと立ち、背中にわずかに茶色の毛が混じったすばしこそうな犬だった。ふさがれた口から手を放された澪が、

「あの犬は――」

と訊くと、笙平は刀の柄に手をかけながら答えた。

「野犬とは思えません。猟師が使う猟犬ではないでしょうか」

「では、この近くに猟師がいるとおっしゃるのですか」

澪は周りの木立をうかがうように見回した。

「さようです。しかし、萩殿はいまの時節、ここら辺に猟師はいないはずだ、と言っておられました。だとすると、山狩りの仲間かもしれません」

笙平が警戒する様を見せたとき、
ぴぃーっ

と口笛の音が響き、犬は走り出して澪たちの傍らを通り過ぎた。

犬が向かった先を見ると、いつのまにか澪たちがたどってきたけもの道に笠をかぶり、袖なし羽織のように獣の皮を羽織った男が立っていた。

六尺を超える巨漢で顔は髭《ひげ》に被われている。手には弓を持っており、腰に獲物らしい鳥の死骸《しがい》を何羽もぶら下げているのが目に入った。

見るからに、このあたりの百姓とは違った身なりをしている。

笙平が澪を背にかばいつつ、

「そなた、山狩りの者か」

と声をかけた。

男はそばに駆け寄ってきた犬の頭をなでてやりながら、ゆっくりと頭を横に振った。

武士に対する礼儀をわきまえていない様子が見受けられる。

笙平は苛立った表情をして、

「ならば、われらとは関わりが無き者だ。さっさと去れ」

と厳しく言った。すると、男は立腹したのかゆっくりと弓を構え笙平に狙いをつけた。

男の傍らで犬が低いうなり声をあげ、笙平に飛びかかろうと身がまえる。

「何をする」

笙平がうろたえたとき、澪は前に出て、

「あなたは山の民なのですか」

と問いかけた。男は答えず、弓矢の狙いを澪へと向けた。矢の先端の鏃《やじり》が不気味に光っている。だが、澪は不思議に男の弓矢が恐ろしいと感じなかった。

蔵太が息子の小一郎に教えていた、〈天の目〉を持てという教えが胸に浮かんでいた。

男は里人からの侮《あなど》りを嫌う山の民なのではないだろうか。だとすると、心を尽くして話せば通じるはずだと思った。

「わたくしは郡方の萩蔵太の妻です。夫は山の民のことをよく知っております。山に入る際、自らが山に入ったことをあなた方に報せるように印をつけていましたが、目にしませんでしたか。夫は、山の民の方々を侮ったりしておらぬと思います」

澪が蔵太の名を口にしたとたんに男はゆっくりと弓矢を下ろした。その様子を見て澪は言葉を継いだ。

「夫はいま危うい目にあおうとしています。もし、あなたが山狩りに雇われている身でなければ、夫をどこかで見かけても、誰にも告げずに見逃してください」

お願いいたします、と澪が頭を下げると、男は黙したまま、じりじりとあとずさったかと思うと、いきなりぱっと身を翻し、いま来たけもの道を後戻りして走り出した。

けもの道を駆け下りていく様はまさに風を巻くようで、凄《すさ》まじい速さだった。犬も遅れじと駆けていく。その姿は昔話に出てくる山に住む鬼のようですらあった。

「まさに山の民ですな」

笙平が驚きの声をあげた。

「山の民が使うけもの道に入り込んだわたくしたちを怪しんだのでしょう」

男が去ってほっとした面持ちで澪が言うと、笙平はうなずきながらも眉を曇らせた。

「しかし、いまの男は犬を連れておりました。あの男が桑野清兵衛に雇われることがあれば、犬を使って萩殿の居場所を突き止めようとする恐れがあります」

「まさか、そのような。山の民はさような悪いひとに使われる方々ではないようにわたくしには思えますが」

言いつつ澪は思い惑っていた。

いまの男はなぜ、けもの道を疾駆して去ったのかと疑念を抱いた。澪が話したことで、蔵太を捕らえれば金になると察したのかもしれない。もし、そうであるなら、自分は隠れている蔵太が捕らえられるきっかけを作ってしまったのではないだろうか。

「笙平様、どうしたらよいのでしょう。わたくしはとんでもないことをしてしまったような気がします」

澪が恐る恐る口にすると、笙平は首を横に力強く振った。

「大丈夫です。澪殿がなさったことが萩殿にとって悪しきことになろうはずがないではありませんか」

笙平はきっぱりと言い切った。

「そうであればよろしいのですが……」

澪はなおも不安を打ち消したいという思いから、笙平を見つめて言葉を待った。

笙平は少しさびしげに答えた。

「わたしは昨夜、炭焼き小屋でひと晩を過ごして、そのことがようやくわかりました。わたしの澪殿への思いは、萩殿がいる限り断ち切らねばならぬものだとわかりました」

蔵太がいる限り断ち切らねばならない思いという言葉が澪の胸に酷《むご》く響いた。もしかすると、笙平は蔵太が追手によって見つかることを望んでいるのだろうか。

いや、笙平がそんなことを思うはずはない、と澪は胸のうちで強く打ち消した。いまはただ、少しでも早く雫亭にたどりついて、蔵太を救う策を講じなければならない。

「笙平様、早う雫亭へ参りましょう」

澪は笙平をうながすと、足を速めた。笙平も意を決したように口もとを引き締めて歩を進めた。

久野七郎兵衛が霧の沢に着いたとき、あたりはすっかり白く覆《おお》われていた。

「これでは山狩りどころではないな」

清兵衛が陣取っている百姓家に入った七郎兵衛はあきれた口調で言った。その言葉を聞いた清兵衛は渋い顔になった。

「沢のあちこちにひとを配しておるのですが、これだけ霧が濃くなるとうっかりしたことはできません」

「うむ、五里霧中というやつだな。迂闊に手出しすれば同士討ちになりかねんから、気をつけることだ。すでに萩蔵太の手にかかって四人の浪人が相果てた。これ以上、人死にが出ては困るからな」

七郎兵衛はさりげなく四人の浪人の死を告げた。

清兵衛は片方の眉をぴくりと上げたが、浪人が死んだことについて七郎兵衛を問い質そうとはしなかった。

七郎兵衛が使命を果たすためなら、どのように非情なことでもしてのける男だと知っていた。

清兵衛は気味悪げに七郎兵衛から目をそらせた。そのとき、やくざ者が霧の中から駆け戻ってきた。

「奴らがいましたぜ」

駆けてきたやくざ者は、清兵衛の前に出るなり息を切らして、あえぐように言った。

「どうした。捕らえたか」

清兵衛が勢い込んで訊くと、やくざ者は面目なさそうに頭を振った。

「いや、奴らがいるのを見つけただけで」

すぐさま七郎兵衛が身を乗り出した。

「どこで見つけたのだ」

「それが霧の沢の少し上《かみ》の方なんで」

「ほう、奴ら、やはり霧の沢に向かっておったか」

見通しが当たったという表情をしてうなずいた七郎兵衛は、満足げに笑みを漏らした。傍らから清兵衛が苛立たしげに言う。

「せっかく見つけたのなら、なぜつかまえなかった」

「奴らは、あっという間に山の中に隠れてしまいまして」

やくざ者は叱責を恐れるかのようにうなだれた。なおも言いかぶせようとする清兵衛を、七郎兵衛は手をあげてとどめた。

「まあ、よいではないか。萩らがどのあたりをうろついているかわかっただけでもよしとせねばならん。いまから網をしぼれば捕らえることもできよう」

七郎兵衛の言葉に清兵衛は眉をひそめた。

「奴らが沢に出て参りますれば、取り押さえることができましょうが、山の中のけもの道をたどって雫亭に近づこうとしておりますなら、面倒なことになりはしませんでしょうか」

「だからこそ急いで追うのだ。向こうは女連れだ。山中を思い通りには動けまい。必ずどこぞで網にひっかかるはずだ」

言い切った七郎兵衛は沢に目を向けた。

広い沢を覆う霧はしだいに濃くなっていく。沢を見張れなくなるなと七郎兵衛は顔に苛立ちの色をわずかに浮かべた。


どうにかけもの道を抜け出た澪は、雫亭へ通じる細い山道を見つけ、笙平とともに登っていた。雫亭が近づくにつれ、いまごろ蔵太はどうしているだろうか、と焦慮する思いが強くなってきた。

(足をくじかれて思うまま身を動かせない旦那様は、山狩りの者たちに取り囲まれたりすれば刀を振るうことができないのではないだろうか)

案じられてならない。蔵太を助けるには一刻を争う、と気が急いた。

笙平も蔵太を心配しているものとばかり澪は思っていた。ところが、先に立っていた笙平はふと足を止めて振り返り、

「萩殿のことは運を天にまかせるしかございませんぞ」

と口にした。澪は、笙平がなぜそのようなことを急に言い出したのだろうと訝しく思い、首をかしげて笙平の目をじっと見つめた。

笙平は澪を見つめ返して抑えつけるような口調で言葉を継いだ。

「澪殿が芳光院様に萩殿の救出を願い出ようとしておられるのはわかっています。しかし、萩殿が山狩りの者たちに捕らわれているなら、救うのは難しいと思われます。無理にでも願いを通そうとすれば、芳光院様は黒瀬ご家老と争うことになるのは必定で、御家に乱れが生じましょう。それはあってはならぬことです」

澪は、笙平の口から信じられない言葉を聞いた思いがした。

「わたくしの夫は、笙平様をお助けしようとして危地に陥《おちい》っております。それを見捨てよと言われますのか」

わずかに憤る面持ちで澪が問うと笙平は固い表情で言い切った。

「ひとにはそれぞれ生まれ持った役目というものがあるのです」

「夫は、笙平様を助けるための犠牲であると申されますか」

澪は息を呑んだ。

「いや、さようではない。萩殿はわたしを雫亭へ送り届けることをおのれの使命として選ばれ、わたしもまた、芳光院様に黒瀬ご家老の悪事を訴えるのが役目だと思ったというだけのことです」

笙平が諄々《じゅんじゅん》と説くのに、澪はゆっくりと首を横に振った。

「さようなことはわかりかねます。わたくしは笙平様のご危難を知ったおりに、ただお助けいたしたいと存じ、夫が危うい目に遭えば、なんとか救う手立てはないものかと思うばかりでございます」

澪は、笙平のそばをすり抜けて雫亭へと足を向けた。

——澪殿

笙平があわてて声をかけるが、澪はひたすら蔵太の安否を気遣う思いから足を速めた。

息遣いも荒く、額から汗を滴《したた》らせながら山道を登っていくと、いきなりまわりの木立から数人の武士が現れた。

山狩りの者だろうか、とぎょっとして足を止めたが、いずれの武士もぶっ裂き羽織に裁着袴《たつつけばかま》を身につけており、芳光院の供の者であろうと思われる姿をしていた。澪は一足前に出て、

「わたくしは芳光院様より雫亭をお預かりいたしておる者で澪と申します。芳光院様の思し召《おぼめ》しにより、葛西笙平様をご案内いたしております」

と、はっきりとした口調で告げた。武士たちの中から若い男が進み出て応じた。

「それがしは西の丸近習の菱川源三郎でござる。芳光院様は澪殿と葛西殿をお待ちでござる。参られよ」

澪と笙平は源三郎にうながされるまま、裏手から雫亭の庭へと入っていった。庭では芳光院の供をしてきた武士たちが物々しい気配を漂わせている。源三郎と武士たちに従って澪と笙平が控えると、間無しに芳光院がしずしずと縁側に出てきた。

「澪、遅かったではないか。案じたぞ」

芳光院に言葉をかけられて、澪は頭を下げた。

「申し訳ございませぬ。追手の目を逃れて山中を歩きまわっておりましたゆえ、遅うなりましてございます」

澪が言上すると、芳光院はゆったりとうなずきつつ、笑みを浮かべて笙平に目を遣った。

「そなたが、葛西か」

笙平は手をつかえ、口を開いた。

「さようにございます。此度はお助けをいただき、まことにありがたき幸せにございます」

まだ、助けられるかわからぬが、と言いかけて、芳光院は、ふと眉をひそめた。

「そなたたちは、萩蔵太と行をともにいたしておったのではないのか。萩はいずこにおるのじゃ」

「それが……」

口ごもる笙平の傍らで澪は手をつかえて言った。

「申し上げます。夫はここに参ります途中にて足をくじき、霧の沢の近くにひそんでおります。山狩りをしておる者たちに見つかれば、危《あぶの》うございます。なにとぞお助け願わしゅう存じます」

澪がなおも言葉を重ねようと口を開きかけたとき、源三郎がやわらかな物言いで告げた。

「ご心配はよくよく承知いたしております。されど、芳光院様に救いの手を差し伸べていただけるのは、この雫亭にたどりついた者だけと心得られよ。萩殿が心極流《しんきよく》の逸《いち》物《もっ》と言われておることはそれがしも存じております。さほどの腕を持っておられれば、どのような苦境に立たれようとも切り抜けられましょう」

諭すように言葉をかけられて澪は唇を嚙んでうつむいた。芳光院は苦笑して、

「菱川の申す通りじゃ。わらわが沢にまでひとを出して山狩りを遮るわけには参るまい。そなたの夫の力量を頼みといたすほかないのう」

と言い添えた。その言葉が終わらぬうちに、

だーん

と鉄砲を撃つ音が山に谺《こだま》して響いてきた。

澪ははっとして顔を上げ、思い詰めた表情で口に出した。

「おそらく山狩りの者が鉄砲を放った音ではないかと思われます。夫は足をくじいておりますゆえ、十分な働きができませぬ。なにとぞお助け下さいますようお力添えを願い奉ります」

懸命に願い上げながら澪は地面に額がつくほど頭を下げた。

澪の必死の願いを聞いた芳光院は即座に冷然と言い放った。

「ならぬ。武士なれば、常に死地に臨む覚悟はいたしておるはずじゃ。澪、心乱れるままに未練を申すは見苦しいぞ」

澪はきっと顔を上げ、ゆるぎのない声音で応じた。

「ならば、わたくしは夫のもとへ参りまする」

「馬鹿を申すでない。荒々しい浪人どもが追手であれば、女子とて容赦せぬであろう。萩とともに命を落としかねぬ。行くこと、まかりならぬ」

眉間にしわを寄せて芳光院が止めるが、澪は手をつかえて、

「芳光院様にかほどのお心遣いをいただき、まことに畏れ多うございますが、わたくしは参りたいと存じます」

と頭を下げ、腰を浮かした。

「澪殿、お待ちなされ」

と引き留める声を発した源三郎を、芳光院は一喝《いっかつ》した。

「かくまで申しても行くのであれば、留め立て無用じゃ」

澪は芳光院に深々と頭を下げて立ち上がり、霧の沢へ向かおうと踵《きびす》を返した。その背に向けて、芳光院が言葉をかけた。

「澪、死ぬるぞ――」

「わたくしにとりまして萩蔵太は身に過ぎる夫でございます。夫とともに死ねますならば本望に存じます」

振り向いて言い切るなり、澪は小走りに駆けだした。澪の姿が遠ざかると芳光院は笙平をつめたく見遣った。

「そなたは萩の助けを借りて、ここまでたどり着けたのであろう。澪を追って萩を助けに参らずともよいのか。このまま残れば、武士の義理を知らぬと謗《そし》りを受けようぞ」

笙平は芳光院の言葉に一瞬息を詰まらせ、苦しげに目を閉じた。

芳光院は源三郎を招く仕草をして、

――命じることがある。近う寄れ

と呼んだ。

笙平は、目を閉じたまま黙している。額に汗が浮いていた。

十三

澪《みお》は谷川へ通じる山道を駆け下りた。

気がはやって前のめりに進むうちに転びそうになったが、少しでも早く蔵太《くらた》を見つけねばと懸命に走った。

まわりに生い茂る木々の枝をかき分けてたどるにつれ、手甲《てっこう》におおわれていない指先はかすり傷を負って、うっすらと血が滲んできた。

水が流れる音がしだいに大きくなり、沢に近づいているのがわかった。それとともに、霧が立ちこめてくる。方角を見失いそうになって足を止めたとき、獣の低いうなり声を聞いた。どきりとしてあたりを見回した澪は、行く手の藪《やぶ》の陰に白い犬がいるのに気づいた。耳が削いだようにぴんと立ち、背中に茶色の毛が混じっている。

（山の民が連れていた犬のようだ――）

澪が見つめると、犬はうなりをひそめてじっと見返していたが、やがてくるりと向きを変えた。走り去るのだろうと思ったとき、犬が振り返って、訴えかける目で澪を見つめた。

「ついてこいと言っているのですか」

澪が訊ねると犬は、そうだ、と言わんばかりに尾を立て、誘うように走り出した。素直に従う心持ちで澪は犬を追いかけた。追うほどに、霧は濃くなってくる。かろうじて見える地面に石ころが多くなり、すでに沢に出ているのだとわかった。

霧を通して薄日がさしている。飛び跳ね、駆けまわっていた犬は細い谷川の岩場へと走り上がった。澪はあえぎながら犬についていく。ほどなく、犬は大きな岩に上り、澪を見下ろした。

「そこに旦那様がいらっしゃるのですか」

いてほしいとの願いをこめた澪の問いかけに、犬はひと声、吠《ほ》えた。足がかりを見つけつつどうにか上がった澪は、岩の裂け目に小さな洞窟《どうくつ》があるのに気づいた。うながすように何度も振り返っては澪を待ち、犬は先導して洞窟の中へ入っていく。

「お前は弥三《やさ》のシロではないか」

蔵太の声が聞こえた。澪は急いで洞窟に入り、

——旦那様
と声をかけた。薄暗い洞窟のほどよい石に腰かけている蔵太に、犬は甘えるように寄りかかった。

「澪か、どうして戻ってきたのだ。葛西《かさい》殿はいかがした」

蔵太の大らかな声を聞いたとたんに澪は涙が出そうになった。

「間違いなく葛西様を雫亭《しずくてい》に送り届けましたゆえ、ご安心くださいませ。鉄砲の音が聞こえて、旦那様に何かあったのではないかと気にかかってなりませず、戻らずにはいられなかったのでございます。途中からこの犬がここまで道案内をしてくれました」

言いつつ澪は蔵太の傍らに寄って膝をついた。

「そうであったか。この犬は、山の民の頭分《かしらぶん》である弥三が飼っておる猟犬だ。わたしがここにいると匂いで嗅ぎつけたのであろう」

犬の頭をなでながら蔵太は言った。

「鉄砲でお怪我をなさいませんでしたか」

「あの鉄砲は、わたしをおびき出すために脅しで撃ったのだ。しかし、そなたがここ

へ参ったとなると、隠れてばかりもおられんな」

「わたくしが参ってはいけなかったのでございましょうか」

胸をつかれる思いがして、澪は思わず訊いた。

「いや、そなたの顔を見て、斬り抜けて生きようという思いになった。この洞窟にとどまっていては見つかったおり、逃げ場がなくて窮地に陥るとわかっていたのだが」

「なにゆえ、逃げ場のないところにおられましたか」

蔵太は死ぬ気でいたのだろうかと澪は心が騒いだ。

「そなたと葛西殿が雫亭にたどり着くまでの時を稼ごうと思ってな。しかし、もはや動いた方がよさそうだ。間もなく霧が晴れる頃合いだ。山狩りの囲みも縮まっておるであろうからな」

蔵太は刀を手にゆっくりと立ち上がった。くじいた足が痛んで歩けないのではないかと思い、澪は肩を貸そうとしたが、

「いや、よい」

と口にして、片足を引きずりながら蔵太は洞窟から出た。

犬が蔵太の足にまつわりついて跳ね回り、ついていく。

蔵太の足の具合を気にかけつつ、澪は洞窟の入り口に立った。外を見れば、あたり

一面濃い霧が立ち込め、白い闇が広がっていた。そばに寄る澪に蔵太は厳しい声で告げた。

「そなたはこの洞窟にひそんでおれ。山狩りの者たちに見つかっても、女子ひとりであれば手出しはすまい」

ひとり残されるのかと、思わず澪は息を呑んだ。

「旦那様はどうなさるおつもりなのですか」

「わたしは雫亭に通じる道へ向かう。おそらく奴らが待ちかまえているであろうが、斬り抜けるまでだ」

蔵太がいつもと変わらぬ口調で言ってのけるや、澪は頭《かぶり》を振った。

「わたくしだけここに残るぐらいなら、雫亭から戻ってくるなどいたしません。旦那様とともに参ります」

「山狩りの者に見つかれば命が危ういぞ」

どう言い聞かせたものかと困った顔をして見つめる蔵太に、澪は微笑みかけた。

「覚悟いたしております。旦那様と生死をともにいたしたいと戻って参ったのでございますから」

「困ったことを言う。子供たちが屋敷で待っているのだ。そなたは帰らねばならぬ」

「母が父を見捨て逃げ戻って喜ぶ子供たちではないと存じます。旦那様はそれをよくご存じでございましょう」

きっぱりと言い切る澪に注ぐ蔵太の眼差しがやわらいだ。

「ならば、ともに参るか」

はい、と答えたとき、蔵太は不意に澪の肩に手を添え、顔を寄せて唇を重ねてきた。時が止まったように感じて、澪は息もできずにじっと蔵太に身を預けた。

霧を通して、ぼんやりした日の光がふたりを静かに包み込んでいる。しばしの後、蔵太はそっと顔を離した。

——旦那様

澪はあえかな声で口にした。蔵太が気恥ずかしそうな面持ちで澪の肩から手を離して微笑んだ。

「驚かせてすまぬ、一度こうしてみたかったのだ」

その言葉を聞いた瞬間、澪は霧の中で男から口づけされる夢をいく度か見たことがあったのを思い出した。あの夢を見た際、思わず相手の名を呼んでしまった気がする。

澪は声を震わせて訊いた。

「わたくしは夢を見たおりに、ひとの名を口にしたことがございましたでしょうか」

しばらく記憶を確かめるように考え込んだ蔵太は、少し照れ臭そうな様子で答えた。

「ああ、あの朝のことか。面映《おもは》ゆいゆえ言わずにいたが、あのおり、そなたはわたしの名を呼んだようだ」

胸がいっぱいになって、澪は両手で顔をおおった。

（わたくしは自らの心が誰に向いているかわかっていたのだ。どなたをお慕いして、大切に思っているのか、とうに知っていた）

熱いものが込み上げてきた。心は迷ってなどいなかった。あふれる思いを抑えきれず、とめどなく涙が流れ出る。

肩を小刻みに揺らす澪に、蔵太は言葉をかけた。

「子を生しはしたが、わたしは、これまでそなたに十分なことをしてやってはおらぬ。すまなかったな」

おもむろに澪は思いを込めた眼差しで蔵太を見つめた。

「いましがた、十分なことをしていただきました。わたくしは旦那様がかけてくだされた想いをしっかり頂戴いたしました。この後は、それを胸に刻んで生きて参れます」

澪の言葉にうなずいた蔵太は落ち着いた声音で言った。

「では、参るぞ」

「どこまでもお供いたします」

答えながら、澪は迫りくる追手への恐怖を忘れた。蔵太とともにいるなら、死地へ赴くのも怖くはなかった。ふたりでともに歩めることの喜びが胸に満ちていた。

大きな岩を手さぐりで下りていき、平地を歩き出したふたりの傍らで尾を振りつつ、ついてきていた犬が突然、濃い霧の中をまっしぐらに走り出した。

「どうしたのでしょうか」

犬が走り去った方角へ目を向けた澪はつぶやいた。

「主《あるじ》のもとへ戻ったのであろう。ひょっとすると、犬にも、われらを待つ危うさがわかったのかもしれんな」

少し笑った蔵太は、足をかばうように引きずりながら進んだ。しばらく黙々と後に続いて歩を進めていた澪は、行く手の方角に黒い影が薄く浮かんでいるのに気づいた。

――旦那様

澪が声を低めて声をかけると、蔵太はなにげなく答えた。

「わかっておる。どうやら、囲まれたようだ」

はっとして見回した澪は、四方からじわじわと黒い影が近づいてくるのを目にした。

四人の男たちが迫ってきている。やがて正面の男は総髪《そうはつ》の浪人であることが見て取れた。ほかの男たちも浪人かやくざ者のようだ。

正面から迫る三十過ぎの痩せた浪人が、ゆっくりと刀を抜いた。

「どこに隠れておったのだ。随分と手間がかかったぞ」

じりっと近寄り、蔵太と澪を見遣った浪人は、さらに、

「もうひとり武士がいたはずだが、どこへ行った」

と鋭い声を発した。蔵太は刀の柄に手をかけず、気をかわすようにのどかな声で答えた。

「知らぬな」

「知らぬはずはあるまい」

浪人が大声で怒鳴るのに、蔵太は笑みを浮かべて、

「知らぬものは知らぬ――」

と言ってのけた。言い終わらぬうちに、横合いから浪人の仲間が気合も発せずに風を巻いて斬り込んできた。

とっさに体を沈めた蔵太の腰から閃光が走った。

血が迸《ほとばし》り、斬り合った浪人はうめき声をあげて、弾かれたように仰向けに倒れた。

くじいた足をかばい、片膝をついた蔵太は、そろりと立ち上がりながら、

「澪、わたしの背から離れるな」

と告げた。澪は、はい、と答えて蔵太の背に身を添わせた。背後から斬り付けてくる者への楯《たて》となって蔵太を守らなければ、と思った。

風が吹いた。霧が流れて、まわりの景色がわずかばかり見えるようになった。

正面の浪人は正眼《せいがん》に構えて、じりじりと間合いを詰めてくる。仲間の浪人ややくざ者も殺気をみなぎらせて刀や長脇差《ながわきざし》を抜き放った。

間合いを測った蔵太は、瞬時に刀を鞘《さや》に納め、腰を落とした。

片足をかばえば、どうしても踏み込みが弱くなる。斬りかかってくる瞬間をとらえて、斬り返そうと考えているようだ。

蔵太と背中合わせになるために澪は少しずつ動いて体の向きを変えた。後ろから斬

りかかってくる者の動きを蔵太に告げようと思った。

白刃を振りかざした男がふたり、じわじわと澪に迫ってくる。しかし、澪は少しも恐れを抱かなかった。

蔵太は必ず自分を守ってくれると信じていた。そう固く信じられることに深い喜びがあった。

「やあっ――」

正面の男が気合を発すると同時に、ほかの男たちが次々に斬りかかってきた。

蔵太はなめらかな途切れのない動きで浪人たちに斬り返した。

背から伝わるわずかな動きで、蔵太の刀が向かう先がわかり、澪は腰をかがめた。直後に、頭の上を白光が過った。

ひやりとした瞬間、刀が弾かれる鋭い音がして、男のうめく声が聞こえた。

声がした方に目をちらりと向けると、怒鳴り声をあげて長脇差を振りかざしたやくざ者が、太腿《ふともも》を斬られて無様に転倒するのが見えた。

ただちに正面の浪人が斬り付けてくる。厳しく迫る刀を、蔵太はわずかに動くだけでかわした。蔵太の体は自然に澪をかばう動きをしている。

深く踏み込んだ浪人は、蔵太の肩先に刀を振り下ろした。刀を交える音が響いて火花が散る。いったん押された蔵太はどうにか踏み止まり、刀を弾き返す勢いのまま浪人を押し返した。

見る間に肩が血に染まった浪人は、その場に頽《くずお》れた。入れ替わるように及び腰だったやくざ者が蔵太めがけて突進し、体当たりをしかけてきた。

だが、ほとんど片足で支えているはずの蔵太の体は、巌《いわお》のようにびくともしない。

「野郎——」

やくざ者が声を張り上げて長脇差を振り回した。蔵太の強さに恐れをなしてふたりのまわりをぐるぐるまわっていたが、突如、澪に向かって突きかかってきた。

澪は思わず目を閉じて息を詰めた。

もはやこれまでか、と蔵太に代わって刺されようと覚悟した。だが、目を開けると驚いたことに蔵太が立ちはだかってやくざ者と向き合っていた。

一瞬の間に澪の前に立った蔵太が真っ向から斬り下げると、額を割られたやくざ者は悲鳴をあげて倒れた。

霧に隠れて忍び寄り、澪たちを取り囲んだ四人の男はすべて斬り捨てられて、晴れゆく霧から漏れる薄日にさらされている。

何が起きたのかまだよくは呑み込めていないものの、瞬く間に襲ってきた男たちを倒した蔵太の剣技の冴えに澪は、心を奪われていた。

（なんと見事な技なのだろう）

心極流の逸物の評判はまことだったのだ、と澪は張り詰めていた気をゆるめながら、あらためて思った。

「旦那様、わたくしを突いてくる者にどんな風にしてお気づきになられたのですか」

高鳴る胸を押さえて澪が問いかけると、蔵太は振り向いてにこりと笑った。

「そなたの背中から、わたしを守ろうと死を覚悟した気配が伝わってきたのだ」

やはり、旦那様はわたくしを守ってくださったと胸を打たれた澪は、蔵太にすがりたいと思い、歩み寄った。そのとき、耳をつんざく雷鳴のような鉄砲の音が響いて、ふたりの足もとの石が砕け散った。

「どうやら鉄砲衆が来たようだ」

しがみついた澪をかばいつつ蔵太はゆっくりと体の向きを変えた。

十数人の男たちが姿を現した。桑野清兵衛《くわのせいべえ》が先頭に立ってこちらに向かってくる。

そのすぐ後ろにいる武士を見て、蔵太が驚いたようにつぶやいた。

「久野七郎兵衛《くのしちろうべえ》――」

「あの方が久野様でございますか」

澪は七郎兵衛に目を凝《こ》らして言った。大男の七郎兵衛は体つきに似合わぬしなやかな足取りで近づいてくる。

その様はまるで獲物を狙い、体をかがめて進む虎のように見えた。

七郎兵衛の背後では鉄砲衆が火縄のついた鉄砲を構え、蔵太に狙いを定めていた。

霧が晴れてきた。沢の風景や遠くの山並みも、薄く靄《もや》がかかっているものの見通せるようになった。鉄砲で狙った相手は過《あやま》たず撃ち抜けるに違いない。

七郎兵衛から放たれているのは明らかに殺気だった。

（あのひとは問答無用でわたしたちを斬る気なのだ）

澪は背筋がつめたくなるのを感じた。

十間ほどへだたったところで立ち止まった七郎兵衛は、薄笑いを浮かべた。

「萩《はぎ》蔵太、ひさしいな。こんなところで何をいたしておるのだ」

嘲《あざけ》りを含んだ口調で声をかけてきた七郎兵衛に、蔵太は落ち着いて答えた。

「見ればおわかりでござろう。無頼の者どもに襲われたゆえ始末いたしたところでござる。それより、奥祐筆頭の久野殿とかような場所で見《まみ》えるのは解せませぬが」

「黒瀬ご家老の命により、葛西笙平《しょうへい》を捕らえる助勢をいたしておる」

七郎兵衛は表情を変えず、白々しく言ってのけた。

蔵太が眉をひそめて、

「お役目違いだと存ずるが、さようなことは百も承知でしょうな」

と言うと、七郎兵衛はせせら笑った。

「お主こそ、そのなりは何だ。いかに郡方とはいえ、百姓仕事をするわけではあるまい」

「子細あってのことでござる」

蔵太が口調を変えずに穏やかな声で答えると、清兵衛は難じる顔つきをして前に進み出た。

「萩様、鋤沢《すきさわ》の宿でお会いしたおりには、さようなお話をうかごうた覚えはございませんが、やはり、奥方様は葛西笙平を匿《かくも》うておられましたか。昔、ねんごろになった男と温泉宿に泊まった女房を叱るでもなく、かばうとは随分とひとのよいことでございますな」

言いながら清兵衛は皮肉たっぷりな視線で澪を見遣った。澪は毅然として清兵衛を見返し、

「桑野殿、無礼な申し条は許さぬと申し上げたはずでございます」

とゆるぎない言葉つきで言った。清兵衛は目を据えて、

「ほう、まだ白を切るおつもりのようですな。萩様の奥方は随分とひとを食った方でございます」

清兵衛のあからさまな言葉にも蔵太は動じる様子を見せなかった。

悠然と構える蔵太に苛立ちを覚えたらしい清兵衛が、目を怒らせてなおも言い募ろうと口を開きかけたとき、七郎兵衛が手で制した。

「よせ、この男にそれ以上、言っても無駄だ」

「そうは申されましても、葛西笙平の行方を問い質さねばなりません」

顔を赤くして言い張る清兵衛に、七郎兵衛はゆっくりと頭を横に振った。

「わからぬか。こ奴らがここにいるということは、葛西笙平はすでに雫亭へ向かったのだ。あるいは、もう着いておるかもしれぬな」

「それでは黒瀬ご家老様のご命令が果たせないのではございませんか」

心配げな顔をして清兵衛が訴えると、七郎兵衛は表情にしたたかさを漂わせて話を継いだ。

「いや、まだ勝負がついたわけではないぞ。このふたりの首を持って雫亭へ参り、芳《ほう》光院《こういん》様に掛け合って葛西笙平の引き渡しを求めるのだ」

「ふたりの首を持っていくとおっしゃいましたか」

清兵衛は身がすくんだ。七郎兵衛が笙平の引き渡しを芳光院に求めると聞いて、澪は身がすくんだ。自分たちの命は奪われてしまうのかもしれない、と思うと肌が粟立《あわだ》った。

澪の恐れなど意に介しない顔で、七郎兵衛は清兵衛の問いに答えた。

「そうだ。すでに萩は山狩りの者を手にかけておる。妻女も葛西の逃亡を助けたことは明白だ。ふたりが芳光院様の命によって動いたのかどうかを糾《ただ》さねばならぬ。芳光院様の命でないとわかれば、その証に葛西の身をお引渡しいただくのだ」

七郎兵衛の言葉に肝《きも》を冷やした清兵衛は恐る恐る口にした。

「ならば、このふたりを斬らずに人質にして芳光院様と掛け合ってもよいのではございませんか」

「生かしたままでは、こ奴らは芳光院様の命にあらずと言い張るであろう。首になってこそ役に立つのだ」

言い終えるや七郎兵衛は、背後にいる鉄砲衆が蔵太を狙いやすいようにのそりと横合いに身を動かした。

蔵太はさりげなく澪の楯になるべく身を移した。蔵太の心の内を察した澪はいざとなったら、蔵太を鉄砲から守ろうと覚悟を定めていた。

鉄砲衆を睨み据え、蔵太は口を開いた。

「久野殿も変わられましたな。昔の久野殿ならば、鉄砲衆などに頼らず、自らそれがしの始末をつけに参られたのではありませぬか」

蔵太の言葉を聞いて、ふふっ、と七郎兵衛は皮肉っぽく嗤《わら》った。

「さすがの萩蔵太も鉄砲にはかなわぬと思ったらしいな。わしに立ち合わせたいのであろうが、鉄砲でたやすくお主の命を取れるのに、わざわざ刃を交えるには及ぶまい」

七郎兵衛がちらりと鉄砲衆に目を遣ったとき、澪は緊張が高まって胸の鼓動が速まった。鉄砲で蔵太と自分が撃たれて倒れる光景が目に浮かんだ。

澪が身構える気配に応じて、蔵太はじわりと体をうごかしてかばった。七郎兵衛は蔵太の巧みな誘いを振り切るように、勢いよく向き直って鉄砲衆に大声で命じた。

「構わぬ。撃て――」

鉄砲の音が鳴り響いた。だが、蔵太と澪は倒れなかった。鉄砲の玉はそれていた。

出し抜けに、
うぉーん
と犬の遠吠えが聞こえた。

澪ははっとしてまわりを見回した。何が起きたのかわからなかったが、鉄砲に撃たれていないことだけは確かだった。

見れば鉄砲衆はうめき声をあげながら、その場に頽《くずお》れて、鉄砲を取り落としていた。

肩や背に矢が突き立っている。鉄砲を放つ瞬間に、矢を射かけられたのだろう。

「何者だ――」

思いがけない成行きに七郎兵衛は愕然《がくぜん》としてあたりを見回した。

いまや霧も晴れ上がり、四方から三十人近い男たちが近づいてきた。いずれも獣の皮を袖なし羽織のように身にまとい、日に焼けた精悍《せいかん》な顔つきの男たちだ。おのおの手に弓矢や鉞《まさかり》、斧《おの》、鉈《なた》や山刀を持っている。

先頭に立つ男の足許に白い犬がまとわりついて駆け回っていた。犬は澪たちの方を見て、呼びかけるように吠えた。

「先ほどの犬でございます」

澪が囁《ささや》くと蔵太はうなずいた。

「弥三を呼びにいってくれたようだな。わたしが山に入ったとわかるように印を残した甲斐《かい》があったようだ」

弥三は十間ほど離れたところで立ち止まり、大声を発した。

「そこにおられる萩蔵太様に、わしら山の民は随分とお世話になってきた。萩様の命を狙う奴らは許さん。さっさと立ち去れ」

蔵太はこれまで山廻りをする際、山の民が生きていけるよう常に気遣ってきた。郡方の者は村をまわるおり、山中で山の民と出会っても無視するのが通常だが、蔵太は親しく交わってきたのだ。病気で苦しんでいる者がいれば薬を都合してやり、里の百姓との間に諍《いさか》いがあれば調停の労をとってきていた。

弥三とも山中で出会った。猟犬のシロが熊を生け捕る罠にかかってもがいているのを見かけた蔵太は、解き放って手当をほどこした。

弥三は礼を言うとともに、

「萩様が山に入られたおりは木の幹などに印をつけてくだされば、山の中で難儀なことがありましたら、必ずお助けいたします」

と告げた。

「それはありがたいな」

弥三の言葉に蔵太はにこりとして、助けようという申し出を拒まなかった。そのことが弥三をひどく喜ばせていた。

弥三の傍らに控えた山の民たちは、

「萩様、あのおりはありがとうございました」

「わしらが来ましたからには、もう大丈夫でございます」

「必ずお守りいたしますぞ」

と先を争うように口にした。蔵太から何度も助けられてきた山の民たちの表情には、蔵太にぜひとも恩返しをしたいという思いがあふれていた。

その様を見た澪は、蔵太がどのような仕事をこれまでしてきたのか、まったくと言っていいほど自分は知らなかったのだと思った。

七郎兵衛は弥三を睨み据えた。

「猟師風情がさような無礼を申すとただではすまさぬぞ。その方らこそ、かような無法の振舞いをいたしたからにはこのままで許されると思うな。ことごとく捕らえて縛り首にいたしてやる」

脅しあげる七郎兵衛の言葉に弥三は嘲る笑いを返した。

「わしら山の民は捕まる前に山伝いに国境を越えて他国へ逃げる。捕まえようとしても無駄だ」

弥三はこともなげに言い放った。

「雑言《ぞうごん》、許さぬ――」

七郎兵衛は憤りをあらわにした。しかし、弥三は臆した様子もなく落ち着いて片手を上げ、合図した。

すぐさま山の民たちは弓矢の狙いを七郎兵衛に定めた。自分たちに不利と見たのだろう、浪人ややくざ者は七郎兵衛のそばから少しずつ後ずさって遠ざかっていく。いつの間にか七郎兵衛の傍らに立つ者は清兵衛だけになっていた。清兵衛は青ざめて、

「久野様、どういたしましょうか」

とすがるような目を七郎兵衛に向けた。さすがに七郎兵衛も弓矢を向けられてどうしたものかと進退に窮した様子が見てとれる。そのとき、

「しばし待たれよ」

男の声が聞こえた。七郎兵衛ははっとして声がした方を振り向いた。ゆるやかな足取りで菱川源三郎《ひしかわげんざぶろう》が歩いてくるのが見えた。

源三郎は殺気立つ山の民の間を恐れ気もなく通り過ぎ、七郎兵衛に近づいた。無造作に近寄る源三郎の顔を七郎兵衛は胡散《うさん》臭そうな目で見た。

「お主は西の丸近習の菱川源三郎ではないか。芳光院様のお供をして雫亭に控えておらねばならぬはずだが、何用があって参ったのだ。まさか、われらの山狩りを止め立

てしようというのではあるまいな」

息巻く七郎兵衛に、源三郎はていねいに頭を下げてから口を開いた。

「芳光院様の命に従いまして、成行きを見届けに参りました。手出し無用とのお申しつけでございますゆえ、いらざることは一切いたしませぬ。ご安心を」

「成行きを見届けに参っただと」

「さようです。芳光院様は雫亭を預かる澪殿の身を案じておられます。疾《と》く参れとの仰せにて急ぎ駆けつけましたなれど、ここに来てみれば何事もなかったようで重畳《ちょうじょう》でございました」

平然とした顔つきで言ってのける源三郎に苛立った七郎兵衛は怒鳴りつけた。

「貴様、山の民と称する不逞《ふてい》の輩《やから》がわれらのお役目を妨げようといたしておるのが目に入らぬのか」

源三郎は微笑を浮かべた。

「さて、それがしには久野様がいま口にされたことはわかりかねますが、いずれにいたしましても、かように取り囲まれては、萩殿と澪殿を討ち果たすわけには参りますまい。久野様はお役目をしくじられたと申すほかないと存じます」

源三郎に冷静な口調で告げられて、七郎兵衛は顔を真っ赤にして歯噛みした。

「かようにして咎人を逃せば、御家の恥になる恐れがあるのだぞ。貴様にはそれがわからぬか」

「無用な争いごとをいたすのが御家の名を高くするとも思えませぬが」

どこまでも淡々と応じる源三郎を睨みつけていた七郎兵衛は、何を思ったのかふと蔵太に顔を向けた。

「先ほど萩は、昔のわしなら自らお主の始末をつけるはずだと言うたな」

「いかにも申しました」

間髪《かんはつ》を入れず答える蔵太に、七郎兵衛はにやりと笑いかけた。

「ならば、いますぐわしと立ち合え。まわりにおる山の民どもに、弓矢を下ろして勝負の邪魔をいたさぬよう言うのだ」

「なるほど、せめてそれがしを討ち果たし、黒瀬ご家老への申し開きをなさるご所存ですか」

「ようわかっておるではないか。もはやそれしか手立てはあるまい」

七郎兵衛が皮肉な笑みを浮かべるのを見た源三郎は、苦い顔をして口をはさんだ。

「久野様、もはや勝負はついております。なおも萩殿と立ち合いを望まれるのは悪あがきと申すもの」

「なんだと、萩とは道場で龍虎と呼ばれて競っておったが、檜枝《ひのえ》先生はわしには厳しかった。わが流派の秘伝である〈鷹の羽〉も萩に伝授された。わしは、それに得心がいかぬままなのだ」

「そうかがえば、なおのこと私怨《しえん》での立ち合いだと言わざるを得ませぬ。無用になさるのがよろしいかと存じます」

源三郎があくまで冷静に言ってのけると、七郎兵衛は鼻でせせら笑った。

「芳光院様は見届けるだけで手出しは無用と仰せられたのであろう。よけいな口出しはせぬことだ」

高飛車《たかびしゃ》に言われて黙り込む源三郎にちらりと目を向けた蔵太は、足を引きずりながら進み出て七郎兵衛と相対した。

「萩様、何も立ち合われずともようございます。その男はわしらが弓で仕留めますぞ」

弥三があわてて止めるが、蔵太は微笑を浮かべてわずかに頭を振った。

「これは武道の意地をかけた立ち合いだ。そなたたちは手を出さずにいてくれ」

弥三は心配げな顔をしながらも、山の民に弓矢を下げるよう手で合図した。それを見て七郎兵衛はさっと羽織を脱ぎ捨て、刀の柄に手をかけて腰を落とした。

「萩、わしに〈鷹の羽〉を見せよ」

蔵太は左手で素早く懐から短刀を取り出して額の上にかざし、右手に持つ大刀の切っ先を低く下げて構えた。

「それが〈鷹の羽〉か」

七郎兵衛は油断なく目を光らせて言った。

「いかにも。存分にかかられませ」

「笑止――」

七郎兵衛は薄気味悪い笑いを浮かべて、すっと後ろに一歩下がった。ひと息の後、後ずさりを続けて間合いを広げていく。

その獣のような身ごなしを、澪はただただ息を詰めて見つめるばかりだった。蔵太は微動だにせず、泰然自若《たいぜんじじゃく》として構えを崩さない。

七郎兵衛はすらりと刀を抜き払い、左手を添えて右肩の後方に伸ばして上段に構えた。

――参る
七郎兵衛は声をあげて走り出した。蔵太は〈鷹の羽〉の構えを揺るがさず、静かに待ち受けている。

疾駆して、間合いに入ろうとした七郎兵衛の動きが突如、止まった。刀を高くかかげたまま、じりじりと横に動いていく。

表情を変えず見つめる蔵太の眼差しは恐れる色もなく鎮《しず》まっている。七郎兵衛はさらに横へ動いて澪に近づいた。はっと気づいた澪が身をかわそうと後ろに下がったとき、七郎兵衛は地面を蹴ってふわりと飛び上がった。さながら怪鳥《けちょう》が舞うように宙を跳んで、七郎兵衛は澪の背後に降り立った。

「久野殿、何をなさる」

驚いた蔵太が目を怒らせて怒鳴るものの、七郎兵衛は澪を後ろから抱え込んで首筋に刃をあてた。

「〈鷹の羽〉がいかなる技かわからぬゆえ、用心をするのだ」

七郎兵衛は澪の背を押して蔵太の方へ一歩ずつ近寄った。

「卑怯――」

吐き捨てるように言う蔵太を、七郎兵衛はせせら笑った。

「生き死にがかかった勝負に卑怯と謗《そし》られる筋合いはない。おのれの女房をかような場に連れて参った貴様の不覚というものだ」

七郎兵衛は、澪を押して前に進ませ、間合いを詰めた。たまりかねた澪が、

「旦那様、わたくしはどうなってもかまいませぬ。存分に討ち果たしてくださいませ」

と叫ぶと、七郎兵衛はふふっと含み笑いして頭を振った。

「さようなことを萩ができるはずもない。おのれの命を捨ててでも、女房を救おうとするであろうよ」

言いながらじわりと近づく七郎兵衛の動きをとらえつつ、蔵太は澪に何事かを伝えるように目くばせした。次に蔵太の視線は澪からはずれて、一瞬、七郎兵衛の腰のあたりに注がれた。

(旦那様はわたくしに何かしてもらいたいのだ)

蔵太が望む事柄を察した澪は、ふたたび蔵太が目を向けてきたとき、意を汲み取れたという眼差しを返した。

(わかりましてございます)

蔵太の顔に笑みが浮かんだ。

「貴様、何を笑うておるのだ」

わめく七郎兵衛を蔵太は平然と見返した。

「〈鷹の羽〉をお見せできるのが嬉しいのでござる」

「ならば、早う見せい」

七郎兵衛が声を高くするのに応じて、

――おおう

と答えた瞬間に体を沈めた蔵太は、下段に構えていた刀を七郎兵衛目がけて投じた。白刃がきらめいて一直線に宙を飛んだ。

「これか――」

叫んだ七郎兵衛は、澪の体を避けようと蔵太がわずかに的をそらせた刀を片手斬りで叩き落とした。

〈鷹の羽〉は、短刀を投じると見せて下段に構えた大刀を投げ打ち、相手の体勢が崩れたところを短刀で仕留める技だった。

刀を叩き落とすときを狙って、蔵太は七郎兵衛に短刀を投じた。しかし、またもや澪の身を憚《はばか》って放たれた短刀を七郎兵衛は容易にかわした。

「〈鷹の羽〉、敗れたり」

高らかに言うなり七郎兵衛は、澪を押しのけて大上段に振りかぶり、斬りかかろうとした。澪が横へよろけたとき、蔵太は丸腰で地面に身を投げ出して、前へ転がった。

蔵太の動きに合わせてとっさに向き直った澪は、身の危険を顧《かえり》みず七郎兵衛の懐に飛び込んで体をぶつけ、脇差の柄に手をかけた。

「何をする」

七郎兵衛が大声を出したときには、澪はすでに脇差を奪い取り、蔵太に向かって放り投げていた。近くまで転がってきた蔵太は、起き上がりしなに脇差を受け取り、素早く抜き放った。

「おのれ――」

振りかぶった刀を斬り下げようとする七郎兵衛の胸に脇差を突き立てた蔵太は、深々と刺し貫きながらからりとした口調で言った。

「わが女房殿の手並みはいかがでござるか」

「うぬらは――」

憤怒《ふんぬ》の形相をした七郎兵衛は、うめいて口から血をあふれさせた。蔵太が脇差を引き抜いて退くや、七郎兵衛はどうとうつぶせに倒れた。間を置かず七郎兵衛の脇に片膝をついた蔵太は、首筋に脇差で止めを刺した。

「見事でございました」

源三郎が感嘆の声をあげた。

弥三を始め山の民たちは皆、歓声をあげてわっと蔵太を取り囲んだ。蔵太は弥三たちに何度もうなずいて、

「そなたたちの助太刀があったればこそ、命拾いをした。ありがたく思うぞ」

と声をかけた。武士が山の民に礼を言うなど、本来はありえないことだ。弥三は顔をくしゃくしゃにして涙ながらに、

「ようございました。ようございました」

と繰り返して言った。

その様を見つつ、源三郎が口をはさんだ。

「されば、まずは雫亭へ馳せ参じ、芳光院様にご報告いたさねばなりませぬ。されど――」

いったん言葉を切ってためらうように口ごもったが、しばらくして話を続けた。

「ひとまず葛西笙平殿の訴えは取り上げられるでありましょう。されど、萩殿は仮にも奥祐筆頭の久野七郎兵衛様を仕留められましたからには、いかに武道の争いであったと申し立てられましても、お咎《とが》めは避けられますまい」

気がかりそうな面持ちで源三郎が同情する言葉を寄せると、蔵太は莞爾《かんじ》と笑った。

「いかなる理由があるにせよ、家中の者同士が立ち合ったのでありますから、何のお

咎めもないとはもとより思っておりませぬ。腹を切る覚悟はいたしております」

蔵太の言葉を傍らで聞いていた澪は、事の重大さに慄然《りつぜん》とした。何としても筌平を助けねばならないとの思い込みが、蔵太を窮地に陥《おとしい》れたのだ、と澪は悔やんでも悔やみ切れない思いに沈んだ。

(すべてはわたくしの罪だ)

澪はすがるような眼差しを源三郎に向けた。

「夫は、わたくしを救うために戦うてくれたのです。お咎めを受けるべきはわたくしでございます」

澪の訴えを冷徹な表情で聞いた源三郎は、

「すべてはお城での評定しだいでございますれば」

と応じた。晴れ渡って、青空が広がり、蒸し暑さも戻った山間で、澪の胸には不安が雲のように重苦しくのしかかっていた。

澪と蔵太が雫亭に着くのを待ち構えていた芳光院は、霧の沢で骸《むくろ》となった七郎兵衛の始末を命じる使いを城へ向かわせた。

芳光院は、蔵太と筌平を雫亭の十畳の間に引き据えた。澪と源三郎もかたわらに控える。

「葛西、そなたは黒瀬宮内《くろせくない》が商人より賂《まいない》を受けたことを示す記録を所持していると申すが、まことか」

芳光院に質されて、笙平は前もって荷の中から出していた帳面を芳光院の前に差し出した。芳光院は手にとって眉ひとつ動かさずにあらためた。

「なるほど、詳しゅうに書き記しておるようだが、これがまことのことだと証だてることはできるのか」

芳光院が確かめるように訊くと、笙平はわずかに頭を下げた。

「いずれも商人らが請け負った工事や納めた品の記録と照らし合わせて参りますれば、勘定が合わなくなり、ご家老のもとへ金が流れたことはあきらかになりましょう」

「しかし、それは使途不明の金があるということだけの証であろう。黒瀬が懐へ入れたと断じるわけには参らぬと思うが」

首をかしげた芳光院は要領を得ないという表情で笙平の顔を見つめた。

「それがし、離縁となった妻の父親であります岡田五郎助《おかだごろうすけ》殿へ黒瀬ご家老から送られた書状を七通ほど所持いたしております。いずれも賂に関わるものでございますゆえ、罪状はあきらかになると存じます」

笙平はきっぱりと言い切った。

「なに、黒瀬の書状をひそかに手に入れておいたとな。そなたは油断のならぬ者じゃ」

芳光院が苦笑いしつつ口に出した言葉を受けて、源三郎は笙平をちらりと見遣りながら言い添えた。

「さようなものがございますれば、黒瀬ご家老もたやすく言い逃れはできますまい。よろしゅうございました」

「いや、宮内は知恵者のうえに、なかなかしぶとい。仕留めるのは難事だとわきまえねばならぬ。じゃが、さしあたり勝負できそうじゃな」

とつぶやいた芳光院はしばしの後、おもむろに蔵太に声をかけた。

「さて、葛西は証拠の書状を楯になんとか生き延びる算段をいたしておるぞ。そなたはいかがいたすつもりじゃ」

蔵太は手をつかえて答えた。

「取り立てて申し上げるほどのことはございませぬ。久野殿より武門の意地にての立ち合いを望まれましたゆえ、立ち合うたまででございまする」

「武道の争いとはいえ、それだけでは久野のお役目を妨げた言い訳にはなるまいな」

芳光院は首をかしげた。

「久野殿は奥祐筆頭《おくゆうひつがしら》でございますれば、霧の沢にて咎人《とがにん》を追うのがお役目とは申せぬと存じます」

落ち着いた声音で言葉を返す蔵太に、芳光院は興味深げな面持ちで問いを重ねた。

「さように申すが宮内は奸智《かんち》に長《た》けておる。そなたの申し条を逆手にとるぐらいわけはなかろう」

「されば、いたしかたございませぬ」

蔵太はあっさりと答えた。

「ならば奸悪なる者に負けてもよいと申すか」

「勝ち負けで申しますならば、正義は邪《じゃ》に勝ち申す。ただ、邪は負けを認めずにあがくのだと存じます」

日頃の言葉つきで蔵太は気負いなく返答する。邪は負けを認めずにあがく、という言葉を耳にして笙平は目を伏せた。

笙平は背筋を伸ばしておもむろに口を開いた。

「それがし、萩殿に助けられ、武士の心構えというものが身に染みました。城中にて、必ずや黒瀬ご家老の不正を暴き、正義を明らかにいたします」

芳光院は突如くっくっと笑い出した。

「面白いのう。では城に戻り、宮内がどのようにあがくかを見るといたそうか。それはそうと――」

言いかけた芳光院は澪に目を向けた。

「葛西笙平と萩蔵太は、黒瀬宮内の賂の一件を詮議《せんぎ》するため、城へ連れ参らねばならぬ。そなたは詮議が終わるまでこの雫亭に留まれ。葛西と萩に咎めがなければよいが、さもなくば、そなたも同罪ということにあいなるであろうゆえな」

厳然とした芳光院の言葉に、澪は手をつかえて頭を下げた。

芳光院は蔵太と笙平を引き連れ城に戻った。雫亭には澪と見張り役として源三郎、さらに女中《じょちゅう》ひとりが残された。

十四

城中で蔵太の詮議が行われているころ、事態の成り行きを告げる目付方《めつけかた》が萩家を訪れていた。玄関先で達しを聞いた安左衛門《やすざえもん》は目付方を見送った後、居間に妻の登与《とよ》と小一郎《こいちろう》、由喜《ゆき》を呼んで事の次第を話した。

突如、鋤沢の宿へ向かった澪を追って蔵太が家を出てから、残された家族はただならぬ事態が起きていると察していた。

蔵太が奥祐筆頭の久野七郎兵衛を斬り捨てたという話に家族は色を失ったが、小一郎と由喜は何も言わず、ひと言も聞き漏らすまいと安左衛門の口もとを見つめた。

「蔵太がなにゆえ久野殿と立ち合うたのかはわからぬ。武門の意地で果し合いになったと聞いたが、蔵太はあさはかな真似はせぬ。おそらく、子細あってであろうが、それはここで知りようのないことだ」

安左衛門が厳しい表情で家族たちの顔を見回した。由喜は身じろぎして口を開いた。

「母上はともにお城に参っておられるのでございましょうか」

「いや、澪は雫亭にとどめおかれておる。しかし、城での評定次第では、お咎めを受けるやもしれぬということだ」

安左衛門は眉間《みけん》に皺《しわ》を寄せた。

不安を募らせたらしい登与が思わず、

「澪殿は、なぜ葛西殿に関わったのでしょうか。いかに幼馴染《おさななじみ》とは申せ、あまりに考えが浅すぎはしませんか」

と繰り言めいた言葉を口にした。澪と筌平の間柄を疑っているかのような言い方だった。由喜は顔を上げて母親をかばった。

「母上が幼馴染の方を助けられたのは、おやさしい心持ちからされた行いだとわたしは思います」

「やさしい心持ちというても、相手は殿御《とのご》ですよ。世間の口はうるさいですから、何と言われるかわかりませんよ」

ため息をつきながら登与が言うと、安左衛門も苦虫を嚙み潰したような顔で、

「言うまでもなく潔白であろうが、軽率であったと家中の者から謗られるのは免れぬであろうな」

と肩を落とした。その様子を見た小一郎が、

「おじい様は家中の方々の眼を恐れておられるのでございますか。わたしには恐れる気持はありません」

膝を乗り出してきっぱりと言い、安左衛門を見据えた。

「わしも恐れてなどはおらん」

小一郎の強い口調に安左衛門は目を丸くした。すぐさま登与が穏やかな目を向け

て、

「おじい様にさような口を利くものではありません。そなたはまだ幼いゆえ、わからぬでも無理はないのですが、ひとはまわりの方々に助けられてこそ生きて参れるのです。遠慮のない物言いはお控えなさい」

と諭《さと》すと小一郎は口惜しげに唇を噛みしめた。小一郎を一瞥《いちべつ》して由喜が口を開いた。

「おばあ様の仰せは、まことに正しきお諭しだと思います。ただ、小一郎は父上と母上を守りたい一心なのでしょう」

由喜の言葉に、安左衛門と登与ははっと気づいたように目を見合わせた。

由喜は涙ぐんで訴えた。

「果し合いとはいえ、家中の方を斬り捨てられたそうですから、父上は到底、無事にはすまないと思います。母上にもお咎めがあるのではないでしょうか。このようなおり、家族の心が揺らいでは、父上と母上はさびしゅう思われましょう」

目を閉じて由喜の言葉を聞いた安左衛門は、

「由喜の申す通りだな。何はともあれ、わしらは蔵太と澪を守らねばならぬ」

と大きく首を縦に振った。

登与も袖で涙をぬぐいつつうなずいた。

「まず、家族が信じなければ、誰も信じてくれませんね。ばばは世間体ばかりに気を取られて、危うくまことのことを見誤るところでした。永く生きていても、ひとの心を見ることができずにいるようです」

頭を振りながら悔やむ登与に小一郎は大人びた口調で声をかけた。

「おばあ様は、わたしたちと同じように父上と母上のことを心から心配してくださっています。わたしは、とても嬉しく思っています」

小一郎に言われて登与は笑みを浮かべた。

「おお、小一郎はさすがに惣領《そうりょう》息子ですね。萩家の行く末をまかせられる頼もしい跡取りがいてくれて、心安んじていられます」

安左衛門も顔をほころばせて言い添えた。

「そうだな。これから我が家は耐え忍ばねばならぬことが多くなろうが、家族が力を合わせればいかような荒波も越えていけよう」

「さようです。父上が真剣にての立ち合いで見事に勝たれたとうかがって、わたしも父上のように強い武士になりたいと思いました」

小一郎が胸を反らせるのを見た由喜は、考え深い眼差しをして、

「あなたに見せたいものがあります」

と小一郎に言った。

急に声をかけられて、小一郎は一瞬戸惑った表情をしたが、安左衛門たちに頭を下げて立ち上がった由喜の後に従った。

唐突に小一郎を誘ったことを訝《いぶか》しんで首をかしげる安左衛門たちを残して居間を出た由喜は玄関に向かった。

由喜は下駄を履いて外へ出ると、門まで黙ってついてきた小一郎に、

「見せたいと言ったのは、この花なのです」

と傍らに咲いている白い小さな花を指さした。小一郎は腰をかがめて花に見入ったが、首をかしげた。

「この花がどうしましたか。わたしには、どこにでも咲いている花にしか見えませんが」

「この花は紫草《むらさき》と言います。父上はおとどしからここに種をまいておられたのです」

花の名を教えられて、小一郎はあらためて紫草をしげしげと眺めた。

「どうして、父上はこの花を植えようと思われたのでしょうか」

「母上に見ていただきたいと思われたのだそうです。でも、母上は雑草と間違われ

て、いつも花が咲く前に抜いてしまわれるのです」

由喜はくすくすと笑った。

小一郎はにこりとして言った。

「今年は、どうにか花が咲いたのですね」

「母上が無事お戻りになられたら、紫草の花をご覧になることができますね」

「この花に目を止められて、母上はどんな顔をなさるでしょうか」

小一郎は胸を躍らせて問うた。

「きっと喜ばれるはずです。父上は紫草の花を母上に見ていただいて、ご自分の心を知ってもらいたいと思っておられるのですから」

「ご自分の心？」

「そうです。父上はとてもお強い方ですが、お心はこの小さな花のようにやさしい方です。どんな大敵をも恐れず、小さきもの、弱きものには常にやさしい心を注いでおられます。そのような父上こそ、まことの武士だとわたしは思っています」

嚙んで含めるような言葉にうなずいて、小一郎は真剣な眼差しを紫草に向けた。

「わたしは、小一郎に父上のような強いだけでなく、思い遣り深い武士になって欲しいと思います」

由喜はしみじみと言った。小一郎は紫草から目を離さずつぶやいた。

「父上と母上は必ず戻ってこられますよね」

「ご無事に帰ってこられるに決まっています。わたしたちの父上と母上なのですから」

由喜は城の方角へ目を向けた。城内で闘っているであろう父に思いを馳せた。父はひとりで闘っていると思っていないはずだ。祖父や祖母、そして自分と小一郎が寄せる願いは届いているに違いない。雫亭にとどめられている母も父の無事をひたすら祈っているだろう。その思いが通じないわけがないと由喜は固く信じていた。

小一郎も由喜の傍らに立ち、そろって城の方角を見つめた。力を合わせて苦難に立ち向かうのだ、とふたりはいつしか手を握り合った。


庄屋屋敷に戻った桑野清兵衛は、落ち着かない思いで広間から庭を眺めていた。

続け様に自分の身に起きたことが信じられなかった。黒瀬家老の威光があれば、どのようなことでもできると信じていた。

国許へ送られた葛西笙平が逃げ出すとは思いもしなかったが、捕らえさえすれば、すべての口封じができるだろうと思っていた。ところが萩蔵太の妻である澪が笙平を匿ったことから、目算《もくさん》が崩れてしまった。

黒瀬家老の命により、懐刀《ふところがたな》の久野七郎兵衛まで出張ってきたのに、蔵太が助けに現れて山中を巧みに逃げ、山狩りをしかけた清兵衛はさんざんに翻弄《ほんろう》された。

ようやく追い詰めたと思った矢先に、肝心の七郎兵衛が蔵太と立ち合ってあえなく討たれてしまった。

霧の沢での七郎兵衛と蔵太の死闘を思い浮かべると、清兵衛はいまも冷や汗が出る。

（あれほど腕が立つ男だとは思わなかった。危うくわしの命も取られかねなかった）

今更めくが、蔵太の妻である澪に様々な暴言を吐いたことを悔いていた。蔵太は妻を謗った自分を許さないのではないか。

城での詮議がどうなるにせよ、城を出ることを許されたなら、蔵太はここにやって来はしないだろうか。

あるいは、筆平も黒瀬家老の糾問《きゆうもん》をくぐり抜けることができたなら、どのような復讐《ふくしゆう》を企《たくら》むかわからない。

山狩りの失敗でとんでもない窮地に追い込まれた気がした清兵衛は、血に染まって倒れた七郎兵衛の最期が脳裏に浮かび、頭を抱えてうめき声をあげた。そこへ茶碗を

のせた盆を手にした妻の香《こう》が、広間に入ってきて、

「どうなさったのでございますか」

と声をかけた。

「どうもこうもない。わしはお前の息子の笙平のおかげでとんだ目にあうかもしれないのだぞ。それがわからぬのか」

苛立たしげに言葉を返す清兵衛に、香は落ち着いた声で応じた。

「そのことでしたら、さほど案じないでもよろしいのではございませんか」

「なんだと、どういうことだ」

清兵衛が目をむいて睨みつけると、香はしたたかな笑みを浮かべた。

「このまま黒瀬ご家老様が笙平を処罰なさることができれば、目論見《もくろみ》通りですから、どうということもございませんが、もし笙平が言い逃れて、却ってご家老様を追い落としなどしても、わたしどもには講ずる手立てがございます」

「なに、生き延びる術《すべ》があるというのか」

清兵衛の目がきらりと光った。

「笙平が上手に言い抜けられるなら、今度は笙平にすがればよろしいではございませんか。実の親子ですから、笙平も酷くあつかうわけには参らないでしょう」

香はさりげなく口にした。

清兵衛は腕を解いて大きく息を吐いた。

「それなら、まずはお城での詮議の成り行きを待つとするか」

「それでよろしいかと存じますが、わたくしは澪殿のことが心にかかってなりませ
ん」

香は意味ありげに言った。

「萩蔵太の妻女を、なぜそれほどに気にかけるのだ」

ようやく心の落ち着きを取り戻した様子の清兵衛は、茶碗に手を伸ばしながら訊い
た。

「あの女は昔からわたくしを蔑んでいます。それがどうにも許せないのです」

吐き捨てるように言う香に清兵衛は、

「それはわしも同じ気持だが、いまとなってはどうしようもないぞ」

とため息をついて苦笑した。香が澪に嫌悪の情をあらわにするのを何度も目にして
いた。

「澪殿は、いまも雫亭にとどめ置かれているそうでございますね」

「そうらしいが、どうしてそんなことを訊くのだ」

「いえ、何でもございませぬ。ただ、人里離れた山荘にいては不用心ではないかと思っただけでございます」

つめたい声音でさわりなく言う香を見つめて、清兵衛はぶるっと体を震わせた。

「あの女子を狙うなどもってのほかだぞ。それこそ元も子もなくなる」

青ざめた清兵衛は急いで言い添えたが、香は頑《かたく》なな表情をしたまま黙って座っている。

冷え冷えとしたその顔は、鬼女の能面《のうめん》を思わせた。

城中で詮議が行われた日の夜遅く、宮内は屋敷に戻った。

厳しい表情のまま着替えをすませ、酒を持ってくるよう志津《しづ》に言いつけた。

酒器と肴《さかな》がのった膳が運ばれ、志津の酌《しゃく》でしばらく静かに杯を傾けていた宮内は、不意に苦笑いして、

「萩蔵太め、なかなかに手強いわ」

と言った。志津は、宮内の口から蔵太の名が出たことに驚いた。

手強い相手は賂《まいない》の証拠を握っている笙平だと思っていたからだ。

志津が思ったことを告げると、宮内は、

「たしかに葛西めの弁舌はうるさい。しかし、重臣の中で賂らしきものを一度も受け取ったことがない者はいないだろう。多いか少ないかの差だけだと言ってもよい」

宮内はあっさりと言った。

重臣は誰もが賂を受け取っていることは志津も知っている。

「いまでこそ、正義面をしておるが葛西にしても些少の額なら懐に入れておったはずだ。江戸の駿河屋《するがや》が出した金が三十両と多かったから、肝《きも》をつぶして返そうとしただけのことだ」

宮内は思い出すようにして話を続けた。

「あのおり、葛西が黙って三十両を懐に入れ、駿河屋の女房とも懇《ねんご》ろになるほどであったなら、わしは用いてもよいとさえ思っておった。ところが、右往左往して逃げ延びたあげく、いまはわしを陥れようとしておる」

「では、葛西はさほどの敵ではないと仰せでございますか」

志津は、宮内の憂鬱《ゆううつ》そうな顔を横目で見つつ、首をかしげた。

「そうだ。むしろ萩蔵太の方が手強い。久野を斬った者を罰することができずにいれば、派内の者はわしを頼りにできぬと見るだろう。そこで葛西がわしの賂の話を暴けば、皆はそれにのるやもしれぬ」

「まさか、いままであなた様のお味方であられた方々ではございませんか」

これまで藩の中枢にいて権勢をほしいままにしてきた宮内に追随《ついずい》してきた者たちが、それほどたやすく、手の平を返すだろうか、と志津は信じられない思いがした。

「ひとの心はそうしたものだ。正であるか邪であるかよりも、どちらに勢いがあるかを見るのだ。権勢はひとの心しだいだ。人心が離れれば引き潮のごとく去っていくであろう」

捨《す》て鉢《ばち》な言い方をした宮内はうめきながら杯を干した。

志津は宮内の様子をうかがい見つつ、口を開いた。

「もしも萩蔵太が芳光院様に仕える女房に頼まれて、葛西をかばうため久野殿を斬ったのだと白状いたしましたら、いかがなりましょうか」

志津にちらりと怪訝な目を向けた宮内は、心楽しまぬ表情でおもむろに応じた。

「そうなれば、すべては芳光院様の謀《はかりごと》であると逆に攻めることができるが、萩は口が裂けてもそうは言わぬであろう」

「ではございましょうが、萩蔵太が女房を助けるために動いたのはたしかでございます。女房の身に何事かあれば、葛西をかばい立てする謂《いわ》れもなくなりましょう」

志津はしたたかな面持ちで言った。

志津の言葉を聞いて、宮内はとても無理だと言うように頭を振った。

「それはそうだが、萩の女房は雫亭で芳光院様の手の者に守られておる。うかつに襲っては藪蛇《やぶへび》になりかねん」

それができるぐらいなら、桑野清兵衛が手の者を使ってとっくにやっているに違いない、と続けようとする宮内の言葉を志津は物柔らかに遮った。

「さようでございますね。殿方では無理でございましょう」

艶然と笑う志津を宮内はぎょっとして見た。

「何が言いたいのだ」

「久野七郎兵衛殿を斬ったのは、武道の遺恨《いこん》による果し合いだと萩蔵太は申し立てておるそうでございますが、それならば、わたくしには萩の妻女に葛西をめぐる遺恨がございます」

志津の目に殺気が宿っているのを見て取った宮内は、顔をそむけてつぶやいた。

「何を考えておるのか知らぬが、浅はかな振舞いをいたしてはならんぞ」

宮内の言葉を聞くなり、志津は皮肉な笑みを浮かべてうなずいた。

宮内がこのような言い方をするおりは、ひとにそうさせようという下心があるのを志津はわきまえていた。

そして、やるからには自分に迷惑がかからないようにうまくやれ、と暗に言っていることもわかっていた。

「決してしくじりはいたしませぬ」

答えながら志津は、宮内が自らのためにひとを利用するところは誰かに似ている、と思った。

その瞬間、脳裏に浮かんだのは、笙平の顔だった。

(そうか、わたしは葛西のつめたいところを嫌って宮内のもとへ走ったと思っていたけれど、とどのつまり、ふたりは似ていたのか)

志津は思わず低く笑った。

突然笑い出した志津を、宮内は怪訝《けげん》な顔をして見ている。

十五

城での詮議の様子を伝えようと芳光院は使いを雫亭へ向かわせた。

雫亭の十畳の間に使者を迎えいれ、源三郎の傍らで頭を下げた澪は逸《はや》る心を抑えて伝えられる言葉を待った。

三十過ぎの使者は落ち着いた物腰で詮議の様子を話した。

城中の評定の間では笙平の訴えに基づいて金銭の出納帳《すいとうちょう》などの照らし合わせが行われ、さらに宮内の筆跡をあらためるための書状が集められ、調べられることになった。

これまでの書類をそろえる膨大な手間と宮内の書状をあらためるだけでも日数がかかるとのことで、その間、蔵太と笙平は城に留められ、宮内は屋敷で控えているという。

「詮議の最中とはいえ、おふたりは罪人としてではなく、あくまで訴えの申し立て人として遇《ぐう》されておられます。すべては芳光院様のお計らいだと承っております」

使者は淡々と告げた後、城へ戻っていった。蔵太と笙平が罪人あつかいされていないと聞いて、澪は安堵する心持ちと却《かえ》って気がかりになることもあった。

源三郎に蔵太を思いやる心持ちを話した。

「夫は城中でも変わることなく、自らを飾らない話し方をしたに違いありませぬ。芳光院様がご機嫌を損じられたのではないかと案じられます」

詮議の場でのやり取りを聞いただけでも、蔵太の武骨な物言いがうかがえて澪は気が気でない思いがした。

源三郎は使者が立ち去る前にひそかに耳打ちした話を微笑みながら伝えた。

「ご機嫌を損じられるどころか、芳光院様は萩殿をお気に召されたご様子とのことでございます」

芳光院は蔵太の剛直な返答を面白がり、上機嫌だという。その様に思いをめぐらしつつ澪は問うた。

「これで黒瀬ご家老の悪事は暴かれるのでございましょうか」

「さて、それはわかりませぬが、かような詮議が行われただけでも、黒瀬ご家老の威信に傷がついたのは確かだと思います」

「そうなのですか」

澪はほっと息をもらした。

「ましてご家老の命に従って動いた久野殿を失っては、仮にお咎めなしとなりましょうとも、もはやいままでの威勢は戻らぬのではありますまいか」

源三郎は確信ありげな口振りで言った。

うなずいた澪は、宮内が芳光院によって追い詰められ、いったんは逼塞《ひっそく》してもいずれ復仇《ふっきゅう》の機会をうかがうのではないだろうかと思った。

蔵太にはいつまでも平穏は訪れないのではないか、と澪には案じられた。そんな澪の気持を察したらしい源三郎は言葉を継いだ。

「しかし、したたかなのは黒瀬ご家老だけではございません。葛西殿も永年、ぬかりなく証拠の品をそろえておき、ここぞというときに使われた。あるいは黒瀬ご家老に取って代わるかもしれませんな」

感心したように源三郎は言った。

「葛西様が黒瀬ご家老に取って代わられるなら、夫はどうなりましょうか」

澪の問いに源三郎は笑みを浮かべて答えた。

「萩殿は何も変わられないのではありますまいか。一件落着した後は郡方に戻り、日がな一日、里まわりをいたして、真っ黒に日焼けされるであろう姿が目に浮かびます」

源三郎の言葉を聞いて澪は心がなごむのを感じた。

桑野清兵衛の山狩りを巧みに逃れ、久野七郎兵衛との死闘に勝っても、雫亭に入ってからの蔵太にはいささかも驕《おご》る様子は見受けられなかった。果たすべきことをなしたという平穏な心持ちを保ち続けていたのだろう。

「夫は変わらぬひとでございますから」

言いながら澪は、蔵太を言い表すのにこれほど似つかわしい言葉はないように感じた。

蔵太は何があろうと自らを偽らず、いつ何時も変わらない。

そのことが悲しいほど尊いと澪には思えた。内々に使者から伝えられた話を語り終えた源三郎は黙り込み、澪もまた物思いにふけって縁側の向こうに見える庭を眺めた。

木々の間を抜けて緑の匂いがするさわやかな風が吹き通っていく。

翌日の昼過ぎに、戸口の方から訪《おと》ないの声がして、源三郎が応対に出た。

しばらくして源三郎は眉をひそめて六畳の間に戻り、澪に訊ねた。

「澪殿を訪ねてお客が参られましたが、いかがされますか」

「どなたでしょうか。わたくしは、お城での詮議がすむまでここに留めおかれている身でございますから、どのような方であれお会いするのは憚《はばか》らねばならぬと存じますが」

「葛西殿の前妻、志津殿だと名のっておられます」

源三郎は声を低めた。

澪は目を瞠《みは》った。

「志津様が？」

笙平の別れた妻の志津が、何の用があって雫亭まで自分を訪ねてきたのだろう、と訝しんだが、会わずに帰すのも気がかりだった。

「お会いしてもよろしいのでしょうか」

澪に訊かれて源三郎は考えた後、

「それがしはこれより他出いたし、知らなかったことにいたしましょう」

と告げた。

ほどなく源三郎が出かけると澪は板の間に出た。戸口に供もつれずに女人が立っているのが目に入った。

澪は板敷に跪《ひざまず》いて声をかけた。

「志津様でございますか」

「あなたが澪様――」

志津はきりりとした声で言った。澪はどう言葉を返していいかわからないまま、上がるように勧めた。ためらう風もなく志津は上がり框《かまち》から、六畳の間へと進んだ。腰を下ろした志津は物珍しげに部屋の中を見回し、やがて縁側越しの風景に目を遣って、つぶやくように言った。

「葛西は、あなたの手でここに匿われていたのですね」
茶を出しながらも、志津の真意をはかりかねて澪は返事をしなかった。
笙平のことを迂闊に話せば、宮内にどのように伝えられるかわからない。あるいは
それが、笙平ばかりでなく蔵太までも窮地に陥れることになるかもしれない。
澪が黙ったままでいると、志津は茶をひと口飲んでからおもむろに口を開いた。
「わたくしがなぜここに参ったのか、ご不審なのでございましょう」
何も言わず、澪はうなずいた。
「わたくしのことを、澪様は夫を捨てて黒瀬様のもとへ走った身持ちの悪い女子だと
思っておいででしょうか」
笑みを浮かべて訊いてくる志津への返答に困り、澪は考え込んだ。
笙平が言っていたのはそういうことだが、仮にも本人を前にして、そうだ、という
わけにもいかない。
やむなく、葛西様はさように思っておられたようです、と短く答えた。
突如、志津は顔を伏せて、くっくっと忍び笑いをした。
その様子に不気味なものを感じた澪は、まじまじと志津を見つめた。
しばしの後、笑いを納めた志津は、

「わたくしは、久野七郎兵衛殿が葛西を捕らえるため山狩りに行くと聞いたおり、どうせなら、澪様も斬り捨てられてはいかがかと申したのですよ」

と告げた。そのあからさまな言い方に澪は息を呑んだ。

「なぜさようなことを……」

斬るように勧めたとまではっきり言われては、武門の家人として黙っているわけにはいかない。

「昔の男をかばい立てするような、ふしだらな女子ゆえ、成敗いたした方が世の中への見せしめとなりましょう、と久野殿には申しました。ところが、久野殿は澪様のご主人に斬られてしまいました。澪様は強いご主人を持たれて運のよいことでした」

薄い笑みを志津は浮かべた。

志津に見つめられて澪は背筋が凍りつく思いがした。

「女子は思いを寄せるひとにしか尽くせませぬ。心のままに尽くすのに誰はばかることがありましょうか。だからこそ澪様も葛西を助けようとされたのでございましょう」

さりげない志津の言葉を聞きつつ、澪は突然、目の前に筌平が現れてこの方に思いをめぐらした。

笙平への思いがあったればこそ、助けようとしたのは間違いなかった。しかし、その思いとは何であったか。

蔵太が身の危険を顧みずに助けにきてくれたとき、澪は夢の中で彷徨《さまよ》っていた自らの心を初めて知ったのだ。

澪は目を閉じて考えた。

(わたくしは自らの胸に宿る本当の心を知らないまま過ごしてきた。それを知りたいと願うあまり、若い頃の思いにすがっていたのかもしれない)

笙平にしてみれば、澪の心がいまも自分にあると思い、宮内の罠に落ちてからの迷いをさらに深めたことになる。

澪が鋤沢の宿まで追いかけて引き戻しにさえいかなければ、笙平はそのまま脱藩して、姿をくらまし、藩内にもめ事も起きなかっただろう。

失脚の危機に陥っている宮内を心配して、焦慮した志津が怒りの矛先《ほこさき》を澪に向けたくなる気持もわからないではない。

笙平の母である香が清兵衛と生きる道を選んだように、志津もまた宮内への思いを遂げようと必死に生きているのだ。

「申し訳ございませぬ」

澪は頭を下げた。

香と志津というふたりの女の懸命な生き様が齟齬《そご》を来したのは自分に因《もと》があると思い、澪は詫びた。

志津はしばらくじっと澪を見つめていたが、

「あなたはやはり、わたくしを馬鹿にしていらっしゃる」

とつぶやくと同時に、帯にはさんだ懐剣《かいけん》の袋の緒をはらりと解いた。澪は驚いて、

「志津様、何をなさいます」

と声をあげた。

志津は怒りに満ちた厳しい声を発した。

「あなたを許せませぬ。されど、わたくしが手を下しては黒瀬様に迷惑となりますゆえ、澪様に自害をしてもらいたいのです」

言うなり志津は袋を払って、懐剣を澪の膝前に置いた。澪は志津の目を見返した。

「なぜ、わたくしが自害いたさねばなりませぬか」

「夫ある身でほかの男と宿にて一夜を過ごしたと耳にしました。何事もなかったと身の証を立てたいのであれば、自害して潔白であると見せるのが女子の道でございましょう」

「心に恥じることはなしておりませぬゆえ、自害などいたしませぬ」

「それでは萩殿に恥をかかせることになりましょうぞ」

「わが夫は、ひとのまことの心がわかるひとでございます」

澪が言い放つや、志津は懐剣を素早く手に取った。

「未練なことを申す。ならば、わたくしが成敗してくれる」

と志津が懐剣を抜こうとしたとき、澪は冷静に声をかけた。

「抜いてはなりませぬ。志津様――」

「ならぬと言うのですか」

鋭い目できっと睨みつける志津を澪は見つめ返した。

「女子は刃で戦わずとも心映《こころば》えで戦えましょう」

「埒《らち》もないことを言う」

懐剣の柄を握ったが、澪の気迫に圧《お》されるのか抜くことができないでいる志津に、
澪は静かに言い添えた。

「わたくしは母から懐剣のまことの使いようを教わりました」

「どう教わったのです」

志津は昂《たかぶ》りを抑えて訊いた。

「わが心に添い、恥じることなく生きんとする覚悟を定めるために懐剣はあるのだと」

黙り込む志津に澪は続けて話しかけた。

「若き日の葛西様とのことを、わたくしは過ちとは思うておりませぬ。わが心に添うたことでございましたゆえ」

「おのれ、ぬけぬけと」

「此度、窮地に陥られた葛西様をお助けいたしたいと思いましたのも、夫ある身であれば不謹慎と謗られましょうが、わたくしは自らの心に正直に従ったまでです」

澪はきっぱりと言った。

志津は憤りを露わにした。

「それが増上慢《ぞうじょうまん》だと言うのです。ひとは皆、おのが心を殺して生きております」

「志津様はさように思っておられましょうか」

澪は語気鋭く志津に迫った。不義密通の間柄であったと世間から噂されるのを承知で、笙平のもとを去り、宮内のもとへ走るなど心を殺してできるものではない。

はっとしたように志津は押し黙ったが、しばらくして肩を落とし、ため息をついた。

「わたくしもひとに恥じる生き方はしておりません」

志津はゆっくりと懐剣を畳の上に置いた。そのとき、庭先に立った源三郎が、

「それがよろしゅうござる」

と穏やかな声をかけた。源三郎は他出すると見せて庭先にまわってひそみ、志津と澪の様子をうかがっていたのだ。

目を閉じた志津の頰に涙が伝った。

日差しが志津のうなじを白く照らしている。


二日後――

この日、蔵太と笙平への処分が言い渡されるとの報せがあり、源三郎は早朝に雫亭を後にして城へ向かった。

どういう処分になるのかわからないまま、落ち着かない心持ちで過ごした澪は、昼下がりになって庭に出た。

青々と広がる空に雲が浮かんでいる。

芳光院様が力を尽くしてくださっているのだから、悪いようにはならないはずだと思いつつ、空を見上げて心が鎮まったころ、不意に後ろから声がした。

「澪、待たせたな」

振り向いた澪の目の前に、蔵太がにこやかに立っていた。顔を輝かせた澪は蔵太のそばへ寄り、

「もはや、すべて終わられましたか」

と気がかりを口にした。

蔵太の無事な姿を目にしただけで心が満たされるのを感じる。

蔵太は目を細めて澪を見つめた。

「黒瀬ご家老の賂の一件はまだ詮議が続くが、とりあえず、わたしは武道の果し合いで久野殿を討ち果したと認められた」

「さようでございましたか」

「しばらく謹慎せよと申し渡されたが、咎めなしとなった」

澪の胸に喜びがあふれた。

蔵太は、さらに話を続けた。

「葛西殿の処分は、黒瀬ご家老の件が決着してからになろうゆえ、まだ先のことになるであろう。ひょっとすると、かなりときがかかるかもしれんぞ」

蔵太はわずかに眉を曇らせたが、宮内の専横を非難する笙平の舌鋒《ぜっぽう》は詮議の都度、

鋭さを増し、真剣に耳を傾ける重役も増えていると付け加えて笑みを浮かべた。

「葛西殿の弁舌は、あるいは黒瀬ご家老に勝るやもしれぬとあらためて思った。黒瀬ご家老は、どうやらこれまでにない手強い敵を作ってしまったようだな」

感心した口振りで言う蔵太の傍らで澪は、笙平のためによかったと思いはしたが、ほかに心にかかることはなかった。

城中で宮内とはなばなしく論戦している笙平の姿は、いつしか遠いものになっていた。

笙平がどれほどの働きをしようとも、澪にとってはもはや関わりがないことだった。

それよりも城中で取り調べられていた間、蔵太は十分な食事をとれていたのだろうか、災いなく過ごせたのだろうか、ということが気にかかってならなかった。

さすがに蔵太の面差しには心なしかやつれが見え、痩せたようですらあった。

「詮議は厳しいものでございましたか」

澪が案じるように訊ねると、蔵太は頭を振った。

「なに、久野殿との一件は武道のうえで果し合ったと決着させた方が重役方にとっても都合がよいようなのだ。それゆえか、途中から調べもおざなりになってな」

詮議にあたった重役が退屈そうな顔をして同じことしか訊かなくなったと蔵太は話した。

「さよううかがいほっとしました」

「久野殿が黒瀬ご家老の命に従って動き、わたしと刃を交えたと知れ渡れば、ことはさらに大きくなり、久野殿の親類筋には迷惑な話になろうからな」

七郎兵衛の親類が内々にそろって重役方に穏便な計らいを求めたという。久野家の親族が動いたと聞いて、澪はさらに胸をなでおろした。

「それはようございました」

「詮議の場では、葛西殿の申し立てを傍らで聞いておったのだが、退屈でたまらず、どうにも参った」

のどかな表情をして口にした蔵太は、すぐに声をひそめた。

澪が耳を傾けると蔵太は囁くように言った。

「芳光院様は此度のそなたの働きをことのほか喜んでおられた。直々にお言葉を賜《たまわ》り、謹慎と思わず、ゆっくりと足の養生をいたせとの仰せであった」

芳光院様はそこまで慮ってくださったのかと、澪はありがたさに胸がいっぱいになった。

「まことにもったいないお言葉を頂戴いたしました。出仕を控えられて、屋敷でのんびりできるのでございますね」

これほどまでに思い遣りのある扱いを受けられるとは思っていなかっただけに、澪は涙があふれそうになった。

「当分の間、家で養生いたすことになろう」

蔵太はゆったりとした笑みを浮かべた。

「それはさておき、菱川殿からうかごうたが、葛西殿の妻女であった志津殿に、そなたは自害を迫られたそうだな」

もう蔵太に知られてしまったのか、と澪はどきりとした。

「何ほどのこともございませんでしたゆえ、お忘れくださいませ」

志津とのやり取りを思い出して澪は眉をひそめた。志津が澪に自害を迫り、さらに刺そうとしたことをひとに知られたくはなかった。

志津の身を案じる心持ちもあったが、なにより、志津があのような振舞いをしたのは自分のせいではないか、と自らを責めていた。

蔵太はそんな澪の思いを察したのか、

「ひとの生き様はせつないものだな」

とさりげなく言った。

淡々とした蔵太の言葉を聞いて、澪は思わず口に出した。

「わたくしにも迷いがあったように思います。どうすればひとは迷わずに生きられるのでしょうか」

ためらいがちに澪は訊ねた。問われて蔵太は、大きく背伸びをして空を見上げた。鳶《とび》が翼を広げ、空高く舞っている。

空を見遣りながら、蔵太はぽつりと言った。

「さようなことはわたしにもわからぬ。ただ、迷ったら、おのれの心に問うてみることだとわたしは思っている」

「おのれの心に問うてみる……」

小声で繰りかえし、澪は思いをめぐらした。

「知恵を働かせようとすれば、迷いは深まるばかりだ。しかし、おのれにとってもっとも大切だと思うものを心は寸分違《たが》わず知っている、とわたしは信じておる」

蔵太の答えが澪の胸に沁《し》みた。

わからぬこと、迷ったことは、わが心に問えばいい。その通りだ、と澪は思った。

たとえどのように思い惑おうと、いつかは自分の心がはっきりと答えてくれるに違いない。

澪も蔵太にならって空に目を遣った。いつの間にか雲が払われた真っ青な空になっている。

青空には、わずかな濁りも感じられなかった。どこまでも澄み渡っている。

ひとはこの空のように一点の曇りもない心持ちで生きていければ、どれほど幸せであろうか、と澪は胸のうちでつぶやいた。

「紫草が花をつけているようだな」

蔵太に不意に告げられて、澪は庭に目を落とした。

蔵太が指差す先の庭の隅に小さな白い花が咲いている。雫亭の庭にも紫草はあったのだ、と澪は知った。

澪は近づいて腰を落とし、花に見入った。いまごろ屋敷の門のそばにも紫草の花が咲いているに違いない。

蔵太が種をまいた紫草の花を見たいと願った。思いをこめた願いはかなうのだ、と澪は涙ぐんだ。

紫草を見つめるうちに、思わず澪は和歌を口ずさんでいた。

紫のにほへる妹《いも》を憎くあらば　人妻ゆゑに吾《われ》恋ひめやも

蔵太は、艶《つや》やかな歌だな、どういう思いがこめられているのであろうか、と問うた。

「紫草に寄せて女人への恋の思いを詠《よ》んだ歌だと存じますが、いまのわたくしには、紫草が広がる野で大切なものを探し当てたおりの心持ちを表しているように思えます」

「それはわたしも同じだな。ひとは追い求めるものには必ず行き合えるようだ」

蔵太は微笑して言った。澪は立ち上がりながら、微笑み返してうなずいた。

「まことにさようにございます」

「子供たちも待ちくたびれておろう。帰るぞ」

晴れ晴れとした声で呼びかける蔵太に澪は、はい、と答えた。

ひとの妻たる身が恋する相手は夫のほかにない、という思いが胸にあふれていた。

庭を去りながら、澪はもう一度、紫草に目を遣った。

可憐《かれん》な白い花が風に優しく揺れている。

解説

大矢博子（書評家）

直木賞を受賞した『蜩《ひぐらし》ノ記』（祥伝社文庫）に代表されるような清廉な武士の物語。あるいは『無双の花』（文春文庫）や『月神』（ハルキ文庫）のような実在の人物や事件に題材をとった歴史小説。葉室麟の小説は、おおよそこの二つに大別される。

——と、思われている。

だがここで、少し違った観点から葉室作品を眺めてみたい。

二〇〇五年、『乾山晩愁《けんざんばんしゅう》』（角川文庫）でデビューして以来、葉室麟は精力的に執筆を続け、年を追うごとに刊行点数を増やしている。特に二〇一二年以降は毎年六点以上の単行本を上梓するというハイペースだ。そしてこの時期、葉室作品にはある特徴が現れた。

女性を主人公にした作品の急増だ。

それ以前にも『オランダ宿の娘』(ハヤカワ文庫)や『橘花抄』(新潮文庫)、『冬姫』(集英社文庫)など、女性を主役に据《す》えたものはあったが、二〇一二年からそのペースは上がり、以降は全体の半分近い割合に達しているのである。

二〇一四年に刊行された本書『紫匂う』は武家の妻を描いた作品だが、本書の前には戦国時代の女性たちの戦いをモチーフにした短編集『山桜記』(文春文庫)が、また本書の後には奈良時代を舞台に藤原不比等《ふじわらのふひと》の娘・光明子《こうみようし》(後の光明皇后)を主人公にした『緋の天空』(集英社)が刊行された。これは、歴史・時代小説を専門とする男性作家としては極めて異色と言っていい。

葉室麟は歴史・時代小説でなぜ女性を描くのか。本書をテキストに、葉室麟が女性の主人公に託した思いを探ってみたい。

本書の舞台は『陽炎の門』(講談社文庫)と同じ豊後《ぶんご》の黒島藩。主人公の澪《みお》は、十七歳のとき、隣に住む葛西笙平《かさいしようへい》に誘われ一度だけ関係を持った。将来は笙平の妻になるものと思っていたからだ。ところがその後、笙平は江戸詰めとなって藩を離れることに。しかも側用人の娘との縁談まであるという。

失意のまま、勧められて藩の郡方・萩蔵太《はぎくらた》のもとに嫁いで十二年。舅・姑は優しく、夫は物静かで温かな人柄で、娘と息子にも恵まれた。ところがある日、笙平が江戸で不祥事を起こしたと聞き、澪は驚く。しかも笙平は、護送中に逃亡したというのだ。

激しく動揺する澪の前に、笙平が姿を現した。疑いは濡れ衣だと主張する笙平をとっさに匿《かくま》った澪だったが、逃亡中の咎人を匿ったとあっては自分のみならず夫や家族にも累《るい》が及ぶことになる。そうとわかっていながら澪は、若い頃に慕っていた笙平を見捨てることができない。しかも笙平は、もう一度澪とやりなおしたいと言う……。

というのが物語の導入部である。ここまでだと、メロドラマのように受け止められるかもしれない。だが本書は決して〈人妻の恋情〉を主眼に置いたものではない。

物語が大きく動くのは、澪と笙平が潜んでいた宿に蔵太が現れてからだ。蔵太は澪とともに笙平を助けるため、力を尽くす。妻が結婚前に関係を持った男と知っていながら、である。

読者は――特に女性読者は、蔵太と笙平の格の違いに早々に気づくだろう。だからこそ、揺れる澪にヤキモキさせられる。目を覚ませ、と言いたくなる。だが同時に、理性ではわかっていてもどうにもできないことがある、という心情も理解できるからたまらない。

また、三人の逃避行はそれ自体がとてもサスペンスフルで、彼らを狙う仇敵との対決は剣豪小説さながらの読み応えだ。細かな伏線が効いてくる構成もさすがと言っていい。一方、炭焼き小屋で複雑な三角関係の三人が一夜を明かす場面は、剣戟場面とはまた違った緊迫感がある。

澪の気持ちの揺れというメンタルな要素と、追っ手からの逃亡や対決というアクション。緩急の効いた展開は読者を飽きさせることなく、目が離せない。

だが本書の白眉は、人として本当に大切なことは何なのかを、三人での道行の最中に澪が次第に理解していくくだりにある。本書が〈人妻の恋情〉を描いたものではない、と書いた理由はここだ。

凡庸だと思っていた夫が、実はそうではないことを澪は知る。己の中に揺るぎないものがあるからこそ、泰然自若としていられるのだということ。迷ったとき、自分の中に寄って立つものをしっかり持っているということ。それが人としての本当の強さだと知ったことで、澪は〈昔好きだった男性に心が揺れた〉からではなく〈義のために〉笙平を助けることに自信を持つのである。澪の背筋に一本の芯が通る、この変化が読みどころだ。

蔵太の言葉や行いはとても印象深く示唆《しさ》に富んでいて、そのまま引用したい箇所が多々あるが、どうかそれは本編で味わっていただきたい。葉室麟が連綿と書き続けてきた清廉な武士の姿がここにある。

さて、本書が〈清廉な武士の姿〉を描いたものであるならば、どうして主人公を女性にする必要があったのか。それは、本書の核があくまでも〈澪の戦い〉にあるからだ。

最初は、昔の恋人への未練と罪の意識から。途中からは、人として正しいことをするために。そして何より、夫を助けるために。澪は自らの危機も厭《いと》わず、敵と対峙する。結婚前に他の男性と関係を持ったことやその男を匿ったことに対する非難も、毅然として受けて立つ。そうして、夫と両親と子どもたちとの暮らしを守る。それが妻として、母として、そして女としての、澪の戦いだ。

歴史・時代小説では、男たちの戦いは多く描かれてきた。だが女たちもまた戦っていることは、二の次にされてきたように思う。戦国時代なら女たちは政争の犠牲者として描かれることが多い。太平の世なら良妻賢母や内助の功、でなければ道具として扱われる遊女というところが殆《ほとん》どだ。けれど人は、そんなステレオタイプで描けるものではない。当たり前の話だが、彼女たちにも自我がある。意思がある。歴史が、背景が、心がある。

葉室麟はそれを描いている。

『山桜記』や『冬姫』では戦国武将の妻や娘が、『緋の天空』では貴族の娘が、『螢草』（双葉文庫）では武家から女中奉公に身を落とした娘が、『辛夷《こぶし》の花』（徳間書店）では婚家から離縁された女性が、それぞれ直面する出来事に対して懸命に戦う。ひとつとして同じ戦いはないし、類型的な女性像の枠に収まっているものもない。

作中、澪がある女性に「女子は刃で戦わずとも心映えで戦えましょう」と告げる場面がある。これは葉室麟が、女性を主人公にした作品の中で常に書き続けてきたことだ。刀や槍を持たない女たちの武器は、愛であり、矜持であり、信念である。それはどんな槍より鋭く、どんな刀より強靭な武器だ。女たちが自ら鍛え上げた、誰も侵すことのできない神聖な武器だ。

葉室麟の描く女たちは、その武器を胸に、自らの意思と判断で敢然と戦いに赴く。男性作家がこのような作品を書いてくれるのは、実に嬉しいことではないか。

最後に、作中に使われた大海人皇子《おおあまのおうじ》の歌「紫のにほへる妹《いも》を憎くあらば　人妻ゆゑに吾《われ》恋ひめやも」について。これは額田王《ぬかたのおおきみ》の「茜さす　紫野《むらさきの》行き標野《しめの》行き野守は見ずや君が袖振る」への返歌とされている。

元は夫婦だった額田王と大海人皇子だが、二人は別れ、額田王は天智天皇の妻になった。そんな二人が「そんなに袖を振る（求愛の意）と人に見られますよ」「あなたは人妻なのに恋しく思ってしまいます」という歌を交換したわけで、これだけ見ると実にスキャンダラスな印象だ。その歌が本書に出てくる時点で、メロドラマ的な効果を上げているのは間違いない。

だがこの二首は、酒の場での余興として読まれたというのが通説である。その場には額田王の夫である天智天皇もいたようだ。夫の前でこのような歌を余興として交わすというのは、むしろ天智天皇への信頼を感じさせる。

そういった背景を知って本書を読むと、澪と蔵太の結びつきがより強いもののように思えてくるのである。

本書は二〇一四年四月、講談社より単行本で刊行されました。

|著者|葉室 麟 1951年、福岡県北九州市小倉生まれ。西南学院大学卒業。地方紙記者などを経て、2005年、『乾山晩愁』で第29回歴史文学賞を受賞し、デビュー。2007年、『銀漢の賦』で第14回松本清張賞、2012年、『蜩ノ記』で第146回直木賞を受賞。本書と同じく九州豊後・黒島藩を舞台にした作品に『陽炎の門』『山月庵茶会記』がある。著書には他に『草雲雀《くさひばり》』『はだれ雪』『神剣 人斬り彦斎』『辛夷《こぶし》の花』『秋霜』『津軽双花』などがある。2017年12月、逝去。

紫匂う《むらさきにお》

葉室《はむろ》 麟《りん》

2016年10月14日第1刷発行
2019年1月8日第7刷発行

発行者――渡瀬昌彦
発行所――株式会社 講談社
東京都文京区音羽2-12-21 〒112-8001
電話 出版 (03) 5395-3510
販売 (03) 5395-5817
業務 (03) 5395-3615
Printed in Japan

講談社文庫
定価はカバーに
表示してあります

デザイン―菊地信義
本文データ制作―講談社デジタル製作
印刷―――豊国印刷株式会社
製本―――株式会社国宝社

ISBN978-4-06-293435-0

講談社文庫刊行の辞

二十一世紀の到来を目睫に望みながら、われわれはいま、人類史上かつて例を見ない巨大な転換期をむかえようとしている。

世界も、日本も、激動の予兆に対する期待とおののきを内に蔵して、未知の時代に歩み入ろうとしている。このときにあたり、創業の人野間清治の「ナショナル・エデュケイター」への志を現代に甦らせようと意図して、われわれはここに古今の文芸作品はいうまでもなく、ひろく人文・社会・自然の諸科学から東西の名著を網羅する、新しい綜合文庫の発刊を決意した。

激動の転換期はまた断絶の時代である。われわれは戦後二十五年間の出版文化のありかたへの深い反省をこめて、この断絶の時代にあえて人間的な持続を求めようとする。いたずらに浮薄な商業主義のあだ花を追い求めることなく、長期にわたって良書に生命をあたえようとつとめるところにしか、今後の出版文化の真の繁栄はあり得ないと信じるからである。

同時にわれわれはこの綜合文庫の刊行を通じて、人文・社会・自然の諸科学が、結局人間の学にほかならないことを立証しようと願っている。かつて知識とは、「汝自身を知る」ことにつきていた。現代社会の瑣末な情報の氾濫のなかから、力強い知識の源泉を掘り起し、技術文明のただなかに、生きた人間の姿を復活させること。それこそわれわれの切なる希求である。

われわれは権威に盲従せず、俗流に媚びることなく、渾然一体となって日本の「草の根」をかたちづくる若く新しい世代の人々に、心をこめてこの新しい綜合文庫をおくり届けたい。それは知識の泉であるとともに感受性のふるさとであり、もっとも有機的に組織され、社会に開かれた万人のための大学をめざしている。大方の支援と協力を衷心より切望してやまない。

一九七一年七月

野間省一